Walther Kauer
Spätholz
Roman

rororo

Rowohlt

Für Sisa

Veröffentlicht im Rowohlt Taschenbuch Verlag GmbH,
Reinbek bei Hamburg, April 1981

Umschlagentwurf Manfred Waller (Foto: Benziger Archiv)
Satz Garamond (Linotron 404)
Gesamtherstellung Clausen & Bosse, Leck
Printed in Germany
480-ISBN 3 499 14712 2

Spätholz:
In Gegenden mit periodisch wechselndem Klima entstehen beim Dickenwachstum der Bäume Zuwachsringe aus Früh- und Spätholz. Diese Zuwachsringe werden auch Jahrringe genannt.

I

Um sieben Uhr würden sie kommen.

Sie kommen immer am frühen Morgen, wenn sie etwas Ungutes vorhaben. Im Morgengrauen werden Verurteilte abgeholt. Rocco wußte nicht, wo er das gehört oder gelesen hatte. Ihm war nur, als ob er es wüßte: In der ersten Morgendämmerung finden jene, die Ungutes vorhaben, den geringsten Widerstand vor.

Rocco war nur ein alter Bauer. Viele Bücher hatte er nie gelesen. Da war einmal die harte Arbeit an den Terrassenäckern seines Hofes hoch über der wilden Terza und weitab vom Dorf Terzone, das auf der anderen Talseite lag. Und dann war es so, daß sich die Familie abends um die einzige Petrollampe in der Küche scharen mußte. Das Licht dieser Petrollampe hätte nicht ausgereicht, um Bücher zu lesen. Außerdem wurde am Petroleum gespart, weil man es kaufen mußte, drüben im Dorf, beim Krämer. Das war in der Familie Canonica schon immer so gewesen, seit Rocco sich erinnern konnte. Man hatte sich die Lokalzeitung gehalten, den *Corriere* – der Marktberichte und der schwarz umrandeten Traueranzeigen wegen. Aus den Marktberichten wußte Rocco um Kauf und Lauf und um das Leben in seinem Tal Terzone. Aus den Todesanzeigen ersah er die Frist, die jedem gesetzt ist. Seiner Alterskameraden wurden immer weniger.

Damals als er, eine halbe Ewigkeit war es her, drüben im Dorf auf der anderen Talseite seine sechs Schuljahre in der einklassigen Gemeindeschule beim Lehrer Casanova abgesessen, da zwängten sich in der Schulstube im ersten Stock des Gemeindehauses noch über fünfzig Kinder, Buben und Mädchen, in die Schulbänke. Jetzt lebten im ganzen Dorf keine fünfzig Menschen mehr, wenn man von den Feriengästen absah, die den Sommer über in den alten Häusern wohnten, und von den paar Fremden, die im Terzone ihre Villen gebaut hatten. Die Mehrzahl der Terzoner Häuser stand leer. Die meisten seiner Klassenkameraden lagen auf dem Friedhof neben der granitenen Kirche von Terzone, bewacht vom Campanile mit dem Glockenspiel. Rocco dachte sich weiter nichts dabei. Daran mißt sich eben das Alter, wenn der Klassenkameraden immer weniger werden. Man wird alt. Man stirbt. Ein Bauer hat sein ganzes Leben lang Gelegenheit, sich an den Tod zu gewöhnen.

Alle lagen freilich nicht auf dem Kirchhof von Terzone. Viele waren verschollen. Jene, welche seinerzeit ausgewandert waren aus dem Terzone. Die Ghiringhellis nach Kalifornien, die Righettis, die sich vor der Auswanderung noch ein Familiengrab gekauft hatten, nach Australien. Niemand hatte je wieder von ihnen gehört. Die

Grabstelle blieb unbenutzt, Heckenrosen hatten sie längst überwuchert.

Bauern wie Rocco gab es nur noch wenige im Terzone. Die verbliebenen Terzonesi arbeiteten im Kraftwerk, in den Fabriken im Tal oder in der Fremdenindustrie.

Rocco war allein.

Doch morgen früh um sieben würden sie zu ihm heraufkommen. Deshalb saß er in dieser Nacht in seiner Küche und wartete. Ihn sollten sie nicht überraschen.

Das Feuer im Herd war schon lange erloschen, die Herdplatte aus geschwärztem Sandstein erkaltet. Rocco merkte es daran, daß die buntscheckige Katze längst von der Herdplatte heruntergesprungen war. Die Katze hatte versucht, auf Roccos Schoß zu springen und dort weiterzuschlafen. Sie wußte, daß auch dort Wärme zu finden war. Sonst hatte Rocco die Katze immer gewähren lassen und ihr zuweilen gar über das Fell gestrichen. Seit Jahren war die Katze das einzige Lebewesen, das sein Leben in der alten Küche und der dunklen Schlafkammer gleich dahinter mit ihm teilte. Doch heute war das anders gewesen. Mit einer unbeherrschten Bewegung hatte Rocco die Katze vom Schoß gewischt. Sie mauzte beleidigt auf, versuchte noch, sich an seinen Beinen zu reiben, und trollte sich dann in den Kuhstall. Zwischen den beiden Kühen, der alten Braunen und der jüngeren Falben, war es auch warm.

Nun saß Rocco Canonica allein in seiner Küche und wartete. Der Brief mit der amtlichen Ankündigung der Gemeinde, unterzeichnet vom Sindaco Leponti, lag vor ihm auf dem Eichentisch. Ein sehr amtlicher Brief, der Rocco Canonica davon unterrichtete, daß ein Trupp von Gemeindearbeitern um sieben Uhr in der Frühe zu ihm heraufkommen würde, um auf seine Kosten das Gerichtsurteil zu vollziehen: Der alte Nußbaum bei seinem Gehöft würde zwangsweise gefällt werden. Neben dem Brief lag vor ihm auf dem abgewetzten geblümten Wachstuch ein Gewehr. Den Verschluß hatte Rocco sorgfältig auseinandergenommen. Genau wie er das beim Militär gelernt hatte, vor fünfzig Jahren, in endlosen Exerzierstunden auf einem staubigen, heißen Kasernenhof. Angefeuert von einem brüllenden Unteroffizier, die Policemütze auf Befehl des Korporals so weit über die Augen gezogen, daß er nichts mehr sehen konnte. Einen Gewehrverschluß, so der Korporal, muß ein Schweizer Soldat blindlings und im Schlaf auseinandernehmen und wieder zusammensetzen können. Mit der Zeit schafften das alle in der Kompanie, sogar die Schlafmützen.

Rocco griff nach einem ölgetränkten Lappen und begann, den Verschluß zu reinigen.

Wozu hatte ein Mann sein Gewehr im Wandschrank stehen? Rocco war mit seinen siebzig Jahren für den Militärdienst längst zu alt. Man hatte ihn feierlich aus der Wehrpflicht entlassen. Im Hofe des Regierungsgebäudes, unten im Tal, in der Kantonshauptstadt. Ein Oberst, ein richtiger Oberst mit drei goldenen Galons auf dem Käppi, mit breiten Generalstabsstreifen an den Hosen und mit einem gewaltigen Bauch, hatte im Namen der Regierung und des ganzen Volkes gedankt, ihm und allen seinen Kameraden, die er in den langen Jahren der Dienstpflicht kennengelernt hatte und die jetzt mit ihm – mit Ausnahme jener, die bereits nicht mehr antreten konnten – im Hofe des Regierungsgebäudes standen, angegraut wie er selbst. Sehr bewegend hatte der Oberst gesprochen. Immerhin hatte Roccos Jahrgang den Aktivdienst im Zweiten Weltkrieg hinter sich. Zeit der Bedrohung, aber auch Zeit der Bewährung für jeden einzelnen von ihnen, so hatte der Oberst gesagt, und: Sie hätten ihre Sache gut gemacht, damals. So gut, daß die Heimat verschont geblieben sei von Krieg und Demütigung, von Eroberung und Diktatur. Das Land, sagte der Oberst, habe sich seine Freiheit erhalten können, die Opfer seien nicht vergeblich gewesen, alle die Opfer, die jeder einzelne der hier angetretenen Männer habe auf sich nehmen müssen. Das Vaterland werde daran denken, jetzt und immerzu. Es sei stolz auf seine Söhne, und das werde immer so bleiben.

Das Gewehr und die persönliche Ausrüstung durften sie ehrenhalber behalten. (Für das Gewehr wurde allerdings vom Zeughaus ein symbolischer Kaufpreis von fünf Franken verrechnet, aber keiner überließ sein Gewehr dem Zeughaus.)

Die Pflicht aber, so der Oberst, könnten sie nun vertrauensvoll auf jüngere Schultern abladen.

Dann gab es nochmals Gesang: Ticinesi son bravi soldaa', und: Ich hatt einen Kameraden – das war für die Toten gedacht. Das Regimentsspiel blies den Tessiner Regimentsmarsch. Zum letztenmal Fahnenmarsch vor angetretenem Karree. Langsam senkte sich die Fahne, der dicke Oberst salutierte, das Karree stand erstarrt in Achtungstellung. Mannschaften stramm, Hände an der Hosennaht, Blick geradeaus. Unteroffiziere, höhere Unteroffiziere und die Offiziere salutierten mit behandschuhter Rechter.

Noch einmal: Helm ab zum Gebet. Kurze Andacht des Herrn Feldpredigers. Endlich der Zapfenstreich und das Kommando: Ruhn! Abtreten! Jahrgang 1900 ist feierlich und unter Verdankung aus der Wehrpflicht entlassen!

Zum letztenmal stellten sich die Mannschaften hinter den rauchenden Feldkesseln zum Essenfassen an. Suppe und Spatz gab es, wo und was die Unteroffiziere und Offiziere aßen – das wußte Rocco nicht. Beim Kameradschaftsnachmittag bei Wein, Gelächter und Gesang waren sie jedenfalls wieder dabei, zum letztenmal.

Es folgte die Heimkehr der Männer: Wieder hatten sie einen Abschnitt ihres Lebens hinter sich gebracht. Das Altenteil rückte näher, für jeden von ihnen, und der Platz, den man ihnen auf dem Kirchhof zuweisen würde, ohne Unterschied von Funktion und Dienstgrad.

Daran mochten die Männer gedacht haben, die plötzlich still geworden waren, als sie in ihre Dörfer und Städte, in ihre Täler und einsamen Gehöfte zurückkehrten. Zum letztenmal in der alten, nun doch schon recht abgeschabten feldgrauen Uniform, allerdings (mit Ausnahme der Offiziere) ohne Aufschläge, Kragenspiegel und Abzeichen. Die wurden von der Zeughausverwaltung vorher sorgfältig abgetrennt: zur Wiederverwendung. Aber immerhin hing auf den Schultern der heimkehrenden Männer die Waffe. Im Falle der Not konnten die Alten das letzte Aufgebot stellen. Darum hatte Rocco auch sein Gewehr immer noch im großen Schrank stehen.

Nie hatte er damit ohne Befehl geschossen. In seinem ganzen Leben nicht. Als er seine beiden Söhne seinerzeit dabei erwischte, wie sie unter dem Nußbaum mit dem Gewehr spielten, ernteten sie dafür ein paar kräftige Ohrfeigen, und das Gewehr kam für einige Jahre unter Verschluß in den Wandschrank in der Küche.

Sonst hatte es im Hause der Canonicas nie etwas gegeben, das weggeschlossen worden wäre. Teresa, seine Frau, Gott hab sie selig, brauchte nicht zu fragen, wenn sie etwas benötigte, Geld oder auch Sachen aus der Vorratskammer hinter dem Rauchfang in der Küche. Unwillkürlich sah Rocco zum rußgeschwärzten Rauchfang hinüber. Wenn es im Winter richtig kalt war, wurde nicht auf dem Herd gekocht, sondern direkt im offenen Kamin. Die Kochkessel konnten mit einer Kette an einem eisernen Dreibein über das Feuer geschoben werden. So sparte man Brennholz, und zugleich wurden die im Rauchfang hängenden Würste und Schinken geräuchert.

Auf dem Sims über dem Kamin standen die Kaffeemühle und der steinerne Mörser, in dem man früher die Polenta zerstoßen hatte und den Rocco später, als sie für die Polenta eine durch ein Wasserrad angetriebene kleine Mühle hatten, nur noch dafür verwendete, um darin seine Kräutersalben und Arzneien für Mensch und Tier herzustellen. Neben dem Steinmörser lag die Tabakspfeife seines Urgroßvaters. Man nannte sie die Heidenpfeife und erzählte sich in der Familie, der Urgroßvater hätte sie aus neapolitanischen Diensten mit ins Terzone gebracht, nachdem er sie einem Türken als Beute abgenommen hatte. Kein Mensch hatte je wieder aus dieser Heidenpfeife geraucht, aber sie lag als Erinnerungsstück neben dem

Steinmörser seit Jahr und Tag. Auch die alte, messingbeschlagene Familienbibel lag auf dem Bord über dem rußgeschwärzten Kamin, und auf der glatten Frontseite des Simses, die der Küche zugekehrt war, hatte ein Urahn mit dem Steinmeißel das Familienzeichen der Canonicas eingehauen: ein Gitter von drei senkrechten Stäben, gekreuzt von drei Querstäben und mit einem Kreis in der Mitte. Damit kennzeichneten die Canonicas seit Urzeiten ihre Werkzeugstiele, und dasselbe Zeichen wurde auch den Ziegen auf das linke Horn eingebrannt. Das Brandeisen hing an einem Nagel neben dem Kamin. Neben dem Familienzeichen hatte die gleiche Hand drei große F in den Stein gemeißelt. Sie standen, so hatte der Großvater Rocco einst erklärt, für die Dinge, die das Leben in diesem Tal prägten: *Freddo, Fame e Fumo* – Kälte, Hunger und Rauch, und Rocco hatte lange genug gelebt, um zu wissen, wie sehr diese Deutung zutraf. Hinter dem Rauchfang befand sich die durch eine Holztür von der übrigen Küche abgetrennte Vorratskammer, wo Rocco immer noch seine allerdings spärlicher gewordenen Vorräte aufbewahrte und aus der früher seine Teresa die Sachen hervorholte, die sie auf den Markt in die Hauptstadt bringen wollte, jeder Weg ein paar Stunden weit: Rauchschinken etwa oder hausgemachte *luganighe* oder die kleinen, runden mit Weinblättern umwickelten Ziegenkäse. Der Zins mußte bezahlt werden, und Rocco war damit nie in Verzug gekommen, auch in den schwersten Zeiten nicht – dank Teresa, die alles zu Ehren zu ziehen wußte.

Teresa hatte es verstanden, die Dinge zusammenzuhalten und auch aus scheinbaren Nichtigkeiten noch etwas zu machen, das sich auf dem Markt verkaufen ließ. So läpperten sich im Laufe des Jahres die Batzen zusammen. Auf den Zinstag band ihm Teresa mit vor Freude strahlenden Augen das Zinsgeld in eine zerknitterte Schweinsblase. Er stand mit seinem besten Gewand angetan in der Küche, Teresa verknotete das Geld ordentlich, band ihrem Mann ein sauberes rotes Halstuch um, und selbstbewußt und stolz ging Rocco den steilen Weg zur Terzabrücke hinunter, über die Brücke und auf der anderen Talseite wieder hinauf ins Dorf, zum alten Bürgermeister Leponti, der sein Zinsherr war.

Der alte Leponti war ein Bauer wie Rocco, aber er besaß mehr Land und mehr Vieh und konnte mehr aus seiner Landwirtschaft ziehen. Daneben betrieb er den Grotto Federale, und er war so wohlhabend, daß er an die weniger begüterten Bauern des Tales Geld auf Zinsen verleihen konnte. Er tat dies nie auf eine für die ärmeren Bauern beleidigende Weise. Wohl prüfte er sorgfältig, wofür einer das Geld von ihm wollte, und manchem hatte er schon auf seine behutsame Art abgeraten, sich in weitere Schulden zu stürzen.

Keiner nahm ihm das übel. Ging es aber darum, eine Sache zu fördern, die Hand und Fuß hatte, dann sagte Leponti nicht nein.

Dadurch verlor er weder sein Geld noch das Vertrauen seiner Mitbürger. Rocco gehörte zu jenen, die ihre Zinsen immer bezahlen konnten. In guten Jahren gelang es ihm sogar, ein Erkleckliches ans Kapital zurückzuzahlen, und das wußte der alte Leponti zu schätzen. Aber der alte Leponti war nun auch schon lange Zeit tot, und sein Sohn führte jetzt die Geschäfte des Vaters wie auch die Gemeindegeschäfte.

Die stimmfähigen Männer des Tales hatten an ihrer Talgemeindeversammlung, die alljährlich bei der Burgruine über dem Dorf abgehalten wurde, mit offenem Handmehr wie selbstverständlich den jungen Leponti als Nachfolger seines Vaters ins Amt gewählt. Zwar wußte man, daß der Junge nicht aus demselben Holz geschnitzt war wie der Alte, und es gab vor der Talversammlung warnende Stimmen; indessen sagten die erfahrenen Männer kaltblütig, der sei eben noch jung. Der werde seine Hörner schon abstoßen, dagegen sei das Ansehen der Lepontis groß, und das sei für die Gemeinde von Nutzen, und schließlich sei man ja auch noch da, man werde dem jungen Leponti eben mehr auf die Finger sehen müssen als dem alten. Jedenfalls würden sie abraten, jetzt einen anderen zu portieren, das gäbe nur böses Blut. Die Gemeinde befolgte den Rat der Weisen.

Sehr bald merkte man im Tal, daß der junge Leponti seine Segel anders in den Wind zu bringen gedachte als der alte. Bauer war er nicht mehr. Er hatte sich zum Hotelier gemacht, und daneben handelte er mit Grundstücken, die er (wie man sagte) mit nicht immer sehr feinen Methoden von den Schuldnern seines verstorbenen Vaters zusammengekauft hatte. Er kündigte ihnen plötzlich die Hypotheken. Wer nicht bezahlen konnte – und wer im Terzone konnte das schon –, verlor hier eine Wiese und dort eine Weide an den Herrn Bürgermeister. Und derselbe Herr Bürgermeister tat Rocco Canonica nun dies an: Er schrieb ihm einen Brief mit dem Wappen der Talgemeinde Terzone auf dem Umschlag. Einen Brief, daß er morgen früh die Gemeindearbeiter hinaufschicken wolle, um den alten Nußbaum zu fällen. Früh um sieben, und zwangsweise, Gott verdamm mich ...

Rocco überlegte, was wohl Teresa gesagt hätte, wenn sie ihn so fluchen gehört. Es war gut, daß sie das nicht mehr miterleben mußte.

Zwei Söhne hatten sie, Teresa und Rocco. Söhne, die später ihre eigenen Gewehre neben jenem von Rocco im Wandschrank stehen hatten. Bis er dann auf einmal wieder allein war. Zuerst hatte ihn Teresa, die stille, die gütige und fleißige Frau verlassen. Eines Tages hatte sie sich plötzlich niedergelegt um zu sterben. Die viele Arbeit ein Leben lang, die harte Arbeit an den steinigen und steilen Berghängen vor allem, die lange Zeit des Alleinseins mit zwei Buben und der ganzen Arbeit in der Zeit seines Aktivdienstes von 1939 bis 1945 mußte ihr einfach zuviel geworden sein. Mit kurzen Unterbrüchen war Rocco während der ganzen sechs Kriegsjahre beim Militär. Die Entschädigung dafür war lächerlich gering gewesen. So hatte Teresa wieder für die Zigarrenfabrik in Brissago in Heimarbeit Zigarren verfertigt – nebst aller anderen Arbeit im Haus und auf dem Feld. Aber nie hätte Teresa geklagt.

Ich hätte es merken müssen, dachte Rocco, dann säße ich jetzt nicht allein in dieser Küche, mit einem Brief und einem Gewehr auf dem Tisch. Zwar hatte Teresa manchmal neben ihm auf dem Maisstrohsack gestöhnt, wenn sie dachte, er schliefe schon. Daß es aber so schlimm um sie stehen könnte, daran hätte er nie gedacht. Bauern sind nun einmal so, versuchte Rocco sich zu rechtfertigen. Bauern denken nur an eins: an die viele Arbeit, die getan werden muß. Für seine beiden Söhne hatte er Centesimo auf Centesimo gelegt. Er hatte bald hier, bald dort ein tischtuchgroßes Äckerlein oder eine Heuwiese gekauft, die auch nicht viel größer war. Er wollte seinen Söhnen ein Gehöft hinterlassen, das den Namen Bauernhof zu Recht verdiente. Seine Söhne sollten vom Ertrag endlich leben können, ohne auf Nebenverdienst ausgehen zu müssen, wie all die Canonicas vor ihnen. Rocco selbst war im Winter in die Pulverfabrik unten im Tal gegangen, und zu Hause saß Teresa, drehte an den langen Virginias für die Tabakfabrik, versorgte das Vieh und ängstigte sich dem Abend und Roccos Rückkehr entgegen. In der Pulverfabrik hatte es schon Explosionen gegeben, und die dort arbeitenden Kleinbauern bezahlten das mit ihrem Leben.

Er hatte auch schon im Steinbruch oben am Monte Lema gearbeitet – aber dort war es nicht viel besser als in der Pulverfabrik. Der Sprengmeister war ein versoffener Kerl aus dem Nachbartal und nicht imstande, seine Patronen richtig zu zählen, wenn sie losgingen. Er tutete zu früh in sein Horn, und dann kam es vor, daß eine nachträglich losgehende Ladung einen Arbeiter in Stücke riß oder daß die niederprasselnden Schiefermassen die Leute verschütteten. Ja, man war auf Nebenverdienst angewiesen im Terzone, und es war gut, wenn sich die jungen Terzonesi rechtzeitig daran gewöhnten. Rocco mußte als Dreizehnjähriger, wie viele seiner Klassenkameraden, als Kaminfegerjunge nach Mailand. Das war kurz vor dem Ersten Weltkrieg. Diese *spazzacamini* aus den Bergtälern waren gesucht, weil sie angeblich schwindelfrei waren und es ihnen deshalb nichts ausmachte, mit den eisernen Rußbesen durch die hohen Schornsteine der Fabriken zu klettern.

Rocco erinnerte sich grimmig an diese Zeit. Den ganzen Tag in den schmutzstarrenden Löchern der Schornsteine auf und ab, ab und auf, den Himmel über sich nur als kreisrundes Fleckchen sehend. Die ersten Tage hatten sie sich noch gewaschen, ehe sie auf die schmierigen Strohsäcke sanken, die den Jungen in einer leeren Fabrikhalle als Lager zugewiesen waren. In der Halle bekamen sie auch die «Suppe» – aus Militärgamellen. Die meisten von ihnen waren in kurzer Zeit abgestumpft und gleichgültig. Der Kontrakt lief ja noch so lange. So lange nämlich, bis die Jungen zu groß waren, um sich durch die Schlote zwängen zu können. Wozu also den Ruß herunterwaschen, wenn man doch morgen und übermorgen und jeden folgenden Tag wieder genauso verdreckt sein würde? Der Kontrakt brachte ein bißchen Geld ins Terzone. Die Eltern warteten darauf. Aus vielen Familien im Terzone waren gleichzeitig mehrere Kinder unten in Mailand und zwängten sich die Schornsteine hinauf und herunter. Dies hatte er seinen Söhnen erspart. Sie sollten ihr Handwerk als Bauern gründlich erlernen. Freilich hatten die Canonicas nie viel Geld. So ließ Rocco, trotz Teresas Warnung, seine Söhne während der vier Jahre, in denen im hinteren Terzone an der großen Staumauer für das Kraftwerk gebaut wurde, als Handlanger arbeiten, obwohl er immer gegen dieses Kraftwerk gewesen war und seine Söhne dringend gebraucht hätte, um die Heuernte einzubringen. Bei Baubeginn im Jahre 1950 war Giancarlo, der ältere, gerade zwanzig, hatte eben seine Rekrutenschule in der Kantonshauptstadt hinter sich gebracht. Ernesto, der jüngere, war achtzehn, er brauchte sich um das Militär vorerst noch keine Sorgen zu machen.

Viel Gutes kam bei dieser Kraftwerkbauerei für Rocco und sein Anwesen nicht heraus.

Rocco merkte es erst, als es zu spät war. Die ersten drei Jahre kamen die beiden jeden Abend nach Hause und halfen Rocco bei der Arbeit. Aber dann, im vierten Jahr, stand der Staudamm vor der Vollendung. Mittlerweile hatte auch Ernesto seine Rekrutenschule hinter sich gebracht, und eines Abends, beim Essen, sagte Giancarlo, er mache das nicht mehr mit: Jeden Tag zu der anstrengenden Arbeit auch noch den Weg zur Baustelle und zurück. Um vier Uhr in der Frühe aus dem Strohsack, immer in einer solchen Eile, daß wir uns am Kaffee der Mutter das Maul verbrennen, und dann mit halbgeschlossenen Augen durch den Kastanienwald stolpern, der Terza entlang bis in den Talgrund zuhinterst in der Klamm. In Serpentinen eine Stunde lang über den lockeren Schieferschutt bis zum Fuß der Staumauer, wo man endlich die Seilbahn besteigen kann, um in der offenen Benne ohne Geländer vierhundert Meter hoch über den Terzalauf hinwegzuschweben, immer gewärtig, bei einer plötzlich aufkommenden Bö aus der wild schaukelnden Benne zu fallen und wie ein Stück Holz in die Terzaklamm zu stürzen – und das jeden Tag. Punkt sieben Uhr pfeift nämlich auf der Baustelle oben der Polier in seine Trillerpfeife, und wer dann noch nicht an seinem Arbeitsplatz steht, der kann gleich wieder umkehren, da gibt es keinen Pardon: Entweder man ist bei Arbeitsbeginn da, oder man feiert, und zwar den ganzen Tag. Der Polier hat keine Lust zu Bruchrechnungen irgendwelcher Art. So, Vater, und das hängt uns allmählich zum Hals raus. Wir kommen um halb acht nach Hause, und dann schleppen wir dir noch das Heu in die Scheune. Vor zwölf kommen wir kaum auf den Strohsack – und die sechs Stunden Weg jeden Tag, die bezahlt uns natürlich keiner. Jetzt müssen wir die Zeit nutzen. Die Staumauer ist beinahe fertig, und dann ist es für lange Zeit wieder aus mit der Möglichkeit, sich im Terzone ein gutes Stück Geld nebenbei zu verdienen, und Bargeld wäre ja wohl nicht das Schlechteste, wenn sie eines Tages den Hof übernehmen sollten. Mit Geld ließe sich vieles verbessern. Man könnte Maschinen kaufen und endlich für eine Stromleitung sorgen, um wenigstens Elektrizität auf dem Hof zu haben.

Es war nicht Rocco, der damals seinen Sohn schweigen hieß, sondern Teresa. Davon wolle sie nichts wissen, sagte sie, und wenn nur die Hälfte von dem wahr sei, was im Terzone über die Zustände auf der Baustelle gemunkelt werde, hätten ihre Söhne, solange sie lebe, dort oben in den Baracken nichts verloren.

Rocco dagegen war fast stolz gewesen, daß sein Ältester so vernünftig dachte, obwohl er selber von den neumodischen Dingern, von diesen Maschinen, nicht allzuviel hielt. War es seit Jahrhunderten ohne Maschinen gegangen, bei bedeutend weniger Viehhabe und Land, so sah er nicht ein, wieso es jetzt auf einmal, mit Kühen, mit etlichen neuen Äckern und Weingärten, mit genügend Wasser und genügend Land, anders sein sollte. Aber er sagte das nicht, zumal ja seine Söhne bisher wirklich den Zahltag bis auf ein Taschengeld, das sie für harmlose Vergnügungen mit der übrigen Jungmannschaft des Terzone ausgaben, abgeliefert hatten und das Geld von ihrer Mutter auf Sparbücher überweisen ließen.

Doch für einmal dachte Teresa nicht daran zu schweigen. Man habe im Dorf, so sagte sie mit ungewohnter Schärfe, vom Leben und Treiben der Arbeiter in den Baracken am Staudamm nicht viel Gutes gehört. Es sei ihr zu Ohren gekommen, daß bereits ein paar Terzoner Mädchen sich hinaufgeschlichen hätten, um das Barackenlager herumstrichen und sich mit den Arbeitern einließen. Einige seien sogar in Schande gekommen und hätten das Tal verlassen müssen, weil sich am Ende niemand zu ihnen bekannt habe. Sie werde es nicht dulden, daß ihre Söhne in dem Hurennest da oben lebten. Es sei schon schlimm, daß sie tagsüber dort arbeiteten. Nachts aber wolle sie wissen, wo ihre Söhne sich aufhielten: in ihren Betten nämlich, und das allein! Giancarlo und Ernesto hatten damals noch nicht die Gewohnheit, ihrer Mutter oder ihrem Vater ins Wort zu fallen oder gar zu widersprechen. Sie blickten in ihre Teller und löffelten stumm ihre Minestrone.

Statt dessen hatte Rocco die Partei seiner Söhne ergriffen. Er nannte die im Dorf herumgebotenen Gerüchte Altweiber- und Pfaffengeschwätz, sagte, daß es schon zu seiner Zeit vorgekommen sei, daß Mädchen sich hätten beeilen müssen, um die Hochzeit vor der Kindstaufe abhalten zu können. Deswegen habe keine einzige das Tal verlassen müssen. Die meisten seien ehrbare Bäuerinnen und Hausmütter geworden und machten jetzt offenbar als Altweiber das Dorf verrückt mit ihrem dummen Geschwätz. Mit der Arbeit am Staudamm oben habe das nicht das geringste zu tun. Sündigen könne man überall. Der Pfaffe sei dafür bekannt, daß er überall und hinter jeder Ecke nur den Teufel sehe. Der alte Hausierer Giancarlo, von dem der Älteste seinen Namen ehrenhalber trage, habe jeweils gesagt, daß, wer überall den Teufel sehe, am Ende selber einer sei, oder doch zumindest ein halber. Teresa war blaß und rot geworden, war vom Tisch aufgestanden, ohne ein Wort zu sagen. Scheinbar, um das Geschirr zu spülen, in Wirklichkeit aber wohl eher, um ihre Tränen zu verbergen. Er erinnerte sich, daß ihre Schultern damals unter dem gestrickten Schultertuch gezuckt hatten.

Ein Mädchenpensionat ist so eine Baustelle gewiß nicht, Vater, hatte Giancarlo damals gesagt. Wir sind vierhundert Mann da oben; Urlaub gibt es für die Saisonarbeiter aus Italien erst, wenn ihr Kontrakt ausläuft und sie ausreisen müssen, und auch für die paar Schweizer ist Urlaub nur alle zwei bis drei Monate vorgesehen: für ein paar Tage. Manchmal bekommt einer den Koller, haut einfach ab, fährt in die nächste Stadt und macht einen drauf. Anders würde er es nicht aushalten. Ihr habt keine Ahnung, wie es da oben ist: Um sieben pfeift der Polier. Das heißt, daß man um sechs Uhr aus dem Feldbett kriecht, hinaus in die eisige Baracke, in die Kälte des Speisesaals, wo man nach seinem Frühstück ansteht. Und dann wird gearbeitet bis zum Abend, mit zwei halbstündigen Unterbrüchen für Mittagessen und Zwischenverpflegung. Um fünf stolpern die Männer todmüde aus ihren Stollenlöchern oder von ihren Betonmischern zu den Waschräumen, um sich notdürftig den Dreck herunterzuspülen. Dann gibt es Nachtessen und hinterher nichts mehr, außer Alkohol in der Kantine und ewige Gespräche über das Thema eins: über die Weiber. Ja, und dann ist es eben vorgekommen, daß einige sich nicht mehr mit Gesprächen begnügten, sondern ein paar Frauen ins Lager geschmuggelt haben ...

Rocco wußte also, daß an den Gerüchten etwas dran war. Aber der Ältere fand nichts weiter dabei. Es habe sich eben einiges geändert im Terzone, und es werde sich vermutlich noch einiges mehr ändern.

Aber der Polier, und darum gehe es jetzt, habe ihnen angeboten, für die restliche Bauzeit oben in den Baracken zu bleiben, weil ein paar italienische Saisonarbeiter bereits abgereist seien, die Arbeit aber dränge. Es seien Nachtschichten vorgesehen, da könnten sie Überstunden arbeiten, und wenn sie den langen unbezahlten Weg rechneten, müßten sie kaum mehr arbeiten, könnten aber viel mehr verdienen – und sie seien ja beide nicht dafür bekannt, daß sie in den Baracken herumsäßen, um Karten zu spielen und zu saufen. Rocco hatte schließlich zugestimmt, Teresa sich schweigend gefügt.

Zunächst war alles gutgegangen. Jeden Samstagabend kamen die beiden nach Hause, lieferten wie bisher ihr Geld ab, gingen am Abend ins Dorf, mit der übrigen Jugend, und am Sonntag mit ihrer Mutter in die Kirche. Am Sonntagabend stiegen sie wieder zum Staudamm hinauf, auf dem Rücken die Säcke mit der von Teresa sorgfältig gewaschenen frischen Wäsche und in sauberen Überkleidern.

Dann, es war im Herbst, der erste Samstag, an dem Ernesto allein herunterkam, mit dem Bescheid, Giancarlo habe jetzt als Capo ab und zu Sonntagsdienst auf der Baustelle. Teresa war ihrem Sohn ins Wort gefahren: Da haben wir es! Jetzt wird bereits am Sonntag gearbeitet. Am Tag des Herrn! An so verdientem Geld liege ihr überhaupt nichts ...

Rocco versuchte zu beschwichtigen. Es spreche doch für das Vertrauen, das man in Giancarlo setze, daß er am Sonntag für Ordnung auf der Baustelle zu sorgen habe. Und ein Kaplan sei ja auch droben, soviel er wisse, Giancarlo würde nicht einmal die Messe verpassen.

An jenem Sonntag hatte Rocco bemerkt, daß Teresa Geld aus dem Kasten nahm, ehe sie mit Ernesto zur Kirche ging. Er hatte nichts dazu gesagt und nur am Abend, während er sein Vieh fütterte, den Sohn beiseite genommen. Teresa richtete in der Küche die beiden Wäschesäcke. Rocco hatte schnell heraus, daß Teresa beim Sakristan eine große Kerze gekauft und diese in der Kirche vor dem Hochaltar aufgestellt hatte. Er ließ vor Ernesto kein weiteres Wort in der Sache verlauten. Solche Dinge pflegten sie niemals in Gegenwart Dritter, und wären es die eigenen Söhne, auszumachen.

Aber später am Abend, als Ernesto gegangen war, stellte er Teresa zur Rede. Wie sie dazu käme, gutes Geld in die Kirche zu tragen? Er habe nie etwas gesagt, wenn sie zu den normalen Festzeiten und besonderen Anlässen auch ihr Teil geopfert habe. Doch jetzt, mitten im Jahr, und kurz vor dem Zinstermin. Teresa hatte es in all den Jahren ihres Zusammenlebens, während sie fleißig ihren Hof aufbauten und vergrößerten, als das Selbstverständlichste der Welt hingenommen, daß der Bauer auf seinem Hof das Kommando führte. So hatte sie es bei ihrem Vater und Großvater erlebt: Die Weiber begehrten wohl manchmal auf, aber nie in Hörweite der Männer. Diesmal jedoch erkannte Rocco die gute Teresa kaum wieder. Mit zornigen Augen fauchte sie ihn an: Wenn sie versuche, mit allen Mitteln das Böse von diesem Haus abzuwenden, dann sei das kein Grund für Vorwürfe, nachdem er selbst offenbar fest entschlossen sei, dem Bösen Tür und Tor zu öffnen. Da kam Feuer ins Dach. Rocco war von seinem Vater und von dem alten Hausierer Giancarlo nicht eben kirchenfreundlich erzogen worden. Zwar hatte er bisher Teresa stets gewähren lassen, wenn sie eifrig zur Kirche ging und auch die beiden Söhne dazu angehalten hatte. Er hatte Teresa ja auch, unterstützt vom alten Hausierer, die Erziehung der beiden Söhne überlassen müssen in der schweren Kriegszeit, und Teresa hatte darüber nie viel Worte verloren. Rocco konnte ja nichts dafür, daß er eingezogen war und den Söhnen fremd wurde. Nach dem Krieg hatte Rocco sein Leben einfach dort fortgesetzt, wo er es bei seinem Einrücken vor sechs Jahren unterbrochen hatte: Er hatte die Söhne mit zur Arbeit genommen und dabei den jüngeren oft hinter seinen Büchern hervorpfeifen müssen. Der ältere machte da viel weniger Schwierigkeiten. Der war das Ebenbild seines Vaters, der geborene Bauer, der nur widerwillig seine Schularbeiten machte und sich lieber in Stall und Feldern herumtrieb.

Alles das wußte Rocco genau, und es gab eine heftige Auseinandersetzung an jenem Abend. Er brüllte Teresa an, in diesem Haus sei noch immer er der Hausherr und nicht der Pfaffe, Kreuzdonnerwetter! Teresa hatte ihn verblüfft angeblickt, sie strich mit ihrer harten, verarbeiteten Hand über ihre Stirn, und dabei war Rocco aufgefallen, daß sich in dem ehemals fast blauschwarzen Haar die ersten grauen Strähnen zeigten. Teresa hatte sich an den Tisch gesetzt, ihre Hände auf die Tischplatte gelegt und Rocco ins Gesicht geblickt. Ich habe auch mitgeschafft, Rocco, das weißt du. Wir haben diese schweren Zeiten nur überstanden, weil wir eins waren und weil du deinem Hause so vorgestanden bist, wie sich das gehört, auch wenn du den Priester nie gemocht hast: Das ist deine Angelegenheit gewesen. Aber wenn du jetzt dem Teufel in diesem Haus das Kommando überlassen willst, dann wird es ein schlechtes Ende nehmen, dann möchte ich lieber heute tot sein als morgen. Steige hinunter ins Dorf, Rocco, steige hinunter und höre dir an, was die Leute sagen. Frage doch Ernesto, was da oben in den Baracken vor sich geht. Mir hat er es gesagt – es hat ihn bedrückt. Dir aber traut er sich nichts zu sagen, weil du ihn ohnehin immer als den Kleinen behandelst. Er ist dir zu fein geartet, feiner als dein Giancarlo, dem kein Klotz grob genug sein kann, um nicht einen groben Keil darauf zu hauen. Darauf seid ihr Männer im Terzone ja schon immer stolz gewesen, nicht nur du, Rocco. Du hast es Ernesto übelgenommen, daß er nicht Bauer werden wollte und es auch jetzt wohl noch nicht will. Aber du hast ja nie jemanden nach seiner Meinung gefragt. Besonders seit der alte Giancarlo tot ist. Auf den hast du noch gehört, und auch er wollte, daß Ernesto einen anderen Beruf ergreift: Er ging so gerne zur Schule und war so begabt. Der Lehrer und der Priester hätten es gerne gesehen, wenn wir ihn weiter zur Schule geschickt hätten. Er könnte Priester werden, oder Advokat oder Lehrer, haben sie gemeint, aber davon wolltest du ja nichts wissen. Bauer soll er werden, hast du gesagt, und damit war für dich die Sache erledigt. Sie hatte Rocco fest ins Auge gefaßt, und sie schüttelte nur den Kopf, als Rocco sich verteidigen wollte. Woher hätte er das Geld für ein Studium nehmen sollen? Du hast eben zu niemand Vertrauen gehabt als zu dir selbst. Nicht einmal zu Gott, sagte Teresa. Der Lehrer und der Pfarrer wollten dafür sorgen, daß Ernesto von der Gemeinde und vom Staat unterstützt würde. Aber du hast gesagt, ein Canonica nehme kein Armengeld, und damit basta. Jetzt ist Ernesto ein halbherziger Bauer. Er tut, was du sagst, aber nur, weil er vor dir Respekt hat und vielleicht auch Angst. Du machst ihm sein Leben kaputt, und wenn du ein Herz hast, dann läßt du ihn wenigstens jetzt mit dem Geld studieren, das er sich während der vier Jahre auf dem Bau verdient und gespart hat. Du hast doch deinen Giancarlo für die Nachfolge: ein richtiger Bauer, voller Ideen, wie er sein väterliches Erbe zu Nutzen bringen könnte. Was soll er denn später mit Ernesto anfangen? Zwei Familien ernährt der Hof niemals – eine allein hatte schon immer Mühe, wer sollte das besser wissen als du, Rocco? Tue es, bevor es zu spät ist und sie dir beide entgleiten, deine Söhne. Ernesto wird natürlich auch später Giancarlo gehorchen – aber eines Tages wird er fortgehen, und was soll dann aus ihm werden? Du weißt, daß du mit dem alten Hausierer deswegen einen bösen Streit hattest, hier, Rocco, in dieser Küche, an diesem Tisch. Erinnere dich nur: Du warst auf Urlaub gekommen und hattest die Uniform noch nicht ausgezogen.

Freilich hatte sich Rocco damals an diese Auseinandersetzung erinnert, und sogar jetzt, in dieser Nacht in seiner Küche erinnerte er sich daran, als ob es gestern gewesen wäre.

Ich habe dir, so hatte der Hausierer gesagt, meine Geheimnisse weitergegeben. Ich habe dir gesagt, aus welchen Kräutern du für welche Krankheit Pulver, Tränke und Salben bereiten kannst. Ich habe dich gelehrt, die Wünschelrute zu führen, und du hast an meiner Statt den Bauern im Terzone das Vieh geheilt, als ich dafür zu alt geworden bin. Aber schau, Rocco – ich bin weit in der Welt herumgekommen. Die Welt ist nicht stehengeblieben. Unsere Künste sind ein Segen für die Leute, das stimmt. Aber verglichen mit dem, was heute die Doktoren über Mensch und Vieh wissen, und wie sie helfen können – verglichen damit sind wir Stümper. Das soll nicht heißen, daß unsere Kunst nichts taugt – aber man müßte eben auch die modernen Arzneien kennen – kurz, wenn dein Jüngster studieren und Arzt werden würde, könnte er zu einem Segen für unser Tal werden. Wir haben weder einen Arzt noch einen Vieharzt – kaum daß wir die alte Hebamme haben, und die macht es auch nicht mehr lange.

Rocco war gewohnt, dem Alten zuzuhören, ohne dreinzureden. Zu viel Respekt hatte er vor dem alten Hausierer und Rutengänger.

Du fluchst auf den jungen Leponti, der das Tal zugrunde richte und die Bauern übers Ohr haue. Aber daran, daß wir Bauern einem von uns, der den Verstand dazu hat, eine Chance geben müssen, daran hast du nie gedacht. Was nützt es uns, daß wir mit der Faust auf den Tisch hauen? Der Leponti lacht uns nur aus. Und aus dem Ernesto wird nie ein Bauer, Rocco. Aber vielleicht ein Arzt. Alles, was ich weiß, habe ich ihm schon beigebracht, es gibt kein Kraut, das er nicht kennt in seiner Wirkung und von dem er nicht wüßte, wo es zu finden ist.

Na also, hatte Rocco gemeint. Wozu braucht er dann noch Bücher? Ich bin auch ohne sie ausgekommen, und wie viele habe ich nicht geheilt im Terzone, Mensch und Vieh. Studieren habe ich deswegen nicht müssen, und auch du nicht.

Die Welt ist nicht stehengeblieben, hatte Giancarlo nochmals gesagt. Die Welt weiß heute so viel, das man zum Segen für alle, auch für uns im Terzone, anwenden könnte.

Rocco erinnerte sich, daß er einsilbig geantwortet hatte: Alles in der Welt stehe auch nicht zum besten, sie täten im Terzone besser daran, nicht alles nachmachen zu wollen; er stehe schließlich im Militärdienst im Tal drunten und sehe, wohin die Welt gekommen sei mit ihren neuen Bräuchen und mit ihrem neuen Wesen.

Dann mußte Rocco wieder einrücken, und es wurde über das Thema nicht mehr gesprochen, bis eben an jenem Abend Teresa ihn daran erinnerte. Der alte Giancarlo, der ihn hätte umstimmen können, war gestorben, und so blieb er bei seinem einmal gefaßten Beschluß: Sein Sohn Ernesto sollte ebenfalls Bauer werden, Punktum!

Als dann Teresa den Finger in diese alte Wunde bohrte, stieg Zorn in ihm auf. Er hätte sie am liebsten gepackt und geschüttelt. Aber plötzlich brach Teresa ab, schlug die Hände vors Gesicht und begann zu weinen. Er versuchte sie zu beschwichtigen, ja er versprach ihr sogar, die Sache noch einmal zu überdenken. Vor allem aber wolle er einmal selber auf dieser Baustelle nach dem Rechten sehen. Noch ehe er dazu kam, hatte es eines Abends an die Tür geklopft.

Als Rocco öffnete, stand draußen der Bauer Cesare Riva, ein Dienstkamerad von Rocco und seit einigen Jahren auch Mitglied des Gemeinderates vom Terzone. Rocco erschrak. Es war nicht üblich im Terzone, daß man sich ohne Grund Besuche abstattete. Er bat den Riva herein. Riva dankte, trat ein und schwieg, wie es Brauch war im Terzone, bis der Hausvater den Wein vor ihm auf den Tisch gestellt und ihm zugetrunken hatte. Teresa setzte sich unaufgefordert auch an den Tisch. Riva nahm einen Schluck aus seinem Glas, wischte sich bedächtig den Mund und räusperte sich.

Deine Söhne, Rocco, sagte er endlich, deine beiden Söhne arbeiten doch oben beim Kraftwerkbau, oder? Rocco nickte.

Riva nahm abermals einen Schluck und sagte unvermittelt, mitten in die gespannte Stille der Küche hinein: Dann wird es wohl richtig sein mit den beiden? Rocco konnte sich darauf keinen Vers machen. Er sah Riva fragend an. Teresa aber konnte sich nicht zurückhalten. Ist etwas mit den beiden, fragte sie. Haben sie etwas angestellt? Ist etwas passiert? Das Mißverständnis war schnell aufgeklärt.

Den Jüngeren meine er nicht, sagte Riva bedächtig. Der gehe ihn auch nichts an. Er meine den Älteren und seine eigene Tochter, die Erika. Sie würden wohl im Bilde sein.

Wovon redest du überhaupt, entfuhr es Rocco. Was soll dieses Weibergeschwätz? Riva, bist du zu mir heraufgekommen, um wie ein altes Waschweib zu tratschen?

Riva nahm noch einen Schluck und wischte sich den Schnauzbart. Es ist ein Elend, murmelte er endlich. Diese verdammte Staumauer!

Ich habe nicht dafür gestimmt, antwortete Rocco kurz. Also laß mich mit der Staumauer zufrieden und komm zur Sache!

Es ist ein Elend, wiederholte Riva. Früher wußte man Bescheid. Die Jungen taten nichts ungefragt. Aber heute ...

Erzähl keine Märchen, unterbrach Rocco ihn barsch. Soviel ich weiß, hast du deine Alten auch nicht um Erlaubnis gefragt, damals, wie du zu deiner Anna gekommen bist.

Er wird sie doch heiraten, die Erika, oder? fragte der alte Riva auf einmal und sah Rocco dabei an. Oder soll es im Terzone heißen, ein Canonica habe eine Riva in Schande gebracht und wolle sie nun nicht heiraten?

Teresa war aufgefahren an jenem Abend in der verrußten, alten Küche. Ich habe es gewußt, hatte sie gestammelt. Ich habe es gewußt, und es hat nichts geholfen. Nun ist das Unglück da, und es wird unser Haus so bald nicht wieder verlassen.

Rocco war bedächtiger. Wieso Unglück? Wenn es so ist, wie Riva sagt, dann ist das weder ein Unglück noch etwas Außergewöhnliches im Terzone. Daß wir nichts davon wissen, nun, auch das ist bei Gott nicht neu. Aber ein paar Einzelheiten sollten wir schon wissen, Riva. Man kommt nicht mir nichts, dir nichts ins Haus einer ehrlichen Familie und meldet solche Forderungen an, wenn man nicht Grund dazu hat!

Hätte ich die Erika bloß nicht da hinaufgelassen, sagte Riva. Aber der Erzpriester wollte es so, weil eine der Matronen, die er für die Küche der Baustelle angeheuert hatte, plötzlich krank geworden ist. Beim besten Willen ist niemand aufzutreiben, hat der Pfarrer gesagt, der hinauf will in diese Einöde und unter die vielen Männer, und ob wir nicht die Erika für eine Weile entbehren könnten. Wir konnten das Geld gebrauchen, und so fing das Unglück an – die Erika ist ein hübsches Mädchen, alle sind ihr nachgestiegen – und nun ist sie im dritten Monat schwanger, und zwar von Giancarlo, soviel haben wir, meine Alte und ich, aus dem Luder herausprügeln können. Worauf Rocco meinte, ehe er nicht mit seinem Sohn gesprochen habe, bleibe für ihn alles wie bisher. Er werde dieser Tage einmal hinaufsteigen zum Staudamm und die Sache ins reine bringen, und: Eine Schwiegertochter käme ihr gar nicht so ungelegen, meinte Teresa. Es sei ja etwas da, Giancarlo habe tüchtig gespart, es werde sicherlich an nichts fehlen.

Er möchte nur um Beeilung bitten, hatte der alte Riva gesagt. Diese Dinge seien nun einmal unaufhaltbar. Dann trank er seinen Wein aus, setzte sich den Hut auf und ging, nachdem er noch gemurmelt hatte: Er habe mit der Ehrenhaftigkeit der Canonicas gerechnet. Für ihn sei die Sache schon so gut wie erledigt.

So war Rocco denn eines Morgens aufgebrochen, in aller Frühe.

Als er schließlich oben auf der Mauerkrone stand, da wurde ihm erst bewußt, welch Gigantenwerk diese Menschen da in die Einöde gestellt hatten. Verwirrt war Rocco auf der Baustelle herumgestolpert, ohne einen Sinn in dem Durcheinander sehen zu können. Endlich fand er das Baubüro.

Ein Mann saß in dem kleinen Bretterverschlag, als Rocco mit dem Hut in der Hand eintrat. Der Mann telefonierte, einen zerkauten

Stumpen zwischen den Zähnen und mit wilden Gesten seine Worte untermalend. Offensichtlich hatte er mit seinem Partner am anderen Ende einen handfesten Krach. Mitten im Satz lief er plötzlich rot an, brüllte: Idiot, verdammter! und knallte den Hörer auf die Gabel.

Wir stellen keinen mehr ein, blaffte der Mann, ohne Rocco anzusehen. Wir sind schon am Abbauen. Nichts zu machen, guten Tag, und dann stand der Mann auf und wollte an Rocco vorbei. Der blieb stehen. Haben Sie nicht gehört? Wir stellen keinen mehr ein. Was wollen Sie noch?

Rocco reckte sich nun doch ein bißchen. Ließ man es im Terzone auch nicht an der nötigen Ehrerbietung gegenüber Amts- und Respektspersonen fehlen, so war man doch nicht daran gewöhnt, dermaßen heruntergeputzt zu werden. Immerhin waren die Terzonesi freie Bauern, und dies seit Jahrhunderten. Schärfer als gewöhnlich fuhr Rocco den Mann an, er brauche die Arbeit an ihrem verdammten Staudamm nicht. Er suche seine beiden Söhne, die hier arbeiteten. Mit denen habe er etwas zu regeln, und wie die Sache aussehe, werde er seine Söhne wohl gleich mitnehmen, ins Terzone hinunter. Auf dem Hof ist Arbeit genug für alle.

Der Mann im Baubüro wurde ein bißchen freundlicher, vielleicht auch nur vorsichtiger.

Wie denn seine Söhne hießen, wollte er wissen.

Canonica. Giancarlo und Ernesto Canonica.

Die stecken beide im Stollen, sagte der Mann. Der Giancarlo ist doch Vorarbeiter, und seinen Bruder will er immer in seiner Mannschaft dabeihaben. Die werden vor vier Uhr abends nicht ausfahren. Die fahren Mittelschicht. Wir haben nämlich jetzt drei Schichten eingeführt, wir verpassen sonst noch den Termin, und das gibt Konventionalstrafen. Aber das wird Sie kaum interessieren. Tja, was machen wir da? Wollen Sie sich hier bei uns einmal ein bißchen umsehen? Sie können natürlich auch in der Kantine warten, wenn Sie wollen.

Ist die Erika da? wollte Rocco wissen. Sie soll in der Kantine arbeiten. Erika Riva ...

Erika Riva? antwortete der Mann und nagte an seinem Stumpen. Die ist nicht mehr hier. Die mußten wir wegschicken. Na ja, hier oben sind wir eben kein Mädchenpensionat: vierhundert rauhe, handfeste Gesellen, Männer, die fast ein Jahr lang auf einer Hochbaustelle arbeiten, ohne einen Tag Urlaub, ohne je ein Dorf oder eine Stadt oder sonst was in der Preislage zu sehen. Da sind dann die paar Röcke, die notgedrungen hier arbeiten, recht gern gesehen, und es kann passieren ...

Der Mann warf seinen zerkauten Stumpen endlich über das Geländer vor der Baracke ins Leere. Rocco sah, daß die Baracken wie Mausefallen über dem Abgrund am Fels klebten. Der Mann schien seinen Blick zu bemerken und grinste. Ja, für Besoffene nicht so günstig, sagte er. Kam schon vor, daß einer getaucht ist. Seither haben wir die Kantine in die obersten Baracken verlegt, gleich neben die Schlafräume. Aber, was ich sagen wollte: Wenn Sie sich über die Erika erkundigen wollen, dann gehen Sie am besten zum Kaplan. Der leitet hier bei uns das Foyer, so eine Art Soldatenstube, verstehen Sie?

Rocco wußte aus seiner Dienstzeit, was ein Foyer war. Es gab ein paar christliche Traktätchen, das christliche Volksblatt, eine alte, mürrische Serviererin, die den Soldaten Kaffee und Kuchen verkaufte, und dann gab es den Kaplan, der immer säuerlich blickte, wenn die Soldaten Scopa oder Jaß spielten, anstatt Domino oder Eile mit Weile.

Er fand das Foyer, und er fand den Kaplan, eifrig dabei, Post zu sortieren und, wie es Rocco schien, auch zu lesen.

Rocco fragte nach Erika.

Der Priester blickte sich rasch um und seufzte. Ja, ein Kreuz hier oben. Nichts als Unzucht und Völlerei haben die Leute im Kopf. Man müßte jeden Tag die Schlafkammern in den Baracken durchsuchen. Aber so schnell wie die die unzüchtigen Plakate und Bilder aufhängen, kann man die gar nicht wegschaffen. Und erst mit den Frauen: Erika war die jüngste, wir mußten sie wegschicken. Sie war für dieses Haus nicht mehr tragbar ...

Das ist doch kein Kloster, sagte Rocco hart. Wie kommt man dazu, erwachsenen Männern vorzuschreiben, was sie in ihren Kammern aufhängen? Was haben sie denn sonst hier oben?

Der Kaplan sah ihn verwundert an.

Arbeit! Gutbezahlte Arbeit! Und zu Hause die Familie, die auf das Geld wartet. Frauen, Kinder. Sollen wir zusehen, wie sie das Geld hier unnütz vertun? Mit Schundheften und Unzucht? Nein – es ist schon Aufgabe der Gemeinde, über Zucht und Ordnung zu wachen.

Wir befassen uns auch mit sozialer Fürsorge, ergänzte der Kaplan, als er Roccos Gesicht sah. Wir besorgen das Briefeschreiben ...

... und wohl auch das Briefelesen, wie?

Natürlich, sagte der Kaplan. Die wenigsten hier oben können lesen und schreiben. Wollen Sie eine Tasse Kaffee? Suchen Sie Arbeit?

Ich gehe in die Kantine, sagte Rocco. Vielen Dank. Ich warte auf meine Söhne, die hier oben arbeiten und mit denen ich ein Hühnchen zu rupfen habe.

Wenn ich Ihnen behilflich sein kann ...

Danke, sagte Rocco. Dazu braucht ein Canonica niemanden. Das pflegen wir unter uns auszumachen.

Rocco versuchte es nochmals beim Baubüro. Ob man seine Söhne nicht aus der Schicht holen könnte?

Das sei ausgeschlossen, sagte der Mann. Er könne ihm nur raten zu warten. In der Kantine gäbe es in einer halben Stunde Mittagessen. Ob er mitkommen wolle? Er könne ihm einen Bon für die Kantine verschaffen. Spaghetti und Kotelett und Salat, na ja, lumpen lassen wir uns nicht. Die Kerle müssen ja auch ackern wie die Pferde.

Rocco nickte.

Davon habe er gehört, sagte er. Aber es sei ja auch gutes Geld verdient worden. Seine Söhne hätten ein hübsches Sümmchen gespart in den vier Jahren.

Das wundere ihn nicht, sagte der Mann. Wofür will auch einer hier Geld ausgeben? Da ist doch jeder ein gemachter Mann, wenn er aushält. Und da fangen diese Idioten im letzten Moment an, hier Weiber heraufzuschmuggeln.

Weiber? fragte Rocco verwundert.

Natürlich, sagte der Mann. Nutten eben, Huren! In der Betonbenne haben sie die hochgekarrt. In kürzester Zeit war hier der Teufel los. Zum Glück haben wir es rechtzeitig gemerkt und für Ordnung gesorgt. Und die Kleine, nach der Sie vorhin gefragt haben, hatte nichts Besseres zu tun, als sich von den anderen Weibern anstecken zu lassen: leichter Verdienst, was? Da haben wir sie eben auch gefeuert ...

Sie ist schwanger, sagte Rocco.

So? meinte der Mann. Das wundert mich nicht. Die sind noch zu dumm, sich entsprechend zu schützen. Was hat das mit Ihren Söhnen zu tun? Gehen wir in die Kantine und trinken einen.

Rocco folgte dem Mann über die schmale Barackenveranda mit dem dünnen Holzgeländer; zwischen den roh gefügten Brettern sah er tief unter sich den Abgrund. Hinter der Staumauer staute sich bereits glasblaugrün das Wasser der Terza.

Wie groß wird eigentlich dieser See, fragte Rocco. Soll das Wasser wirklich bis zur vollen Höhe dieser Mauer hinaufreichen?

Natürlich. Der See wird gut fünfzehn Kilometer lang.

Und wenn der Damm bricht, fragte Rocco. Was dann? Das ganze Terzone wird doch von diesen Wassermassen leergefegt wie eine Polentaschüssel.

Nicht nur das, sagte der Mann. Aber der Damm wird halten für alle Ewigkeit, darauf können Sie sich verlassen. Denn sonst würde auch der Spiegel des Lago Maggiore auf einen Schlag um mehr als fünf Meter steigen – und dann addio ...

Wer schützt uns davor? Rocco blieb stehen, als er dies fragte. Der Mann drehte sich um, leise Ungeduld schwang in seiner Stimme, als er sagte: Dafür sind Warnsysteme eingebaut, in den Kavernen der Staumauer. Jedes Dorf im Terzone bekommt eine Alarmvorrichtung und einen genauen Evakuierungsplan. Jeder weiß ganz genau, wohin er sich in Sicherheit bringen kann, sollte es wirklich zu einer Katastrophe kommen. Aber abgesehen von Kriegszeiten, wo der Damm bombardiert werden könnte, ist so etwas beinahe ausgeschlossen. Und jetzt bin ich hungrig und durstig. Kommen Sie endlich.

Die Kantine war eine Baracke, aus der man alle Zwischenwände entfernt hatte, so daß ein einziger großer Raum entstanden war. An der hinteren Schmalseite befand sich die Küche, davor ein improvisiertes Buffet und eine Durchreiche. Der Raum wirkte kahl, schmucklos. Bänke und Tische waren aus rohem Holz gezimmert; die Fußbodenbretter federten unter Roccos Schritten.

Sie waren die ersten, aber kaum hatten sie sich an einen der wenigen Fensterplätze gesetzt, von dem aus Rocco das ganze Gebirge bis zum Pizzo Reale und einen großen Teil der Baustelle überblicken konnte, kamen mehr als hundert Männer in die Kantine gehastet, holten sich an der Durchreiche ihre Essentabletts und eine Flasche Bier und fingen sofort zu essen an. Die meisten hatten nicht einmal ihre gelben Schutzanzüge ausgezogen, sondern lediglich ein paar Knöpfe geöffnet. Auf dem Kopf trugen sie gelbe und rote Schutzhelme. Der Büromann bemerkte Roccos Blick und sagte, die roten sind die Gruppenführer. Vorarbeiter tragen einen blauen Schutzhelm. Die essen im Kasino drüben, zusammen mit den Ingenieuren.

Warum essen Sie denn nicht im Kasino? wollte Rocco wissen.

Ich bin doch hier nur der Bauschreiber, sagte der Mann. Ich führe die Rechnungen, telefoniere, besorge den Kantinennachschub, erstelle die Lohnlisten. Ich bin nicht mehr als jeder Arbeiter, und ich will auch gar nicht mehr sein. Ich bin gleichzeitig Sekretär der Bau- und Holzarbeitergewerkschaft und Vertrauensmann auf dieser Baustelle. Da würden es die Arbeiter übelnehmen, wenn ich bei den Herren im Kasino essen würde. Aber jetzt hole ich unser Essen. Wollen Sie auch Suppe?

Rocco nickte. Er stand auf und folgte dem Bauschreiber zur Theke. Er konnte sein Tablett selber tragen, wie die anderen auch.

Das Essen war vorzüglich.

Rocco sagte das dem Bauschreiber. Der nickte nur. Weiß ich, sagte er kauend und schnitt sich ein mächtiges Stück von seinem

Kotelett herunter. Die Köchin kenne ich jetzt seit fünfzehn Jahren. Die habe ich von einer Baustelle zur anderen mitgenommen. Grimselwerk, Handegg I, Handegg II, Innertkirchen, Gelmersee, Ritomsee. Immer hoch oben im Gebirge, einsam, immer die gleichen Gesichter, denn wenn auch die Arbeiter wechseln: Sie haben alle die gleichen Gesichter. Vierzehntägige Bärte, verklebt vom Gesteinsstaub, alle husten in derselben Tonart, jeder ist entweder erkältet oder hat schon den Ansatz einer Staublunge – aber jeder kennt den andern und jeden Handgriff, den er zu tun hat, damit er seinen Kameraden nicht gefährdet. Ich könnte Ihnen stundenlang von dieser Schinderei und von den Männern erzählen, die diese Schinderei auf sich nehmen. Sehen Sie, wenn wir hier fertig sind, dann kommt der ganze Verlad. Die Barackenwände, jede Bank, jedes Fenster, alles ist numeriert. Das wird zusammengepackt, innert drei Tagen steht da nichts mehr, der See wird gefüllt, und die Stille zieht ein. Nur wir, wir sind dann schon unterwegs zur nächsten Baustelle. Und immer gewaltiger werden die Projekte, immer weiter oben im Gebirge werden sie gebaut. Das nächste Projekt, an das wir gehen werden, ist im Wallis: ein gigantischer Staudamm knapp unter der Schneegrenze. Das wird wieder eine wahre Freude werden. Und alle diese Seen werden durch kilometerlange Stollen so miteinander verbunden, daß man quer durch die Berge den einen See anzapfen kann, um den andern damit zu füllen, und umgekehrt. Deshalb brauchen wir ja auch so viele Stollenmineure. Eine verdammte Arbeit, das kann ich Ihnen sagen: Kälte, Hitze, Wassereinbrüche kalt, Wassereinbrüche warm, Grubengas, Granitstaub, Dynamitdämpfe – alles für vierzehn Franken Stundenlohn und ein paar Prämien. Mit vierzig ist jeder fertig. Wenn die Familien ihre Männer wiedersehen, sind sie krank und müd, gerade noch fähig, irgendwo eine Stelle als Kranführer oder Magaziner anzunehmen. Und das Schlimmste: Überall, wo wir bauen, halten uns die Einheimischen für ihre Feinde. Es wird hier nicht besser sein. Ihr Bergbauern meint, wir da oben schinden uns zu unserem eigenen Nutzen, als ob das Kraftwerk uns gehören würde. Der Mann machte eine müde Geste.

Von all den Konsortien und dem Gerangel um jeden Franken habt ihr ja keine Ahnung. Dabei bringen wir euch den Fortschritt in die Bergtäler: Elektrizität, Industrie, Arbeitsplätze.

Ja, sagte Rocco trocken. Den Fortschritt. Den Untergang von allem, was wir hier hochgehalten haben. Unsere Söhne gehen daran kaputt. Unsere Arbeit ist auch schwer, jahraus, jahrein. Aber wir haben unsere Familien. Unsere Dörfer. Unsere Gemeinde. Und was bleibt davon übrig, wenn ihr alles unter den Stauseen ersäuft? Und jetzt fangt ihr an, das Wasser in die Kreuz und in die Quer zu leiten. Dabei ist es Gottes und der Natur Gesetz, daß das Wasser von der Höhe zur Tiefe fließen muß, so, wie der Berg es hergibt.

Der Bauschreiber sah Rocco an.

Es ist ebenso Naturgesetz, sagte er langsam, daß der Mensch sich mit dem Fortschritt aus der Abhängigkeit von der Natur befreit. Ich habe eure Terrassenäcker und die Weinberge gesehen, im Terzone. Jedesmal sehe ich sie mir an, wenn ich Einkäufe zu machen habe und mit dem Jeep ins Tal fahre. Ich sehe sie nicht nur. Ich denke mir auch etwas dabei: Das habt ihr doch auch in jahrhundertelangem Kampf gegen die Natur erschaffen, nicht anders als die Menschen, die überall auf der Erde für ein bißchen mehr oder weniger Überleben kämpfen, für ein bißchen mehr Wärme und Behaglichkeit – doch was erzähle ich Ihnen da? Das wissen Sie selbst vermutlich besser als ich. Wie steht es denn auf Ihrem Hof?

Und nun war es an Rocco zu erzählen, vom Kampf um ein neues Stücklein Land, das man dem Berg abrang, um eine weitere Ziege, die man kaufen konnte, wenn alles gutging. Von seinen Söhnen erzählte er, die am Staudamm arbeiteten.

Sie verstanden sich auf einmal, der Bauarbeiter und der Bergbauer, bei Kaffee mit Grappa verging die Zeit, der Bauschreiber stand auf einmal erschrocken auf. Gleich ist Schichtwechsel, und ich habe heute nachmittag überhaupt noch nichts getan. Ich muß ins Büro. Er klopfte Rocco auf die Schulter. Deine Söhne werden ohnehin nicht mehr lange auf sich warten lassen. Sie haben jetzt Schichtende.

Kurz darauf ertönte eine Sirene.

Rocco sah durch das Fenster, wie an der gegenüberliegenden Granitwand, etwa auf einem Drittel der Höhe der Staumauer, Bewegung entstand. Aus einem Loch in der Felswand führten die Geleise einer Grubenbahn bis in den Talgrund. Dort standen riesige Betonsilos, die aussahen wie auf den Kopf gestellte Birnen. Gleich daneben hörten die Geleise auf, und die Kabel einer Seilbahn spannten sich quer über das Becken des zukünftigen Stausees bis zu den Baracken. Es wimmelte von gelben und roten Helmen, und Rocco sah, wie eine Seilbahnbenne nach der andern zur Stollenbahn hinüberfuhr. Die neue Schicht wurde hinübertransportiert, und die ausfahrende kam zu den Baracken zurück. Dann hörte Rocco Stiefel auf Holz poltern, die Kantinentür wurde aufgerissen. Die Arbeiter stürzten zur Theke, nahmen Essen und Bier, setzten sich an die rohen Tische und begannen gierig zu schlingen. Ihre Gesichter waren weiß vom Gesteinsstaub, und beinahe hätte Rocco seine Söhne nicht erkannt, die plötzlich vor ihm standen und ihn verdutzt aus staubgeränderten Augen musterten.

Sie setzten sich zu ihm und begannen wie ihre Kameraden ringsum zu essen. Daß ihr Vater zur Baustelle hinaufgestiegen war, mußte seinen Grund haben, aber sie fragten nicht danach. Er würde selbst davon anfangen.

Rocco ließ sie erst ihren Hunger stillen. Er wußte: Ein Mann, der hart gearbeitet hat, läßt nicht gerne sein Essen stehen um zu palavern.

Das Essen ist gut, sagte Rocco nach einer Weile. Er mußte ziemlich laut sprechen.

Ja, sagte Giancarlo. Das ist wohl das mindeste, was sie uns bieten können: gutes Essen. Aber sonst fehlt es an allem.

Ich wollte mich einmal ein bißchen hier umsehen, sagte Rocco.

So? Giancarlo sagte es trocken. Und? Wie findest du es? Stell dir vor, die haben mir einen Kontrakt angeboten. Ich könnte mein ganzes Leben so verbringen, wenn ich wollte.

Ja. Ich habe vom Bauschreiber gehört, wie das so geht. Aber ich bin nicht deswegen heraufgekommen. Du wirst wissen, worum es sich dreht, nehme ich an?

Giancarlo hob die Achseln unter dem gelben Schutzanzug.

Ich möchte, daß du das Mädchen heiratest, sagte Rocco. Du brauchst mir nichts zu erzählen. Ich weiß Bescheid. Auch über die Bilder, die der Kaplan aus den Spinden holt, und über das andere. Und ich weiß auch, daß ihr Männer es hier oben schwer habt – aber man muß sich als Mann auch mal zusammennehmen können. Das mußten wir beim Militär auch, in der Kaserne. Nun, wenigstens hast du dir ein Bauernmädchen ausgesucht. Du wirst sie heiraten. Es ist alles halb so schlimm. Man muß nur dafür einstehen, was man sich und andern eingebrockt hat.

Wir sind hier nicht in der Kaserne, Vater, sondern auf einer Baustelle. Wir haben doch das Recht auf ein bißchen Leben. So kann man doch keine Männer behandeln. Viele machen das seit zwanzig Jahren. Man behandelt sie wie Kinder und läßt den Kaplan machen, was er will. Was will man von uns? Daß wir nur an die Arbeit denken? Überstunden machen, saufen, fressen und – wichsen, wenn's hochkommt, und auch da ist der Kaplan noch dagegen ...

Giancarlo! brüllte Rocco. Laß diese Schweinereien, wenn ich mit dir rede! Du hast dich mit dem Mädchen eingelassen, sie ist schwanger, man hat sie zum Teufel gejagt – was soll sie jetzt tun? Du wirst sie eben heiraten. Mutter ist froh um eine junge Hand im Haus, und damit ist die Sache erledigt. Du kannst sie doch nicht sitzenlassen.

Giancarlo schob seinen Teller beiseite.

Das mit der Erika schlag dir aus dem Kopf, Vater, sagte er bestimmt. Ich werde sie nicht heiraten. Was soll ich denn mit dem Mädchen zu schaffen haben?

Rocco lief rot an.

Das, verdammt noch mal, wirst du wohl selbst am besten wissen? Der alte Riva war bei uns und hat gesagt, die Erika sei schwanger. Und zwar von dir!

Ich werde Erika nicht heiraten, Vater! Ich finde nichts Schlechtes an dem Mädchen – aber sie hat es für Geld getan. Mit jedem, der bezahlen konnte und wollte – und das waren die meisten, bei Gott. Sie hat sich nichts gedacht dabei. Sie hat es eigentlich aus Barmherzigkeit getan, wenn du so willst. Daß sie dabei auch auf ihren Vorteil gesehen hat, heißt noch lange nicht, daß sie deswegen ein Luder ist. Stell dir vor, was losgewesen wäre, hätte sie es unter vierhundert Männern nur mit einem getrieben. Und dann waren ja auch noch die andern ...

Rocco fuhr auf. Ich kenne die Geschichte, brüllte er. Ringsum hoben die Arbeiter die Köpfe. Verschone mich mit deinen Hurengeschichten.

Er stand auf.

Wir sprechen uns noch, sagte Rocco. Du wirst das Mädchen heiraten, oder du bist ein Lump. War sie dir für das eine gut genug, dann jetzt auch für den Rest. Wir erwarten dich am Samstagabend. Riva wird auch da sein, und ich werde ihm sagen, daß er die Erika mitbringt.

Rocco machte sich auf den Rückweg. Gut, daß Teresa das Gespräch nicht mitangehört hatte. Aber die beiden würden kommen, das wußte er. Sie waren noch immer gekommen, hatten noch immer getan, was er wollte. Er war der Vater.

2

Rocco legte den Gewehrverschluß, an dem er geputzt hatte, vor sich auf den Tisch, neben den Brief vom Sindaco. Zwölf Uhr. In sieben Stunden würden sie kommen. Die Uhr mit den Rosenranken tickte, das Pendel schwang hin und her. Neben der Uhr an der weißgetünchten Wand sah Rocco deutlich die Stelle, wo der Mörtel zwischen zwei Mauersteinen herausgeschlagen war. Er hatte die Stelle seither oft übertüncht, aber die Delle war geblieben, wie um ihn stets daran zu erinnern, was an jenem Samstagabend geschehen war. Schon etliche Male, wenn er drauf und dran gewesen war, sich im Feiertagsgewand mit frisch geschmierten Nagelschuhen auf den Weg zu seinem ältesten Sohn zu machen, ihm Verzeihung anzutragen und ihn zu bitten, wieder nach Hause zu kommen, schon etliche Male war er bis zu jenem Mahnmal an der Wand gekommen, hatte es betrachtet und erneut den siedendheißen Zorn in sich aufsteigen gespürt, sich wieder umgezogen – und alles blieb beim alten. Keine Verzeihung, kein Weg zurück. Nur Groll, ohnmächtiger Zorn.

Rocco stand auf und ging zum Kaminsims. Er nahm den Steinmörser zur Hand, drehte ihn in den Händen. Ja, da war die Stelle. Ein talergroßes, dreieckiges Stück war vom Rand des Mörsers abgesprungen. Er stellte den Mörser mit einem Seufzer wieder an seinen Platz und blickte in die Kaminecke neben der Rosenuhr. Richtig – dort stand er, der Ochsenziemer.

Sie kamen beide, an jenem Samstagabend.

Teresa hatte vergeblich versucht, Rocco bei seiner Rückkehr von der Baustelle auszufragen. Sie solle es abwarten bis nächsten Samstag, meinte er, das war alles. Ihr blieb nichts anderes übrig, als sich zu fügen, vielleicht mit ein paar Seufzern mehr als gewöhnlich. Rocco tat, als achte er nicht darauf. Er erledigte ruhig seine Arbeit, und da es auch Teresa nicht an Arbeit fehlte – was hätte sie tun sollen? Sie versuchte nicht einmal, das Gespräch auf Ernesto und dessen Zukunft zu bringen, obwohl Rocco ihr doch versprochen hatte, sich alles nochmals zu überlegen.

Ein gutes Essen, das wußte sie, beruhigte die Gemüter. Deshalb wohl hatte Teresa an jenem Samstag einer Henne den Hals umgedreht und dazu eine steife Polenta auf den Herd gesetzt.

Rocco saß bereits am Tisch und las den *Corriere*, als die beiden in die Küche polterten. Sie warfen ihre Wäschebeutel in die Ecke, Teresa versicherte, das Essen sei gleich fertig, begrüßte ihre Söhne herzlich, während Rocco die Lippen nicht auseinanderbrachte. Die Söhne setzten sich an ihre Plätze, nachdem sie die Hüte am Nagel an der Tür aufgehängt und im Wassereimer neben dem Herd Wasser geschöpft und sich die Hände gewaschen hatten.

Teresa trug das Essen auf, sie sprachen das Gebet, Rocco legte die Zeitung weg, schraubte die Petrollampe ein bißchen herunter – wie er es immer tat, nachdem er die Zeitung gelesen hatte, indem er sagte: Das Maul zum Essen werdet ihr auch so finden, und Petroleum ist teuer – und dann hörte man nur noch das Klappern des Bestecks.

Rocco sah keinen an, als er wie beiläufig sagte: Riva kommt mit Erika vorbei. In einer halben Stunde sind sie da.

Giancarlo hob den Kopf und wollte etwas sagen, aber Rocco sah aus den Augenwinkeln, wie Teresa ihm einen warnenden Blick zuwarf.

Recht so, dachte Rocco. Macht euch nur Gedanken, wie das weitergehen soll, wenn sich die eigenen Söhne nicht mehr an das halten, was recht ist seit alters her. Der eine läßt sich ungestraft einen Lumpen nennen, und der andere ist sich zu schade, um Bauer zu werden. Als ob ein Canonica je etwas anderes gewesen wäre als ein Bauer. Die Mutter trug das Geschirr ab, der Vater stopfte seine Pfeife, und als die ersten blauen Rauchwolken aus seinem Pfeifenkopf quollen und er mit dem Daumen den Tabak festgedrückt hatte, warf er die Schweinsblase, die ihm als Tabaksbeutel diente, in die Tischmitte und knurrte: Da, bedient euch, ihr Malefizer!

Ernesto hatte abgelehnt und Giancarlo eine Zigarettenpackung hervorgezogen und den Kopf geschüttelt.

Du willst wohl hier neue Moden anfangen, wie, bellte Rocco. Wenn du dieses Zeug rauchen willst, so mach das draußen. Aber nicht in meinem Haus. Wir haben uns unsere Zigaretten noch immer aus unserem eigenen Tabak gedreht, und wer die nicht mag, soll Pfeife rauchen.

Wo hätten sie denn Tabak hernehmen sollen, dort droben? Teresa versuchte zu beschwichtigen. Niemand hörte auf sie. Trotz ihres entsetzten Blicks steckte Giancarlo seine Zigarette an und murmelte: Ich bin erwachsen.

So siehst du aus, höhnte Rocco. Wenn du erwachsen wärst, dann wüßtest du, was du zu tun hast, wenn der alte Riva und seine Tochter zur Tür hereinkommen. Du wirst ihn um die Hand seiner Tochter bitten, und zwar ohne Fisimatenten. Oder willst du das Mädchen bloßstellen, hier, in meinem Haus? Wirst du ihm dasselbe sagen, was du mir in der Kantine gesagt hast?

Bevor Giancarlo die Antwort geben konnte, die ihm auf der Zunge lag, klopfte es, und der alte Riva stieß seine Tochter durch die Tür.

Guten Abend, knurrte er. Das Luder wollte freiwillig nicht kommen.

Setz dich, Riva, und du auch, Erika, sagte Rocco. Der Alte setzte sich, Erika blieb stehen und blickte sich trotzig um. Rocco bemerkte die Spuren von ein paar kräftigen Ohrfeigen in ihrem Gesicht, und ihr Haar war zerzaust, als hätte ihr Vater sie daran den Berg heraufgeschleppt.

Du sollst dich setzen, herrschte der alte Riva seine Tochter an, und schielte gleichzeitig auf Giancarlo, der dem Mädchen freundlich zugenickt hatte.

Teresa stand auf, holte den Wein und die Gläser, stellte sie auf den Tisch, nahm Rivas Tochter beim Arm und schob sie zu einem Stuhl. Das Mädchen setzte sich und senkte den Blick.

Rocco musterte sie wohlgefällig. Der Teufelskerl hat sich nicht die Übelste angelacht, dachte er, und laut sagte er: Nun, Giancarlo, wird's bald, oder hast du die Sprache verloren?

Ich werde Erika nicht heiraten, sagte Giancarlo.

Rocco versuchte, seinen Zorn herunterzuschlucken. Ach so, und warum nicht?

Weil ich nicht heiraten will, sagte Erika an Giancarlos Stelle.

Riva fuhr auf, und ehe ihn jemand daran hindern konnte, hatte er dem Mädchen eine Ohrfeige verpaßt. Und warum willst du nicht heiraten? Rocco fragte es behutsam, fast väterlich, obwohl er wilde Blicke auf seinen Sohn abschoß. So eine Situation, man stelle sich vor, wie das ganze Terzone darüber lachen würde, morgen schon, nach dem Kirchgang. Das würde herumgehen wie ein Waldfeuer.

Rocco schraubte die Lampe so hoch, daß es in der Küche hell wurde wie am Tage.

Ich denke, du bist schwanger, sagte Teresa. Und da willst du nicht heiraten? Mädchen, kannst du dir eine solche Schande vorstellen?

Ich bin doch nicht schwanger, sagte Erika. Das stimmt überhaupt nicht, und ... Na also, sagte Giancarlo und lächelte dem Mädchen zu.

Laß mich mal machen, Canonica, sagte der alte Riva keuchend. Laß mich mal heran an das Luder, und du wirst sehen, was an der Sache ist. Ich bin doch kein Bajazzo.

Du läßt das Mädchen in Ruhe, kam es plötzlich aus Giancarlos Ecke. Kalt und gefährlich. Sonst brech ich dir die Knochen, verlaß dich drauf!

Rocco war hochgefahren. Was zum Teufel! Wie redest du grüner Junge mit einem Bauern? Mit einem Gemeinderat? Soll ich den Ochsenziemer aus der Ecke holen und dir das Maul stopfen?

Teresa wollte sich ins Mittel legen. Rocco! Der Junge ist vierundzwanzig!

Und wenn er vierzig wäre, schrie Rocco. Wer hier die Füße unter den Tisch streckt, hat zu parieren, oder es setzt was. Noch bin ich hier der Bauer.

Teresa stand auf. Trinkt jetzt euren Wein und versucht, euch zu benehmen wie Männer, sagte sie. Es wird Zeit, daß euch das jemand sagt. Und du, Giancarlo, hältst jetzt den Mund, bis man dich etwas fragt. Ernesto sagt auch nichts. Der weiß, was sich gehört.

Giancarlo hat ganz recht, Mutter, sagte da Ernesto laut und deutlich.

Halt den Mund, halt augenblicklich den Mund! Teresas Stimme klang empört. Schäme dich.

Na schön, dann eben andersherum, sagte der alte Riva. Hast du mit dem Kerl da geschlafen? Ja oder nein?

Ja, sagte das Mädchen und senkte den Blick.

Na also, sagte der alte Riva triumphierend. Warum nicht gleich so? Oder willst du das bestreiten, Kerl? Nachdem du es vor so vielen Zeugen gehört hast?

Nein, sagte Giancarlo ruhig. Ich bestreite das gar nicht. Aber...

Ruhe jetzt, herrschte Rocco. Kein Aber. Du hast mit ihr oder sie hat mit dir, das wird ja wohl auf dasselbe herauskommen. Du wirst sie also heiraten.

Ich bin nicht schwanger, sagte Erika. Und ich will nicht heiraten.

Aber verdammt noch mal – wenn du mit einem Kerl geschlafen hast, dann wirst du doch nicht so ausgeschämt sein und ihn nicht heiraten? Du hast gesagt, es war vor drei Monaten. Also bist du seit drei Monaten schwanger, oder ich kenne die Welt nicht mehr, brüllte der alte Riva.

Weißt du, Mädchen, daß die ganze Schande an dir hängenbleibt? unterbrach Teresa. Du wirst das Tal verlassen müssen. Jeder wird dich anspucken. Die Gassenbuben werden dir nachlaufen und Rübchen schaben – ein Mädchen tut doch so etwas nicht, wenn es seine Eltern ehrt und etwas auf den Herrgott und sich selber hält...

Und ein Bursche tut es einfach? fragte Erika.

Du wirst mich kennenlernen, brüllte Riva. Ich prügle dich windelweich, und deinen Bettel kannst du auf der Gasse auflesen, wo du hingehörst und wo du enden wirst. Ich will dich nicht mehr sehen. Und euch, sagte er grimmig zu den Canonicas, euch werde ich den Familienruhm singen. Darauf könnt ihr euch verlassen, so wahr ich Cesare Riva bin.

Bevor einer von den Canonicas etwas hätte sagen oder unternehmen können, hatte Riva seine Tochter am Arm gepackt, die Tür aufgerissen und sie hinausgezerrt. Krachend schlug er die Tür hinter sich zu. Rocco Canonica stieg der Zorn im Hals hoch. Teresa merkte es und versuchte, ihn zu beruhigen.

Warum läßt auch der Kaplan zu, daß ein junges Mädchen mit so vielen Männern unter einem Dach lebt? Damit goß sie Öl ins Feuer.

Da hast du sie, deine Pfaffen, brüllte Rocco. Womöglich hat er das unsaubere Spiel noch mitgespielt. Wir sind in allen Mäulern, spätestens morgen, nur weil dieser Lump da sich nicht bezähmen kann und sich dann noch feige aus der Sache zieht, die er sich und andern eingebrockt hat. Und so etwas soll hier einmal Bauer werden? Willst du ein Hurenhaus aus diesem Hof machen, wie? Unseren Namen in den Dreck ziehen? Ich hätte es ahnen müssen, damals, als du immer wieder von Maschinen, Elektrizität, Wasserleitungen und weiß der Teufel was für Lumpenzeug gefaselt hast, statt dich an deinen Vater zu halten und ein Bauer zu werden, wie es sich im Terzone gehört. Weißt du überhaupt, was ich alles für euch getan habe?

Du hast es uns oft genug gesagt, Vater, sagte Giancarlo müde.

Wenn du dir statt dessen nur ein einziges Mal anhören würdest, was in der Welt vor sich geht, und mir zugestehen, daß ich etwas Neues versuchen könnte ...

Ha, wahrhaftig neu, schrie Rocco. Man schläft mit Mädchen, gibt offen zu, daß man mit ihnen geschlafen hat, und will sie nicht heiraten. Auf solche Neuheiten können wir verzichten. Ist es bisher nicht gutgegangen, so wie wir's angepackt haben? Haben wir es nicht zu etwas gebracht, deine Mutter und ich? Mußtest du jemals, wie ich, als *spazzacamino* in die Kamine von Mailand? Hab ich euch das nicht erspart?

Vater, in Mailand gibt es schon seit zwanzig Jahren keine *spazzacamini* mehr. Dafür gibt es unten im Tal eine Schule für Bergbauern, wo jeder lernen könnte, wie man unsere Höfe besser, einfacher, mit weniger Mühe und zudem rentabler bearbeiten könnte ...

Mit weniger Mühe? Hohn war in Roccos Stimme. Ihr wollt wohl feiern bei der Arbeit, was?

So steht es doch geschrieben, Giancarlo, sagte nun auch Teresa. Im Schweiße deines Angesichts sollst du dein Brot essen. Der Herr gibt, was uns not tut. Warum sollen wir nach mehr streben, als er uns zugesteht? Durch unseren Fleiß uns zubilligt? Eher geht ein Kamel durch ein Nadelöhr ...

Hör auf, Teresa, sagte Rocco barsch. Ich kann weder das eine noch das andere hören. Ich dachte, ich hätte einen Bauern aus dir gemacht, Giancarlo. Und jetzt willst du dich wie der andere lieber in Bücher vergraben als in die Arbeit auf dem Hof? Daraus wird nichts! Wir haben kein Geld für solchen Unsinn. Man würde uns im ganzen Tal auslachen und für ausgemachte Narren halten, oder man würde denken, uns sei der Hochmut zu Kopf gestiegen.

Ich habe selber Geld, Vater, sagte Giancarlo. Und ewig kann es doch hier nicht so bleiben. Wir arbeiten uns auf den Feldern zu Tode. Aber wenn einmal an der hölzernen Wasserleitung was kaputt ist, dann macht es dir nichts aus, daß wir zu dritt eine Woche am Berg damit vertrödeln, den Fehler zu suchen und zu flicken. Unterdessen gerät die Arbeit auf den Feldern in Rückstand. Letztes Jahr hatten wir keinen Hanf, weil wir ihn wegen der verdammten Leitung nicht rechtzeitig in die Erde brachten. Dabei wäre es so einfach, uns an die Wasserleitung der Gemeinde anschließen zu lassen, und Strom zum Haus heraufzuleiten, würde auch nicht alle Welt kosten, dafür gibt es Subventionen ...

Ein Canonica nimmt keine Almosen, sagte Rocco. Und wozu eine Wasserleitung? Wir haben doch eine. Ich habe die Quelle mit meinem Vater zusammen gefaßt und die Leitung gebaut. Und jetzt soll sie nicht mehr gut genug sein? Und wozu Strom? Brauchst du mehr Licht in dein Gehirn, oder ist dir die Petrollampe zu wenig hoffärtig? Weißt du, daß uns mit Leitungswasser die Reben verrekken würden? Und kannst du den Dünger kaufen, den uns das Wasser gratis vom Berg herunterbringt?

Dafür fände sich eine Lösung. Ich habe beim Militär mit andern Jungbauern geredet, wenn die übrigen in der Kneipe gesoffen haben. So jedenfalls, wie du dir das vorstellst, mache ich das hier nicht mit. Mutter könnte eine Waschmaschine brauchen, und Wasser in der Küche ...

Deiner Mutter hat es bisher so gepaßt, wie es ist. Aus dem modernen Unsinn wird mir nichts, solange ich lebe.

Dann gehe ich, Vater, sagte Giancarlo fest.

Du bleibst, sagte Rocco. Du wirst den Hof übernehmen, wenn ich einmal tot bin. Aber bis dahin bin ich es, der hier befiehlt.

Ich bin nicht dein Knecht, bloß, weil ich dein Sohn bin ...

Rocco stand auf. Die Zornesader auf seiner Stirn schwoll an.

Teresa versuchte noch einmal zu vermitteln. Tu's nicht, Rocco, mahnte sie. Er ist dir zu ähnlich.

Das werden wir sehen, brüllte Rocco. Das werden wir sehen, ob ich diesen Malefizer nicht doch noch zu Verstand bringe ...

Rocco trat zur Wanduhr und griff in die Ecke, wo der Ochsenziemer stand. Teresa schrie auf, als Giancarlo sich mit weißem Gesicht erhob und murmelte: Beim ersten Schlag, Vater, schlage ich dir mit diesem Mörser den Schädel ein. Sprach's, griff auf den Kaminsims und hielt den Mörser mit der Faust umklammert.

Teresa versuchte, sich dazwischenzuwerfen. O Gott. Ich habe es kommen sehen. Nehmt doch Vernunft an! Ihr versündigt euch ...

Aber Rocco war rasend vor Wut. Er hob den Ochsenziemer und ließ ihn pfeifend auf Giancarlo niedersausen. Und da flog der Mörser. Der schwere Steinmörser hätte Rocco unweigerlich erschlagen, wenn nicht Ernesto seinem Bruder in den Arm gefallen wäre. Der Mörser prallte neben der Pendeluhr gegen die Wand und fiel zu Boden, während die rosenumrankte Wanduhr mitten in der Stunde zu schlagen anfing. Bevor sich Rocco aus seiner Erstarrung lösen konnte, fielen ihm Teresa von der einen und Ernesto von der anderen Seite in den Arm.

Und plötzlich fühlte sich Rocco alt. Krank und müde. Er setzte sich auf seinen Stuhl, während Giancarlo immer noch wutbebend an der Wand stand. Rocco nahm wie abwesend aus dem Glas vor ihm einen Schluck Wein.

Herrlich weit ist es mit uns gekommen, sagte er endlich tonlos. Und jetzt geh. Laß dich hier nicht wieder blicken. Komm mir nicht mehr unter die Augen. Nie mehr.

Er blickte Giancarlo aus glanzlosen Augen an.

Sonst erschlage ich dich mit der bloßen Faust wie einen räudigen Hund, schrie er plötzlich. Geh.

Rocco stand auf, und ohne sich umzublicken verschwand er in der Schlafkammer. Ich will dich morgen hier nicht mehr sehen, sagte er über die Schulter. Dann fiel die Tür ins Schloß.

Teresa hatte in jener Nacht versucht, ihn umzustimmen. Du hast nicht das Recht, ihn wegzuweisen, Rocco. Er ist auch mein Sohn. Ich habe ihn geboren. Was wir aufgebaut haben, das haben wir gemeinsam aufgebaut. Ich habe dich nicht im Stich gelassen, als du nichts mehr hattest, weder Vater noch Mutter, die dir hätten helfen können. Ich habe dir geholfen. Ich bin trotzdem zu dir gekommen. Warum fragst du mich jetzt nicht um Rat? Warum darf ich nicht für meinen Sohn Verzeihung erbitten?

Ich habe nur noch einen Sohn, sagte Rocco. Ihn werde ich hierbehalten. Ist er gegangen? Der andere? Ja, Rocco. Er ist gegangen. Und er hat alles mitgenommen. Seine Kleider. Sein Gewehr. Sein Sparheft. Ich konnte es ihm nicht verwehren. Es ist sein Geld.

Dem Hurengeld traure ich nicht nach. Wohin ist er?

Hinauf zur Baustelle. Er hat noch einen Kontrakt von drei Monaten. Er wollte den nicht aufgeben.

Dort ist er gut aufgehoben. Dort gehört er hin. Er hat mit uns und mit dem Terzone nichts mehr zu tun.

Wenn du dich da bloß nicht täuschst, Rocco. Er ist genau wie du. Er wird wiederkommen. Er schon.

Nicht zu meinen Lebzeiten. Dafür werde ich sorgen. Hätten wir damals bei seiner Geburt einen Baum gepflanzt, ich würde ihn umhacken. Wenn dich ein Glied ärgert, reiße es aus, so heißt es in der Schrift. Sag das nicht, Rocco, das bringt Unheil. Denk doch an die Geschichte vom verlorenen Sohn.

Rocco antwortete nicht.

Sie weinte still vor sich hin. Das Unheil, das über die Familie hereingebrochen war, würde sich nicht aufhalten lassen. Es würde alle von ihnen erfassen ...

Der Kleine ist mit ihm gegangen, sagte sie später in das Dunkel der Schlafkammer. Rocco fuhr auf.

Was sagst du da? Der Junge gehört hierher. Er ist jetzt der Jungbauer. Was fällt ihm ein, ohne meine Erlaubnis wegzugehen.

Er mußte Giancarlo doch leuchten, Rocco, jetzt in der Nacht durch die Klamm, und – er fürchtet sich. Vor dir, Rocco.

Rocco gab darauf keine Antwort. Daß Ernesto sich vor ihm fürchten sollte, das tat weh.

Die Uhr in der Küche schlug eins. Unter anderen Umständen wäre Rocco längst im Bett gewesen. Er hätte geschlafen, um sich für die Arbeit des nächsten Tages auszuruhen. Aber heute, mit diesem Brief auf dem Tisch und dem Gewehr, das er reinigte, um sich damit sein Recht zu verschaffen, früh um sieben Uhr, heute wollte er nicht schlafen. Er hätte das auch kaum fertiggebracht.

Der Junge war tags darauf zurückgekommen. Widerwillig hatte er seinen Platz neben Rocco eingenommen. Er erledigte seine Arbeit. Aber er tat nichts aus eigenem Antrieb. Zu allem und jedem mußte Rocco ihn auffordern. Teresa hatte den folgenden Winter nicht überlebt. Niemand war dabei, als sie starb. Rocco war mit Ernesto im Holz, und Giancarlo – Rocco wußte nicht einmal, wo er nach Beendigung der Bauarbeiten am Staudamm hingezogen war. Wenn ihn im Dorf jemand darauf ansprechen wollte, brach Rocco das Gespräch ab, ließ den anderen stehen und ging davon. Erst später vernahm Rocco, daß der Pfarrer Giancarlo Mitteilung vom Tod Teresas gemacht hatte.

An dem Nachmittag, an dem Teresa auf dem alten Terzoner Kirchhof begraben wurde, blies ein eisiger Wind vom Monte Lema herunter. Dennoch waren die Terzonesi vollzählig auf dem Friedhof, und als Rocco mit leeren, brennenden Augen in die Grube starrte, die der alte Sakristan in den gefrorenen Boden gegraben hatte, sah er auf einmal Giancarlo. Er stand gegenüber am anderen Ende der Grube und senkte seine Augen nicht, als ihn seines Vaters Blick traf. Erst da merkte Rocco schmerzhaft, daß dieser Sohn aus seinem Holz geschnitzt war: genauso stolz und unbeugsam. Giancarlo hatte der Drohung, Rocco werde ihn mit der bloßen Faust erschlagen, überhaupt keine Bedeutung beigemessen.

Beinahe hätte Rocco damals Stolz erfüllt, aber dann besann er sich des Anlasses dieser Begegnung, und er senkte seinen Blick.

Von der Trauerfeier hörte er nichts, am Leichenmahl nahm er nicht teil, was ihm die bösen Mäuler von Terzone niemals verziehen. Mehr als einmal wurde ihm zugetragen, der oder jener habe geäußert, er, Rocco, sei schuld an Teresas Tod. Er habe sie ins Grab gebracht.

Das Unheil war noch nicht überstanden. Als er zurückkam, fand er einen Brief von Ernesto, der ihm mitteilte, er halte es hier oben nicht mehr aus. Er ziehe zu seinem Bruder Giancarlo. Rocco möge ihm nicht zürnen, er könne nicht anders.

Damals war Rocco in den Hof gerannt, drauf und dran, sein Gehöft anzuzünden mit allem, was darin und darauf war, und sich selbst auch in dieses Höllenfeuer zu legen.

Aber dann stieg Trotz in ihm auf. Der Stolz der Canonicas. Er würde keinem nachlaufen. Keinen zurückhalten.

So war es gekommen, daß er nun schon seit fünfzehn Jahren allein in diesem Hause wohnte, allein seinen Hof bearbeitete und auch die sonstige Arbeit tat: Er wusch seine Hemden im Waschzuber wie seinerzeit Teresa, er zündete seine Petrollampe an, er kochte seinen Kaffee und seine Polenta, und notfalls stieg er allein auf den Berg, um seine Wasserleitung zu reparieren.

Zu jener Zeit war es gewesen, daß der junge Leponti mit dem Land, das er den Bauern abgenommen hatte, zu spekulieren begann. Rocco hörte davon im Grotto. Zuerst verkaufte der alte Riva, der dem Leponti recht viel schuldig gewesen war, dem Bürgermeister auch noch den Rest seiner Wiesen und Äcker im Dorf. Riva hatte keinen Sohn, und nachdem Erika weggegangen war, hatte Riva alle Hoffnung verloren, daß sie einen Bauern heiraten würde. Wieder andere, wie zum Beispiel der alte Carona mit seiner Frau, hatten wohl Söhne, aber die waren ins Tal gezogen, um leichteren Verdienst zu suchen, wie sie sagten. Carona verkaufte, und weil kein anderer Geld besaß, um seinen Besitz zu kaufen, war es wiederum der Bürgermeister, der ihn erwarb. Billig genug übrigens, so hieß es im Grotto.

In die verlassenen Häuser im Dorf, die Leponti mit Hilfe des alten Schreinermeisters Paolo herrichten ließ, kamen nun den ganzen Sommer über Leute aus der Stadt, von jenseits des Gotthards und sogar aus Deutschland. Wenn man dem Krämer glaubte, besaßen diese Leute viel Geld. Sie verlangten bei ihm Dinge, die er früher nicht am Lager gehabt hatte. Im übrigen spazierten sie über die mauergesäumten Pfade durch die Terrassenäcker und Weinberge der Bauern, steckten die Nase in jeden Ziegenstall, brachen in Schreie des Entzückens aus, wenn sie ein Zicklein entdeckten.

Immer häufiger kam es vor, daß die Fremden uneingeladen bei Rocco im Hof umherstöberten, neugierig zusahen, wenn er mit dem Tragkorb auf dem Rücken Heu einbrachte oder Erde in seinen Rebberg hinauftrug. Gelegentlich sprachen sie ihn an, in einem Italienisch, das er kaum verstehen konnte. Entweder wollten sie Wein kaufen, oder er sollte seine Ziege melken und ihnen ein Glas frische Milch geben, gegen Geld natürlich. Als ob man eine Ziege einfach zu jeder Tageszeit an ihrem Euter ziehen könnte!

Anfänglich hatte sich Rocco freundlich gezeigt. Sein Gehöft war abgelegen, ins Dorf ging er nur noch selten, warum sollte er also nicht einen Schwatz halten? Er hatte den Fremden von seinem Wein eingeschenkt, als Erfrischung, als Geschenk, wie das im Terzone

Brauch war. Aber nachdem sie dann jedesmal ihren Geldbeutel hervorgezogen, nachdem sie in der Küche alles in die Hand genommen hatten, das Kupfergeschirr, die Heidenpfeife, ihm sogar den Steinmörser hatten abkaufen wollen und Teresas Spinnrad, hörte er damit auf. Er hatte es nicht nötig, sich von Fremden in seinem eigenen Haus beleidigen zu lassen. Am Ende beachtete er sie nicht mehr. Nur im Herbst, wenn er die Fremden dabei erwischte, wie sie in seinen Weinbergen herumtrampelten und schamlos die Trauben ernten wollten, für die er sich das ganze Jahr abgeplackt hatte, packte ihn der Zorn. Dann griff er in der Küche nach dem Ochsenziemer und verjagte das Pack.

Leponti hingegen kamen die Fremden gelegen. Der Grotto brachte gute Geschäfte, und bald konnte der Sindaco bauen: ein Restaurant, wo auch warmes Essen serviert wurde. Zwei Bertoni-Töchter stellte er als Kellnerinnen ein, die noch im Jahr zuvor ihrem Vater geholfen hatten, die Ziegen zu melken. Der Sindaco schloß regelrechte Verträge mit den Chauffeuren der Reisebüros von Locarno und Ascona; das verriet einmal einer dieser Chauffeure, als er mit den Terzoner Bauern im Grotto einen Scopa drosch, während der Inhalt seines Autobusses sich oben im Restaurant die Bäuche füllte mit den «Terzoner Spezialitäten», die Leponti ihnen auftischte. Er bekomme, prahlte der Chauffeur, von jeder Ladung, die er beim Sindaco zum Essen ablade, zehn Prozent des Umsatzes, den die Gäste im Restaurant machten.

Doch kamen auch andere Fremde. Solche, die nicht mit den Bussen der Reisebüros fuhren, sondern im eigenen Wagen, gelegentlich sogar gefahren wurden von Chauffeuren mit steifen Schildmützen, die vornehmer taten als ihre Herrschaft, wenn sie im Grotto mitten unter den Bauern warten mußten. Sie sprachen kaum mit ihnen.

Die Herrschaften sprachen bei den Bauern vor, die noch nicht verkauft hatten, aber hauptsächlich bei Leponti. Und eines Tages wußten die Terzonesi auch warum. Ein in Zürich lebender Terzonesi hatte im Grotto einen Zeitungsausschnitt herumgezeigt, als er wie jedes Jahr ein paar Tage in seinem Vaterhaus Ferien machte. In diesem Inserat bot der Bürgermeister Bauland zum Verkauf an, in einer «landschaftlich unberührten, romantischen Gegend. Tessiner Seitental mit winzigen Dörfern und herrlichem Ausblick auf den See.» Und: Kapitalkräftige Interessenten möchten sich melden beim Bürgermeister der Talgemeinde Terzone. Baubewilligungen und Steuervergünstigungen würden zugesichert. Ebenso der Ausbau der Infrastruktur. Die Terzonesi staunten, und an der nächsten Talgemeindeversammlung ging es laut zu. Die alten Bauern begehrten auf. Der Bürgermeister wiederum schrie, ob sie nicht wüßten, daß man nur so der Abwanderung Herr werden könne. Außerdem erinnerte er seine starrköpfigen Bauern unverblümt an ihre Schulden. Die wenigsten trauten sich danach noch, das Maul aufzumachen und weitere Fragen zu stellen. Rocco allerdings, der dem Sindaco kaum noch schuldig war, erkundigte sich nach dem Sinn des Wortes Infrastruktur, die er da den Käufern garantiere. Warum er mit Wörtern um sich werfe, die kein Mensch verstehe? Ob er vielleicht etwas zu verstecken habe, das nicht jeder wissen solle? Da fuhr der Bürgermeister ihm unwirsch übers Maul. Wenn man schon Fremdenindustrie ansiedeln wolle, dann brauche es eine bessere Wasserversorgung. Es brauche Strom in allen Häusern, eine Kanalisation; Dinge, die für diese Leute selbstverständlich seien. Und wer, bitte, diese Ausgaben bezahlen solle? Etwa die arme Talgemeinde? Dafür habe der Gemeinderat diesen kapitalkräftigen Leuten steuerliche Erleichterungen angeboten: Auf diese Weise würden mehr Steuereinnahmen ins Terzone kommen als je zuvor.

Damit hatte der Bürgermeister die meisten Terzonesi in der Tasche. Roccos warnende Stimme wurde beiseite geschoben.

So kamen die Fremden, suchten Land zu erwerben, wo sie nur konnten. Sie waren bereit, für eine saure Heuwiese mehr Geld zu bezahlen, als ein Terzonesi je auf einem Haufen beisammen gesehen hatte. Mehr als einer redete nun am Sonntag im Grotto vom Verkaufen und wie blöd man wäre, das Geld nicht zu nehmen, man habe ja noch genügend Land übrig, und mit dem Geld könnte man endlich dies und jenes verbessern, das schon seit langem fällig gewesen, aber mangels Geld immer hatte unterlassen werden müssen.

Der Preis der sauren Wiesen stieg ins Unermeßliche. Es wäre für Rocco unmöglich gewesen, eine solche Wiese überhaupt noch zu kaufen. Unmöglich und auch sinnlos, weil man diese Wiesen allenfalls jedes dritte Jahr mähen konnte. Der magere Boden gab mehr nicht her, und für teuren Kunstdünger hatten die Terzonesi bisher kein Geld gehabt. Wie also hätte Rocco aus solch magerer Ernte den Zins für das Geld herauswirtschaften sollen, das er zum Kauf hätte aufnehmen müssen? Bald hatten viele Bauern die Gelegenheit genutzt und verkauft, und auf einmal merkten sie, daß sie nun zuwenig Land besaßen, um weiterhin wirtschaften zu können. Sie gaben auf und verkauften auch den Rest.

Die Bauern hatten nun wohl ein bißchen Geld übrig, aber keine Arbeit mehr im Dorf, denn die Fremden stellten nur junge Leute an. Außerdem verlangten sie, daß sie wenigstens richtig Italienisch sprechen konnten, nicht bloß den Dialekt vom Terzone.

So blieb den Bauern nichts, als entweder untätig in ihren alten Häusern auf den Tod zu warten und dabei ihr kleines Kapital zu verzehren – oder wegzuziehen: Die großen Städte brauchten alle Kräfte in der Industrie, auch ungelernte. Bald zählte man im Dorf mehr leerstehende Häuser als bewohnte.

Das war Roccos Hauptsorge, die er immer wieder dem Bürgermeister vortrug. Für Leponti lief alles so, wie er vorausgesehen hatte: Die Reichen brachten der Gemeinde Geld und der Jugend Arbeitsplätze – aber wer besorgte die Maiensässe? Wer die Alpen und den Schutzwald?

Natürlich war es längst nicht mehr wie zu Zeiten von Roccos Urgroßvater, als fast jede Terzoner Familie unten in der großen Schwemmebene des Tessin ein Haus besessen hatte. Dort verbrachten sie, in relativ mildem Klima, den Winter, behaglich die im Laufe des Jahres auf den Maiensässen und Alpen angehäuften Vorräte verzehrend, Hanf und Wolle spinnend, Jungvieh und Käse zum Verkauf auf die Märkte tragend. Während dieser Wintermonate waren die Häuser im Dorf Terzone verschlossen, Straße, Wege und Ställe eingeschneit.

Erst im Frühjahr, wenn die Schneekappe des Monte Lema kleiner wurde und die Schmelzwasser brüllend durch die Terzaklamm schossen, hob im Dorf im Talgrund das große Packen an. Bettzeug, Kochtöpfe, Geschirr, der gesamte Hausrat wurde auf zweirädrige Karren und Maultiere verladen. In einer langen Karawane zog das ganze Dorf, Kind und Kegel, Schafe, Ziegen und Kühe, die steilen Serpentinen der Terzaschlucht hoch, durch knospende Kastanienwälder. Drei Stunden später hatten sie das Dorf Terzone auf seiner Sonnenterrasse hoch über der rauschenden Terza erreicht. Dort bezogen die Familien ihre Häuser, die Terzoner Frauen krempelten die Ärmel hoch und scheuerten mit Wasser und Soda Küche und Kammern. Die Männer weißelten unterdessen die Ställe mit ungelöschtem Kalk. Sie kletterten auf die Dächer, schauten nach, wo der Frost eine Granitplatte gesprengt hatte, und ersetzten diese. Sie schmierten ihre Pflüge, und am nächsten Tag sah man die Terzonesi mit Ochsen oder Mauleseln ausrücken, notfalls auch mit einer Kuh, hinauf in die Terrassenäcker am Berghang, um zu pflügen, den Boden für die Saat zu richten, heruntergeschwemmtes Erdreich wieder hinaufzutragen. Dann kam die Saat in den Boden: Mais und Hanf, hinter den Häusern in den Treibbeeten am geschützten Sonnenplatz wurden Tabakpflänzlinge pikiert. Die Reben mußten geschnitten werden; die erste Luzerne wurde gemäht und eingebracht, die Häuser verriegelt, die Fensterläden geschlossen, und wieder brach die ganze Karawane auf, dem Sommerdorf auf La Paz entgegen. Die Männer säuberten die Weiden und erneuerten den Schutzwald, das

Vieh wurde laufen gelassen, unter den Käsekesseln Feuer gemacht: Die Sömmerung begann. Wenn auf dem Monte Lema der erste Schnee fiel, wurden die Häuser auf La Paz verriegelt, winterfest gemacht, das Vieh zusammengetrieben, und die ganze Bewohnerschaft stieg talwärts, dem Dorf Terzone zu, wo der Hanf in Reife stand und der Roggen gilbte. Der Mais wurde geerntet und in dikken Zöpfen an die Balustraden der Innenhöfe der Häuser gehängt, der Tabak wurde gebüschelt und gegärt und ebenfalls aufgehängt.

Dann kam das größte Fest im Dorf: In den Rösthäusern röstete man den Hanf. Während dieser Zeit wurde den Jungen vieles nachgesehen, selbst die Alten wurden lebhaft und erzählten stundenlang die schönsten, ältesten und wildesten Geschichten über das Terzone, sprachen über Vergangenes und geheimnisvoll Zukünftiges und tranken dreimal mehr als gewöhnlich. Die Trauben wurden geerntet, gepreßt, gekeltert, das Heu zu großen Ballen zusammengebunden, dem Vieh das letzte Gras zur Weide überlassen, und wenn die ersten starken Fröste kamen, wurde alles eingepackt, der Hausrat und die Vorräte des Jahres: Tabak und Wein und Mais, Käse und der gebrochene, gekämmte Hanf, und wiederum ging es talwärts, in die große Ebene.

Dies alles lag nun lange zurück. Seit der großen Überschwemmung, welche die Ebene mit einer meterdicken Schlamm- und Geröllschicht bedeckt und die Häuser zerstört hatte, wurde Terzone zum Hauptdorf. Das Tal versumpfte, Tümpel und tote Flußläufe bildeten sich, und dann breitete sich die Malaria aus und machte die Ebene auf lange Zeit unbewohnbar. So blieben seit drei Generationen die Terzonesi auch wintersüber im Dorf und zogen nur im Sommer auf die hochgelegene Alp La Paz. Dadurch veränderte sich auch der Anbau. Neue Terrassen wurden angelegt, Bohnen und Tomaten gepflanzt, und nur noch die ganz Alten wußten von dem Dorf in der Schwemmebene.

Und jetzt hatte man auch La Paz aufgegeben. Niemand zog mehr auf die Alp. Die Maiensässe verfielen, die Weide verwilderte, der Bannwald wurde vernachlässigt, aber Leponti hörte nicht einmal zu, wenn Rocco mit ihm darüber sprechen wollte.

Im Dorf vernahm er, daß man Ernesto in Ascona gesehen habe, als Kellner in einem Café. Von seinem Ältesten wußte niemand etwas. Der junge Leponti war inzwischen ganz ins Touristengeschäft eingestiegen. Allerdings hatte er Geld und mußte nicht wie die übrigen Terzonesi Hypotheken aufnehmen. Er hatte außerhalb des Dorfes, wo früher die Heuscheune des alten Sindaco gestanden hatte, ein Hotel errichtet. Es trug den gleichen Namen wie der winzige

Gasthof, den sein Vater nebenher betrieben hatte; doch sonst hatte es mit dem alten *Federale* wenig gemein. Dort waren nur selten Fremde abgestiegen, aber in dem Grotto hatten die Einheimischen ihren Wein getrunken und am Sonntagmorgen ihre Partie Boccia oder einen Scopa gespielt.

Da saßen dann die Terzoner Bauern in Hemdsärmeln zu viert um die rohen Tische, einen Schoppen vor sich, mit verkniffenen Gesichtern, um zu erraten, was der Gegner wohl für ein Blatt in der Hand halten mochte. Vorsichtig spielten sie ihre erste Karte aus, ohne ein lautes Wort, und erst mit fortschreitendem Spiel wurden sie lauter, hieben den Scopa triumphierend auf den Tisch, lachten mit ihrem Partner und besprachen beim Mischen noch einmal den Spielverlauf mit allen Hätte, Wenn und Aber. Dann waren die Karten verteilt, und erneut verfielen sie in das listig lauernde Schweigen.

Draußen auf der Bocciabahn hörte man das Knallen der Kugeln, die aufeinanderprallten, das Geschrei der Spieler, die ihre Kugeln bereits im «Ziel» hatten und nun den noch Werfenden ihrer Partei gute Ratschläge gaben, was sich die Gegenpartei ebenso wortreich verbat.

Freilich war auch vor dem neuen *Federale* eine Bocciabahn, aber sowenig wie im Grotto noch Scopa gespielt wurde (die Fremden kannten das Spiel nicht mehr), sowenig wurde auf dieser Bahn echtes Boccia gespielt. Rocco dachte in seiner Küche verächtlich daran, wie er einmal aus Neugierde den Fremden beim Boccia zugeschaut hatte. Was die eben so Boccia nannten. Keiner war imstande, mit einem einzigen Wurf seiner letzten Kugel das bereits gewonnen geglaubte «Haus» der Gegenpartei zu zerschmettern und den Ausgang des Spiels erneut in Frage zu stellen. Zu Roccos Zeiten gab es im Dorf Bocciaspieler, die es fertigbrachten, die kleine Kugel, das Ziel, mit einem einzigen Wurf aus ihrer Umklammerung durch drei, vier gegnerische Kugeln zu befreien und an eine völlig andere Stelle zu bugsieren, so daß der nächste Spieler die letzte Kugel nahe an das Ziel heranbringen konnte und die Gegenpartei das Nachsehen hatte.

Natürlich waren auch schon früher Gäste ins Terzone gekommen. Professoren aus Mailand oder Zürich mit ihren Studenten etwa, denen es nichts auszumachen schien, am Tisch in Lepontis Küche mitverköstigt zu werden, ihre Morgentoilette draußen im Hof unter dem Pumpenschwengel zu machen und für andere dringliche Verrichtungen das kleine, dunkle Häuschen hinten im Hof zu benutzen, das über das Mistloch des Kuhstalls gebaut war und über eine natürliche Belüftung von allen Seiten verfügte.

Sie wurden nicht einmal aufsässig, wenn manchmal überhaupt

kein Essen gerichtet war. Dann nämlich, wenn der alte Padrone Leponti mit seiner Familie auf den hoch über dem Dorf gelegenen Terrassenäckern arbeitete oder auf seinen zwei Maiensässen auf Alp La Paz das Winterheu einbrachte. Diese Gäste waren meist den ganzen Tag in genagelten Stiefeln an den Hängen des Monte Lema herumgeklettert, Botanisierbüchsen und Rucksäcke auf dem Rücken, zuweilen Gesteinshämmer oder Schmetterlingsnetze in den Händen. Sie sammelten Gesteinsproben, suchten nach seltenen Blumen, nach Kräutern und Wurzeln, nach Pilzen, Schmetterlingen und Molchen, und abends, wenn sie im Grotto mit den Bauern zusammensaßen, erzählten sie über ihre Funde.

Rocco hatte ihnen mehr als einmal im Grotto zugehört. Freilich hatte er sich gehütet, auch nur ein Wort davon zu sagen, was er über diese Kräuter und Wurzeln wußte. Giancarlo hatte ihm sein Wissen nicht mitgeteilt, um damit im Wirtshaus großzutun. Aber er wunderte sich doch, daß die Terzoner Bauern mit vor Staunen offenem Mund zuhörten, hatten sie doch die gleichen Kräuter oft gesehen, wenn sie den alten Giancarlo und später ihn gerufen hatten, um Krankheit von Haus und Stall zu nehmen. Gewiß, die Herren Professoren und Studenten gebrauchten andere Ausdrücke, aber Rocco erkannte die mitgebrachten Kräuter und Wurzeln auf den ersten Blick. Merkwürdig kam ihm nur vor, daß diese gelehrten Herren über die Wirkung dieser Kräuter und Wurzeln kein Wort verloren, also offenbar nicht die geringste Ahnung hatten. So zeigte ein Professor den Bauern einen Fliegenpilz und warnte sie, davon zu essen, weil er giftig sei. Es hätte dessen nicht bedurft: Kein Terzoner Bauer, mit Ausnahme von Rocco Canonica, rührte Pilze auch nur an, geschweige, daß er davon gegessen hätte. Pilze galten als Ausgeburten der Hölle, als Wesen, die sich von giftigem Erdreich ernährten, von Abfall und Verwesung. Klagten die Bauern aber über die Fliegenplage in ihren Häusern und Ställen, dann brachte ihnen Rocco ein leinenes Säcklein, das sie in der Stube oder im Stall aufhängen sollten – binnen Kürze würde keine Fliege mehr leben. In diesen Säcklein war nichts anderes als von Rocco gesammelter und getrockneter Fliegenpilz.

Oder die Professoren zeigten den Bauern schwarze, wolfszahnartige Körner und warnten, sollten sich solche Wolfszähne in den Roggenähren zeigen, so müßte das Getreide säuberlich verlesen werden, damit kein einziger dieser Wolfszähne mit vermahlen würde, so giftig sei das Zeug. Rocco wußte es besser: Die alte Hebamme Coelestina und später deren Tochter Maria, die das «Geschäft» erlernt und fortgesetzt hatte, kamen zu ihm, um solches Mutterkorn zu holen, das sie zur Behandlung bei schwierigen Geburten verwendeten – und, wie Rocco genau wußte, auch, um damit einem in Verlegenheit geratenen Mädchen wieder zu normalen Umständen zu verhelfen.

Er kannte die Alraune und ihre Wirkung, und mehr als einen Trank hatte er aus den Samenkörnern des hellbläulich blühenden Bilsenkrauts gebraut, wenn einer Kuh das Kalben nicht vonstatten ging oder um einen Jungstier zu betäuben, den man kastrieren wollte. Er wußte um die wohltätige Wirkung von Arnika und Wacholder, und aus Hanfsamen pflegte er Hanföl und Hanfkuchen herzustellen, wenn die Alten im Terzone die Gicht plagte und nicht schlafen ließ.

Aus rotem Holunder und aus Tollkirschen machte er Salben. Die halfen, wenn das Augenlicht bei alten Menschen nachließ oder wenn das Herz unregelmäßig zu schlagen begann.

Beinahe hätte Rocco an jenen Abenden gelächelt über die Unwissenheit der Professoren und über die offenen Mäuler der Bauern.

Einmal hatte der alte Hausierer sich sogar einen Scherz erlaubt und Rocco eingeweiht, sehr geheimnisvoll zwar: Er hatte ihm nur gesagt, er solle aufpassen, was jetzt geschehen würde. Es war an einem Dorffest der Terzoner Jugend. Die Geiger spielten zum Tanz, und die Burschen saßen an ihren Tischen, soffen Wein, um sich Mut zu machen und konnten sich nicht entschließen, die auf langen Bänken der Wand entlang sitzenden Mädchen aufzufordern, sei es, weil sie sich für keine bestimmte entscheiden konnten, sei es, weil sie nicht mit einem andern aneinandergeraten wollten. Da stand auf einmal der Hausierer mitten im Tanzsaal, in der Hand eine schwere Korbflasche.

Zu seiner Zeit sei kein Mädchen ungeküßt geblieben, rief er den Burschen zu, ganz sicherlich aber nicht ohne Tanz. Hier sei eine Flasche Wein, von seinem eigenen, die spendiere er, weil er es nicht mitansehen könne, wie die Jugend so gar nichts mehr tauge. Sprach's und stellte den jubelnden Burschen die Flasche auf den Tisch. Dann zog er sich in eine Ecke zurück und zwinkerte Rocco zu. Es verging keine Viertelstunde, da war der Tanzsaal ein Tollhaus. Die Musiker konnten nicht wild genug geigen, kein Mädchen mußte einen Tanz auslassen.

Giancarlo wollte Rocco nie verraten, was er in den Wein getan hatte. Es ist nicht ungefährlich, sagte er. Man muß die genauen Abmessungen kennen, sonst geht es schief. Aber, so erzählte er, zu seinen Jugendzeiten hätte man noch vor jedem Fest von diesem Wein getrunken.

Rocco seufzte. Die Wanduhr schlug zwei. Noch fünf Stunden. Er war ganz in seine Erinnerungen versunken gewesen. So war es früher im Terzone.

Und jetzt?

Jetzt waren beide Söhne fort, einer bediente in einem Café und bettelte. Wie anders sollte man es nennen, wenn einer ständig auf Trinkgelder wartete, mit ausgestreckter Hand?

Was habe ich falsch gemacht, dachte Rocco und stützte den Kopf schwer auf seine Hände. Er sah über das geblümte Wachstuch hin, als fände er in den vergilbten Blumenranken eine Antwort.

Beide sind sie weg, dachte er, und auf meinen Äckern verkommt die Ernte, Himmelherrgottnochmal.

Wie oft hatte er in den letzten fünfzehn Jahren herauszubekommen versucht, was seine Söhne trieben. Einmal hatte er gehört, Giancarlo habe sich im unteren Terzone um eine Pacht bemüht, habe aber nichts Passendes gefunden. Damals war er beinahe stolz gewesen auf seinen Sohn: also doch ein Bauer, und zwar ein Terzoner Bauer. Dann aber hatte ihn der Zorn gepackt: Warum konnte dieser Schafskopf nicht sein väterliches Erbe antreten? Warum mußte er eine fremde Pacht übernehmen, wenn er doch das Heimwesen der Canonicas hätte haben können? Er hätte nur seinen Vater um Verzeihung bitten müssen. Nur deshalb hatte Rocco schließlich all die langen Jahre hindurch den Besitz bestens in Ordnung gehalten. Aber sein Sohn hatte sich nicht gemeldet.

Und nun lag sein Gewehr vor ihm auf dem Küchentisch. Er würde sein Recht verteidigen. Heute früh. In fünf Stunden.

3

Rocco sah zum Schrank hinüber. Auf den beiden oberen Tablaren mit den geschnitzten Ranken stand das braune Tongeschirr, das er seit fünfzehn Jahren nicht mehr gebrauchte, weil er allein war und weil ihm die Eßschüssel, ein Löffel und sein Taschenmesser genügten.

Diesen Schrank aus schwerem, braunem Nußbaumholz hatte Teresa seinerzeit mit ihrem übrigen Trossel voller Stolz auf Roccos Karren geladen, als sie 1928, nach der großen Brandkatastrophe, geheiratet hatten. Der alte Sindaco Leponti hatte ihnen damals seinen Maulesel ausgeliehen, um den schweren Karren mit dem Hausrat der jungen Frau zu Roccos Gehöft hoch über dem Tal hinaufzuziehen. Roccos Maulesel hätte das allein nicht geschafft.

Das beste Stück auf diesem Karren war der Schrank. Riesig, nagelneu und zentnerschwer.

Teresas Vater hatte ihn eigens beim alten Tischler Paolo anfertigen lassen, der für die ganze Gemeinde die Tische, Stühle, Bänke, Schränke und Truhen und natürlich auch die Särge geschreinert hatte. Paolo war ein hervorragender Handwerker gewesen. Er hatte sogar als Zimmermann ausgeholfen, wenn ein neues Haus oder ein neuer Stall gebaut wurden. Später, als die meisten Terzonesi ihr Land verkauften, wollte auch Paolo sein Geschäft machen, zumal er keinen Nachfolger für seine Schreinerei hatte. Sein einziger Sohn war vor Jahren bei Aufräumungsarbeiten nach einem Erdrutsch am Monte Lema in eine Lawine geraten und tödlich verunglückt, seine beiden Töchter waren im Unterland verheiratet und kamen nur noch ins Terzone, um dort mit ihren Familien Ferien zu machen. Paolo hatte, als er dem Sindaco beim Umbau seines Hauses half, gesehen, wie man so etwas macht. Also baute er in das uralte Steinhaus, das seine Frau Gina mit in die Ehe gebracht hatte, zwei Fremdenzimmer ein. Ebenfalls in seinem eigenen Haus. Um das bezahlen zu können, verkaufte er seine Äcker und Wiesen, auch jene, die Gina in die Ehe gebracht und die er bisher den Terzoner Bauern um ein weniges verpachtet hatte und die nun keiner mehr haben wollte, nachdem die Terzonesi selbst ihr eigenes Land verkauften.

Paolo rechnete damit, daß er bei den Neubauten als Zimmermann gebraucht würde, und Möbel würden die Fremden ja wohl auch benötigen. Aber die Bauherren brachten ihre Architekten mit, und diese hatten wenig Zutrauen zu dem alten Dorfschreiner und heuerten ihre eigenen Fachleute an, die Möbel kaufte der Innenarchitekt bei Möbelgeschäften im Unterland. Nun saß Paolo da, die Aufträge der Bauern nahmen ab, als diese verkauften und wegzogen. Paolo blieb nur die Hoffnung, sich wenigstens mit seinen Fremdenzimmern ein Auskommen zu sichern. Nicht daß er Manna und gebratene Tauben erwartet hätte, die ihm von selber ins Maul fliegen sollten. Aber nicht einmal das wenige, mit dem er noch gerechnet hatte, traf ein.

So saß der alte Paolo tagsüber im Grotto und trank. Wie, er würde im Armenhaus enden?

Va bene – dann kann ich ja den Rest auch gleich versaufen. Im Armenhaus braucht man nichts mehr und auf dem Friedhof noch viel weniger. Paolo sagte es jedem, der es hören wollte, und gegen Abend ließ ihn der junge Leponti meistens hinauswerfen.

Den Verschluß des Gewehrs hatte Rocco gereinigt. Aus dem feldgrauen Leinenbeutel, der vor ihm auf dem Tisch lag, nahm er Gewehrfett, Laufspiegel, Putzschnur und Patronenlagerreiniger. Er entrollte die Putzschnur, nahm das Gewehr mit dem Lauf nach unten zwischen die Knie, zielte mit dem metallversteiften Ende der Putzschnur in die Lauföffnung beim Patronenlager. Mit festen, geübten Bewegungen schüttelte er die Putzschnur durch den Lauf. Als das Metallende beim Visierteil des Gewehrs aus dem Lauf ragte, ergriff er es und zog die Putzschnur so weit durch, bis der Putzsiebträger zum Vorschein kam. Dann nahm er ein sauberes Putzsieb, befestigte es an der Putzschnur und begann, mit langsamen, gleichmäßigen Bewegungen das Sieb durch den Lauf hin und her zu ziehen. Endlich zog er das Sieb beim Patronenlager wieder aus der Schnur, prüfte mit dem Daumen die daran haftenden Rückstände: Fett und feinster Metallstaub, aber kein Rost. Rocco nickte befriedigt. Nie, seit er dieses Gewehr im Zeughaus gefaßt hatte, vor fünfzig Jahren, hatte er einen Wasserflecken, geschweige denn Rost im Lauf gehabt. Er schraubte die feine Bürste an das Ende der Putzschnur und bürstete sorgfältig den Lauf durch. Schließlich nahm er Gaze, wickelte sie um den Gazeträger an der Putzschnur und entfettete den Lauf. Man hatte ihm oft genug gesagt, daß die kleinste Fettspur im Lauf dem Schuß eine abweichende Richtung zu geben vermochte.

Und bei dem Schuß, den er aus diesem Gewehr abfeuern würde, durfte er nicht das kleinste Risiko eingehen.

Er legte das Gewehr vor sich auf den Tisch zurück. Über alles das muß man doch nachdenken, sagte er leise zu sich selbst. Über den Säufer Paolo und wie alles gekommen ist.

Zu Paolo konnte man bei Tagesanbruch kommen und sicher sein, den alten Schreiner an der Hobelbank zu finden oder am Kocher, in dem er den Holzleim aufkochte. Rocco mochte den Geruch von Paolos Werkstatt, und vielleicht war dieser Geruch nach Harz, Leim und Holz daran schuld, daß er oft länger als nötig in der Werkstatt verweilt war und mit Paolo über Gott und die Welt geschwatzt hatte. Paolo allerdings hatte dabei seine Arbeit nie unterbrochen. Er ging etwa zu dem großen Bretterstapel im hinteren Teil der Werkstatt, suchte bedächtig das geeignetste Brett heraus, spannte es in seine Hobelbank und wählte unter den vielen Hobeln an der Wand den richtigen aus. Er klopfte das Hobelmesser mit einem Holzhammer fest. Dann faßte er den Hobel an Hals und Zarge, und schon flogen die ersten, weißen Späne. Rocco liebte dieses Geräusch, besonders, wenn der Hobel über einen der braunen Astkerne fuhr. Meist füllte Rocco – wenn er schon da war – ein paar Säcke mit den weißgekringelten, duftenden Holzspänen als Einstreu für sein Vieh, und oft hatten seine Ziegen, vernascht wie sie waren, die Späne kurzerhand gefressen.

Rocco lächelte, als er an seine Ziegen dachte. Wenn er frühmorgens zur Arbeit auf einen der Äcker zog, nahm er seine Herde mit, weil der Ziegenhirt vom Terzone auf dieser Seite des Tals die Ziegen nicht abholte. So weideten Roccos Ziegen am Rande der Felder das Ackerbord ab, und mehr als einmal hatten sie ihm aus der Jacke, die er aufgehängt hatte, den Tabaksbeutel gezerrt und den Tabak gefressen.

Rocco hatte Paolo manchen guten Stamm verkauft. Paolo war so gut beschäftigt, daß er den Bauern die Bretterstämme bar auf die Hand bezahlen konnte, wenn sie diese in seinem Hinterhof abgeladen hatten und bei einem Gläschen Grappa in der Werkstatt standen. Und dann – Jahre später – konnte man jeden Tag um Mitternacht die alte Gina sehen, die wie ein kleines, eingetrocknetes Vögelchen durch die Gassen des Dorfes trippelte, das Kopftuch vor lauter Scham so über den Kopf gezogen, daß man nur die spitze Nase aus dem Tuch hervorlugen sah. Sie hatte sich für ihren Paolo geschämt, die alte Gina. Trotzdem war sie die einzige, die ihm die Treue hielt. Und Paolo schlug ihr dafür die Faust ins Gesicht.

Er konnte kaum noch gehen, der alte Narr, so besoffen war er jeweils am Abend. Aber um seiner Alten, die ein Leben lang an seiner Seite gearbeitet hatte, die Faust ins Gesicht zu schlagen, dazu reichten seine Kräfte noch, und keiner der junge Kerle, die vor dem Grotto standen oder hinter Gina hergrölten, die ihren Mann nach Hause führte wie ein kleines Kind, dachte sich etwas dabei.

Der Teufel soll diese Welt holen, dachte Rocco erbittert. Der Teufel soll sie holen.

Er griff nach dem Gewehr, steckte den Laufspiegel hinter das Patronenlager, hielt die Gewehrmündung gegen das leicht flackernde Licht der Petroleumlampe und betrachtete den Lauf aufmerksam durch den Laufspiegel. Kein Stäubchen, kein Fleck. Er atmete auf. Sein Gewehr würde nicht versagen.

Er würde sich sein Recht holen. Ihm konnten sie nicht so kommen. Ihm nicht. Wozu hatte er sonst ein Gewehr im Wandschrank stehen? Hatte man ihm nicht im Zeughaus gesagt, damals, vor fünfzig Jahren, mit diesem Gewehr, das ihm nun anvertraut werde, habe er die Freiheit zu verteidigen. Nun gut – er würde sie verteidigen, die Freiheit. Seine Freiheit!

Mit ihm sollten sie nicht umspringen wie mit einem hergelaufenen Vagabunden.

Er würde sich wehren. Oder sollte er zusehen, wie man ihm seinen alten Nußbaum fällte, bloß weil ein Gericht das so beschlossen hatte, um einem reichen Manne zu willen zu sein? Bloß, weil die breite Krone dieses Nußbaumes einem reichen Mann nicht paßt, der von der Terrasse seines neuen Hauses den See unten sehen will, morgens beim Frühstück, und der diesen See nicht sehen kann, weil ihm die breite Krone von Roccos Nußbaum im Wege steht. Wozu muß ein Mann, der kein Heu zu bergen hat, dem das Wetter gleichgültig sein kann, weil er doch nichts zu verrichten hat – wieso muß ein solcher Mann überhaupt den See sehen, beim Frühstück auf seiner Terrasse?

Wenn Rocco auf den See geblickt hatte, die ganzen Jahre hindurch, dann doch nur, um festzustellen, ob Nebel aufstieg oder auf den See drückte. Ob der Seespiegel glanzlos und diesig war, oder glitzernd wie ein Tautropfen in der frischgrünen Luzerne. Danach richtete sich Rocco, und danach hatten sich schon sein Vater und Vatersvater gerichtet, wenn es zu entscheiden galt, ob man Gras mähen oder lieber das bereits getrocknete Heu einbringen sollte. Dieser Blick sagte Rocco, ob es regnen oder ob die Sonne scheinen, welcher Wind wehen würde: Der Bergwind vom Monte Lema, der trockenes Wetter bringen würde und vielleicht gegen Abend ein Gewitter, oder der Seewind, der bereits am Vormittag das Terzone mit balligen Wolkenschwaden überzog und dann für Tage schlechtes Wetter brachte – dazu benötigte man den See. Aber doch nicht, um beim Frühstück darauf hinunterzugucken.

Zwar hatte man ihm sein ganzes Leben lang gesagt, man dürfe sich sein Recht nicht selbst verschaffen. Dafür seien die Gerichte da und die Richter. Die Gesetze, die dieselben seien für arm und reich. Und bei Gott, er hatte daran geglaubt.

Und nun dies!

Um sieben Uhr würden sie kommen, die Gemeindearbeiter, und vielleicht würde sogar der Sindaco mitkommen, falls er nicht doch zu feige war; man würde den Gerichtsbeschluß noch einmal verlesen, diesen Wisch, den er vor sich auf dem Tisch liegen hatte und in dem er nachlesen konnte, daß er im Unrecht sei und ein Querkopf obendrein. Ein starrköpfiger alter Bauer, der nicht begriffen hatte, daß im Terzone andere Zeiten angebrochen waren und daß die Gemeinde auf Leute wie diesen Herrn Korten angewiesen war, als gute Steuerzahler und Förderer des Fortschritts.

Zunächst war alles in Ordnung gewesen. Der junge Leponti war zu ihm heraufgekommen, um ihm zu sagen, daß er die Wiese hinter Roccos Gehöft einem reichen Ausländer verkauft habe. Die Wiese hatte seit jeher den Lepontis gehört, aber schon der alte Leponti hatte sie an Roccos Vater verpachtet, weil sie zu weit ab von seinen übrigen Feldern lag. Die Pacht war ohne weitere Formalitäten auf Rocco übergegangen, wie das im Terzone Brauch war. Im Grunde gab diese Wiese nicht viel her. Sie lag am Steilbord, im oberen Teil war sie sogar schon wieder von Gestrüpp überwachsen, von Erika, Wacholder und Ginster. Der untere Teil der Weide war vom alten Nußbaum überschattet, der noch auf Roccos Grund stand, zwei Schritte vom Markstein entfernt.

Roccos Vater hatte das Steilbord als Heuwiese genutzt. Rocco indessen hatte viel mehr Luzerne zwischen seine Weingärten gesät, so daß er auf dieses Heu nicht mehr angewiesen war, das nur in mühsamer Arbeit hatte eingebracht werden können. Er hatte die Wiese notdürftig eingezäunt und als Hausweide für die Ziegen und Schafe benutzt. Es kam gelegentlich vor, daß Rocco aus irgendeinem Grunde die Tiere in der Nähe des Hauses brauchte. Etwa, weil sich der Metzger angesagt hatte, oder der Schafhändler, und man die Tiere dann nicht stundenlang am Berg droben suchen wollte.

Der Nutzen der Wiese war also nicht groß. Sie war bequem, aber, Gott, es war für Rocco kein Unglück gewesen, als ihm der junge Leponti mitteilte, er habe diese Wiese endlich verkauft und man müsse deshalb die Pacht auflösen. Rocco dachte, na schön – dann werde ich eben unterhalb des Hauses ein anderes Stück Wiese einzäunen; der Weidezaun hätte ohnehin erneuert werden müssen.

Korten will auf dem Land eine Villa bauen, hatte Leponti gesagt. Mit einem großen Garten, mit Sonnenterrasse und einem Schwimmbad. Na schön, hatte Rocco zur Antwort gegeben. Dann werde ich also Nachbarn bekommen, das ist vielleicht ganz kurzweilig und kann sogar einträglich werden: Solche Leute müssen ja auch essen, und ob ich die Sachen auf den Markt tragen muß oder gleich vor meiner Haustüre verkaufen kann, ist doch ein Unterschied.

Leponti hatte eifrig genickt: Ja, es wäre von Vorteil, auch für die Gemeinde, wenn sie miteinander auskommen könnten. Dieser Mann bringt unserer Gemeinde beträchtliche Steuergelder ein.

Um so besser, meinte Rocco. Um so besser für die Gemeinde. Der Bannwald am Monte Lema muß aufgeforstet werden, das weißt du, und nachdem wir dazu nicht mehr alle Männer der Talgemeinde aufbieten können, kostet das Geld.

Korten wird schon zahlen, sagte Leponti leichthin und strebte von diesem Thema fort, auf das ihn Rocco jedesmal ansprach, wenn er ihn sah. Hat er denn Wasser? fragte Rocco. Und: Wie steht das mit dem Weg? Oder will er das ganze Baumaterial etwa auf meinem Mulipfad herauftransportieren? Eben, meinte der Sindaco. Darüber müßten sie auch noch reden. Korten möchte eine Fahrstraße bauen, und die würde im unteren Teil, gleich nach der Terzabrücke, ein Stück weit durch deinen Wald führen. Sonst muß er eine neue Brükke bauen, und warum solltest du ihm nicht gegen Entschädigung ein Wegrecht einräumen?

Rocco lachte. Wenn es nur das ist, sagte er. Ich habe bei der Gemeinde seit Jahren eine anständige Straße zu mir herauf verlangt, das weißt du, und warum man mir die nie bewilligt hat, weißt du auch: Das Geld war nicht da, und wenn jetzt dieser Korten kommt und so viel Geld hat, daß er sich die Straße auf eigene Kosten bauen lassen kann, soll mir das nur recht sein. Wir können ja beides gegeneinander abtauschen: Korten bekommt das Wegrecht durch meinen Wald, und ich bekomme das Recht, seine Straße zu benutzen. Das ist doch ganz einfach.

Der Sindaco zögerte einen Augenblick.

Ein paar Bäume müßten auch noch gefällt werden, sagte er schließlich.

Das ist klar, sagte Rocco. Der wird wohl kaum mit seiner neuen Straße um jeden einzelnen Baum herumkurven wollen, wie?

Kaum, sagte der Sindaco. Da ist noch etwas. Herr Korten hat seine Pläne bereits bei der Gemeinde eingereicht, und es scheint, daß er ein bißchen nah an deine Baulinie herankommen wird. Ohne deine Einwilligung kann man da nichts machen. Außerdem möchte er wissen, ob er seine Villa an die neue Kanalisation anschließen soll, die wir geplant haben, oder ob du bereit wärst, seine Abwässer abzunehmen und zu verwerten. Das wäre für ihn billiger, und er hat durchblicken lassen, daß er sich dir gegenüber nicht kleinlich zeigen würde. Er hat vorläufig Pläne mit beiden Varianten eingereicht, damit sich die Bewilligungen nicht unnötig verzögern. Was meinst du? Willst du mit ihm einmal reden?

Rocco fuhr sich durchs Haar. Die Jauchegrube auf dem Hof ist recht klein, sagte er. Ich habe kein Geld, sie zu vergrößern, und nützen würde es mir auch nicht viel. Meine Söhne sind ja weggezogen, und ich weiß nicht, wer hier einmal weitermacht ...

Gib doch Korten ein Vorkaufsrecht, Rocco, sagte der Sindaco hastig. Gib ihm ein Vorkaufsrecht. Du machst weiter, solange du es schaffst und solange du magst, und die Sorgen um die Zukunft bist du los.

Wenn das so einfach wäre, sagte Rocco. Weißt du – mit dem Verkaufen ist es eine Sache: Das ist endgültig, und ich hoffe immer noch, daß der Ältere sich die Sache überlegt ...

Wart's ab, meinte Sindaco. Es eilt ja nicht. Ja, und wegen dem Wasser: Mit all den vielen Neubauten hat sich die Gemeinde entschließen müssen, endlich die Wasserversorgung auszubauen. Jedes Haus bekommt fließendes Wasser. Korten wird auch an die neue Wasserleitung angeschlossen. Das wäre doch eine Gelegenheit für dich ...

Ich habe mein eigenes Wasser, sagte Rocco. Ich brauche keine neue Leitung.

Aber du wirst alt, Rocco, sagte der Sindaco. Du bist jetzt sechsundsechzig – freilich, freilich, ich will damit nichts gesagt haben. Wahrscheinlich wirst du noch mit unseren Gebeinen Nüsse von den Bäumen schlagen, aber man kann nie wissen, und du weißt selbst, wie oft du schon diese vermaledeite Wasserleitung abgehen und deshalb alles andere liegenlassen mußtest. Übrigens wurde von der Gemeinde beschlossen, daß der Anschluß und der Beitrag an das neue Netz obligatorisch sind. Sonst hätten wir die Hälfte der Leute nie dazu bekommen. Diese Weiber – es ist, als ob sie gerne ihr Wasser am Brunnen holen und ihre Wäsche im Waschhaus der Gemeinde waschen würden – auf den Knien auf dem harten Granit ...

Wo sollen sie sonst tratschen, fragte Rocco. Und von einem solchen Gemeindebeschluß weiß ich nichts, ich habe da nicht mitgestimmt.

Kein Wunder, sagte der Sindaco. Man sieht dich ja an keiner Talgemeindeversammlung mehr. Aber deswegen ist natürlich der Beschluß trotzdem gültig. In deinem Fall können wir allerdings ein Auge zudrücken. Du bist ja außer Korten der einzige auf dieser Talseite. Doch wenn Korten ohnehin anschließt, würde für dich eine kurze Zuleitung genügen, und das kostet nicht die Welt.

Solange ich hier oben bin, ist es mir recht wie es ist, sagte Rocco. Ich werde doch meine Felder nicht mit Leitungswasser bewässern. Da fehlt ja alles, was mir der Berg an Schlamm gratis herunterbringt – und für die Reben muß sich das Wasser erwärmen können, und das geht nur in meinen offenen Holzkänneln. Auch für den Tabak ist das Leitungswasser viel zu kalt ...

Es eilt ja nicht, wiederholte der Sindaco. Du kannst dir alles in Ruhe überlegen. Wichtig ist nur, daß du einer Eintragung ins Grundbuch zustimmst. Wir können mit dem Straßenbau erst anfangen, nachdem du Korten das Wegerecht gegeben hast und die Erlaubnis, die störenden Bäume zu fällen.

Sofern dabei für mich keine Kosten entstehen, sagte Rocco gemütlich, soll es mir recht sein. Ich habe dir ja gesagt: Ich möchte diese Straße auch benützen. Laß also die Urkunde aufsetzen und bring sie mir zum Unterschreiben.

Gut, sagte der Sindaco zufrieden. Das wär's. Übrigens – du bist doch ein guter Steinhauer. Korten will in seinem Garten die Wege mit Steinplatten auslegen und Terrassenmauern hochziehen, wie wir das im Terzone machen. Es soll alles echt aussehen. Dazu braucht er Bruchsteine. Willst du dir nicht das Geld verdienen?

Ich bin zu alt, und ich bin allein auf dem Hof. Eben habe ich mir die dritte Kuh in den Stall gestellt. Danke für die Nachfrage – aber es geht wirklich nicht.

Der Sindaco hatte die Einladung zu einem Glas Wein mit dem Hinweis auf dringende Amtsgeschäfte abgelehnt und war gegangen. Ein paar Monate lang hörte Rocco nichts mehr von ihm, und auch sein neuer Nachbar ließ sich nicht blicken. Rocco dachte schon, Korten hätte es sich anders überlegt. Es tat ihm ein bißchen leid um die neue Straße. Die hätte für ihn eine echte Erleichterung bedeutet.

Eines Tages, Rocco hatte das Gespräch mit dem Sindaco längst vergessen und hackte gebückt in seinem Weinberg, hörte er auf dem steinigen Pfad, der von der Terzabrücke zu seinem Hof heraufführte, das Klappern von Maultierhufen. Auf dem Rücken des ersten Tieres saß der Sindaco, auf dem zweiten ein Rocco unbekannter Mann, dicklich, mit einem von der Hitze geröteten Gesicht und mit einem von jenen breitkrempigen Strohhüten auf dem Kopf, die der Krämer Bertossa den Touristen als echte Tessiner Hüte verkaufte.

Die Tiere waren schwarzfeucht vor Schweiß. Als der Sindaco dem Fremden aus dem schweren Gebirgssattel geholfen hatte, nahm er die Sättel ab und hängte sie zum Trocknen auf den Weidezaun. Rocco sah sofort, daß sich dort, wo den beiden Tieren die Decken aufgelegen hatten, weißlichgraue, dicke Salzkrusten gebildet hatten. Er schüttelte den Kopf. Die Tiere dermaßen zu schinden, daß ihre Flanken zitterten und ihnen der Schaum vor dem Maul stand – dafür hätte ein erwachsener Terzoner Bauer noch von seinem zahnlosen Großvater Prügel bekommen, und zwar nicht zu knapp.

Rocco streckte sich, sein Rücken tat ihm schon wieder weh, und bevor ihn der Sindaco in seinem Versteck aus Weinlaub hätte entdecken können, ging er mit schweren Schritten zu seinem Gehöft hinunter. Der Sindaco trug unter dem linken Arm eine schwarze Mappe, der unbekannte Herr musterte Rocco hinter schwarzen Sonnenbrillengläsern, während er sich mit dem Taschentuch den Schweiß von der geröteten Stirn wischte. Rocco fühlte sich unbehaglich. Im Terzone wollte man den Menschen in die Augen sehen, wenn man etwas zu bereden hatte. Aber dieser Mann hielt seine Augen versteckt, und das würde nun sein neuer Nachbar sein.

Der Sindaco hatte sofort zu schwätzen begonnen, wie ein Kind, das sich im dunklen Keller fürchtet, und ohne Rocco Zeit zu lassen, seinen Gästen zunächst einmal in der Kühle der dunklen Küche ein Glas Wein anzubieten. Wer im Terzone etwas von seinem Nachbarn wollte, der kam zum Haus, setzte sich in die Küche oder in die hintere Stube – je nachdem, wie geheim das Anliegen bleiben sollte. Die Terzonesi pflegten auf ihren Mäulern zu sitzen wie der Teufel auf der armen Seele. Bevor das erste Glas Wein oder Grappa getrunken war, kam niemand zur Sache, so war es seit je Brauch gewesen. Und jetzt hielt sich nicht einmal der Sindaco an die alten Sitten.

Rocco hatte die beiden, ohne auf Lepontis Gerede zu achten, mit einer Handbewegung in seine Küche gebeten. Wortlos hatte er die Weinflasche und die Gläser auf den Tisch gestellt. Dann entschuldigte er sich für einen Augenblick, ging hinaus in die gleißende Sonne, band die beiden Maultiere im Schatten des Nußbaumes fest, löste ihnen die Zäume und die Gebißstangen, holte im Schuppen einen Armvoll Luzernenheu und warf es den beiden Tieren vor, die sich zufrieden darüber hermachten. Er tätschelte ihnen kurz die Kruppen und wandte sich wieder seiner Küche und seinen Gästen zu.

Der Fremde hatte Roccos Wein nicht angerührt. Er habe es mit dem Herzen, und in dieser Hitze wolle er deshalb lieber ein Glas Wasser trinken.

Der Sindaco hob die Achseln, seine Miene besagte: Nimm's nicht krumm – ich kann nichts dafür!

Rocco bezähmte mühsam seine Verachtung und schöpfte aus dem Wassereimer neben dem Herd ein Glas Wasser.

Wasser trinken!

War das nun ein Mann oder ein Frosch?

Er hatte es eilig, in seinen Rebberg zurückzukehren, ihm besorgte niemand die Arbeit, und er hatte auch keine Lust, mit einem Menschen den Tag zu verschwätzen, der seinen Wein verschmähte.

Komm zur Sache, Leponti, sagte er. Ich habe zu tun. Leponti packte seine Aktentasche aus. Es geht um die Bäume, Rocco, sagte er. Herr Korten möchte, und das scheint mir logisch, als erstes die Straße bauen lassen. Dann kann er das Baumaterial auf Lastwagen bis zum Bauplatz schaffen. Wir haben also die Vereinbarung über die Eintragung im Grundbuch aufgesetzt, du weißt, wegen der Bäume, die gefällt werden müssen, und das Wegerecht muß auch eingetragen werden. Siehst du, hier steht alles: Du gibst dem Bauherrn – also Herrn Korten – das Recht, alle zur Erstellung der Baute und zur Realisierung des einzutragenden Wegerechts hinderlichen Bäume auf seine Kosten fällen zu lassen. Das Holz der zu entfernenden Bäume wird von Herrn Kortens Beauftragten in die von dir gewünschte Form (Bretter, Spälten, Papierholz) gebracht und dir in transportbereitem Zustand zur Verfügung gestellt. Das ist ein gutes Geschäft für dich, Rocco. Das bringt dir leicht ein paar Tausender ein. Rocco las, fand alles in Ordnung und unterschrieb. Wie zum Teufel hätte er damals wissen sollen, daß sie ihn hereingelegt hatten? Daß es da hieß: Privatstraße des Herrn Felix Korten, das hatte er richtig gefunden. Es war ja schließlich keine Gemeindestraße. Baute stand da, na ja, schön, wenn die Juristen Freude daran hatten, eine

Straße eine Baute zu nennen – würde er ihnen dieses Vergnügen lassen. Er war Bauer. Mit Advokaten und Notaren hatte er nie zu tun gehabt. Im Terzone gab es kaum einen schriftlichen Vertrag unter Bauern. Wer etwas abmachte und seine Hand darauf gab, der war im Wort, er und seine Nachkommenschaft.

Rocco hatte also unterschrieben, und dann hatten es alle eilig. Rocco zog es zu seiner Arbeit zurück, und die beiden Herren wollten sich den Bauplatz noch näher ansehen. Der Zaun müsse übrigens noch weg, sagte der Sindaco beiläufig zu Rocco, aber es eilt nicht, hörst du! Bis die neue Straße gebaut ist, wird noch einige Zeit vergehen, und bis dahin kannst du deine Ziegen ruhig dort weiden lassen. Und vielen Dank für die Einigung. Ich wußte ja, mit dir kann man reden. Ach ja, und die Wasserleitung für Herrn Korten, die müßte vielleicht auf einer Länge von ein paar Metern durch deine Wiese hinter dem Haus geführt werden, weil sonst ein Knick in die Leitung käme; aber das werdet ihr bestimmt unter Nachbarn regeln können, ohne die Gemeinde extra zu bemühen. Herr Korten hat übrigens der Gemeinde ein sehr großzügiges Steuerangebot gemacht, eine Jahrespauschale, soviel hat die Gemeinde bisher in zehn Jahren nicht aufgebracht. Mit solchen Steuerzahlern muß man sich gutstellen. Er hoffe, Rocco werde mit diesem wichtigen Mann gut auszukommen wissen ...

Natürlich, dachte Rocco jetzt in seiner alten Küche. Natürlich, wenn einen solchen Mann die Krone eines Nußbaums stört, die ihm den Blick auf den See verwehrt – dann hat man gefälligst darauf Rücksicht zu nehmen.

Maledizione!

Grimmig setzte er den gereinigten Verschluß des Gewehrs wieder zusammen. Er nahm den Zylinder, führte das Kernstück ein, die Feder, den Schlagbolzen und den Verschlußriegel. Eine halbe Drehung am Bajonettverschluß. Es klickte leise, und er konnte den Verschluß ins Gewehr einführen. Er mußte daran denken, wie ihn auch die Richter gefragt hatten, ob er nicht wisse, daß Gemeinnutz vor Eigennutz zu gehen habe?

Korten würde lächeln, morgen früh auf seiner Frühstücksterrasse. Er hatte ja ständig so ein Lächeln im Gesicht, als hätte ihm jemand die Mundwinkel an den Ohren festgebunden, besonders, wenn er mit Rocco sprach. Rocco sah ihn genau vor sich, diesen Korten, wie er heraustreten würde aus seinem Schlafzimmer, in seinem rostroten Morgenmantel, ein Rostfleck vor der weißgetünchten Fassade seines Hauses, das dem Stil der alten Terzoner Bauernhäuser nachgebaut war. Der kleine Severino aus dem Dorf würde ihm im weißen Jackett und mit einer schwarzen Fliege auf dem Adamsapfel sein Frühstück servieren. Severino, der noch vor drei Jahren an der Talversammlung zum Ziegenhirten gewählt worden war, seit je ein Ehrenamt im Terzone. Nicht jedem Hallodri vertrauten die Terzoner Bauern ihre Tiere an. Sie waren ihr größter Reichtum. Aber inzwischen wurden die Ziegen Jahr für Jahr weniger. Man brauchte den Ziegenhirten nicht mehr. Und jetzt arbeitete Severino, derselbe kleine Severino und doch nicht derselbe, für Herrn Korten.

Den Schnappsack aus Ziegenleder, in dem er sein Brot, seinen Käse und seinen Wein auf den Berg mitgetragen hatte, benötigte er nicht mehr. Korten hatte ihm diesen Schnappsack abgekauft. Jetzt hing er neben dem protzig-breiten Kamin im Wohnzimmer, neben einem Butterfaß und drei Maiskolben. Das hatte Rocco gesehen, als er einmal eingeladen war bei seinem neuen Nachbarn.

Früher hatte Severino nach einem prüfenden Blick zur Sonne gewußt, wann es Zeit wurde, seine kleine Herde zusammenzupfeifen und ins Dorf hinunterzusteigen: wenn die Sonne genau in den Ausschnitt zwischen Pizzo Reale und Monte Lema eintauchte. Hatte Severino seine Ziegen abgeliefert, dann war für ihn Feierabend. Jetzt sah ihn Rocco öfters noch nach zehn Uhr abends auf der Terrasse Kortens Gäste bedienen.

Korten würde auf der Terrasse sitzen, morgen früh. Er würde seine Serviette vom Teller nehmen, seinen Fruchtsaft schlürfen und dabei befriedigt auf den leeren Raum blicken, dorthin, wo früher Roccos Nußbaum gestanden und wo ihm die breite Krone mit ihren ledernen Blättern die Aussicht verwehrt hatte.

Vielleicht, so dachte Rocco, wird er morgen sogar früher aufstehen als gewöhnlich um dabeizusein, wenn seinem Recht Genüge getan wird und der Nußbaum fällt.

Was ist schon ein siebzigjähriger Nußbaum? Für einen reichen Mann, der den See sehen will, morgens, von seiner Terrasse aus, beim Frühstück, und nicht bloß die ledernen Blätter eines Nußbaums?

Schließlich hatte Korten nicht umsonst für eine saure Wiese so viel Geld bezahlt. Hatte sich nicht umsonst eine Privatstraße gebaut, der Gemeinde eine Jahrespauschale versprochen, über Kilometer und Kilometer eine Wasserleitung verlegen lassen, eine Kanalisation und zudem noch die Hälfte der neuen Gemeindekläranlage bezahlt. Er hatte die Aussicht gekauft und bezahlt, und die wollte er nun endlich genießen. Jeden anderen als gerade diesen Nußbaum hätte Rocco auch tatsächlich gefällt und das Geld dafür eingestrichen. Blöd war er ja nicht – für das Geld hätte er sich eine vierte Kuh in den Stall gestellt. Das hatte Rocco dem Sindaco auch freundlich erklärt, unten im Dorf, im Büro des Bürgermeisters, als dieser die Rede zum erstenmal auf den Nußbaum zu bringen suchte.

Jeden andern ja, sofort, hatte er gesagt. Aber diesen Baum dürfe er nicht fällen. Das brächte Unheil – die Geister ... Der Sindaco hatte gelacht wie über einen dummen Witz. Aber als Rocco ernst blieb, hatte ihm der Sindaco empfohlen, sich an den Erzpriester zu wenden. Der würde die Geister schon austreiben. Für die Kosten würde er, der Sindaco, selber aufkommen. Das nützt nichts, sagte Rocco einfach, ohne die Stimme auch nur zu heben. In dem Jahr, in dem der Baum falle, müsse auch er sterben, daran könne der Erzpriester nichts ändern, und was den Hof angehe ...

Da war ihm der Sindaco grob dazwischengefahren. Rocco sei nun beinahe siebzig Jahre alt – ob er hundert werden wolle? Mitnehmen könne er ja doch nichts von seinem Krempel, Nußbaum hin oder her. Das nicht, sagte Rocco. Aber ich habe zwei Söhne, und vielleicht übernehmen die einmal ...

Da hatte der Sindaco dermaßen zu lachen angefangen, daß Rocco wortlos seine Mütze aufsetzte und ging. Auf weitere Gespräche über den Nußbaum ließ er sich nicht mehr ein. Nicht mit dem Sindaco. Nicht mit Korten, der es auch nochmals versuchte und zu Rocco auf den Hof kam, so wie früher, als an der Villa noch gebaut wurde. Als Rocco sich weigerte, über den Nußbaum auch nur zu reden, blieb von der Leutseligkeit, die Korten bisher immer zur Schau getragen hatte, nichts mehr übrig. Rocco werde ihn kennenlernen, hatte er mit zornrotem Gesicht geschrien. Er werde jetzt andere Saiten aufziehen und die Sache seinen Anwälten übergeben.

Und so hatte der Handel vor den Gerichten begonnen. Rocco war seiner Sache so sicher, daß er halsstarrig blieb. Er berief sich auf die mündlichen Abmachungen, die er mit dem Sindaco und mit Korten getroffen zu haben glaubte. Von der Juristerei verstand er nichts, und hielt auch nicht viel davon.

Aber das Gericht berief sich auf Roccos Unterschrift unter der Grundbuchänderung. Und die war nicht wegzudiskutieren. Von einer Straßenbenützung war überhaupt keine Rede in dem Dokument, das ihm der Richter verlas, und Korten selbst tat vor Gericht, als hörte er zum erstenmal in seinem Leben von einer solchen Abmachung. Der Richter mußte dem Buchstaben des Gesetzes Rechnung tragen. Darüber konnte Rocco nur lachen. Die beiden Herren wüßten doch genau, daß sie ihn hereingelegt hätten, sagte er dem Richter. Natürlich habe er zugestimmt, daß die zur Einrichtung der Baute hinderlichen Bäume gefällt werden dürften. Aber doch nicht sein Nußbaum!

Der Richter fertigte ihn kurz ab, als Rocco seiner Empörung mit saftigeren Ausdrücken Luft zu machen suchte: Er brummte ihm eine zusätzliche Strafe auf wegen Mißachtung des Gerichts.

Ja, und da war auch Rocco zu einem Advokaten gelaufen. Zum erstenmal in seinem Leben. Er mußte alles stehen- und liegenlassen, mitten in der Heuernte, nur, um für einen Fall, der unter ehrlichen Männern so klar war wie nur ein Fall klar sein konnte, einen Advokaten zu bemühen, um zu seinem Recht zu kommen.

Der Anwalt hatte sich seinen Fall angehört. Dann verlangte er einen Kostenvorschuß mit der Versicherung, Rocco brauche sich keine Sorgen zu machen. Die Gegenpartei werde ihm seine Kosten ersetzen müssen, soweit er das übersehen könne. Rocco solle es ruhig auf einen Prozeß in der zweiten Instanz ankommen lassen und ihm die Vertretung übergeben – er würde die Sache bald im Lot haben.

Rocco zahlte, so gut er konnte. Zwar mußte er auf das Geld zurückgreifen, das er für die Zinszahlung beiseite gelegt hatte, aber da ihm der Anwalt versichert hatte, daß ihm Korten die Kosten ersetzen müßte, ging er darauf ein.

Natürlich ging auch der Prozeß vor der zweiten Instanz verloren, mit der gleichen Begründung: Seine Unterschrift sei klar und deutlich, er bestreite sie ja im übrigen auch gar nicht. Er hätte eben vor Leistung der Unterschrift genau festlegen sollen, um welche Bäume es sich bei diesem Passus des Vertrags handeln solle. Kortens Anwälte machten geltend, der Nußbaum behindere die Baute nun schon seit über drei Jahren. Herr Korten habe mehr als Geduld bewiesen. Für die Umtriebe, die ihrem Mandanten während dieser Zeit entstanden seien, stehe ihm eine angemessene Entschädigung zu. Rocco hätte zu seiner Unterschrift stehen sollen und diesen Baum fällen lassen, dann wäre ein Prozeß überflüssig gewesen. Natürlich sei jetzt die Geduld ihres Klienten erschöpft und an einen Verzicht auf Entschädigung nicht mehr zu denken.

Das Gericht folgte dem Antrag der Anwälte Kortens und verurteilte Rocco, nicht nur die Gerichtskosten, sondern überdies Korten eine Prozeß- und Umtriebsentschädigung zu zahlen.

Der Anwalt vertröstete Rocco auf die dritte Instanz, die letzte, dort würde er unfehlbar Recht erhalten. Er habe lediglich einen weiteren Kostenvorschuß zu leisten. Rocco mußte die dritte Kuh, die er sich endlich angeschafft hatte, wieder verkaufen. Anders konnte er den Vorschuß nicht aufbringen. Aber er war schon so in die Sache verbohrt und glaubte so fest an Gerechtigkeit auch für den kleinen Mann, daß er nicht zögerte, vor die dritte Instanz zu gehen.

Rocco fluchte jetzt noch, wenn er an diese letzte Gerichtsverhandlung dachte. Hatte er bei den beiden vorhergehenden einfach nicht Recht bekommen, so hätte er vor der letzten Instanz beinahe seine Ehre verloren. Der Oberrichter sagte in scharfem Ton bei der Urteilsbegründung, das Gericht erwäge ernsthaft, ob nicht die Akten der Vormundschaftsbehörde von Terzone zu überweisen seien. Ein solches Beispiel von Halsstarrigkeit und Leichtsinn im Verprozessieren von Hab und Gut sei diesem Gericht noch selten begegnet. Das rufe geradezu nach einem Entmündigungsverfahren.

Und nun lag der Vollzugsbeschluß vor ihm auf dem Tisch. Keiner der Richter hatte begreifen wollen, daß dieser Baum einfach nicht fallen durfte. Die Kuh war weg, das Geld, er hatte Schulden und wußte nicht, wie er sie zahlen sollte, und das Recht war auch weg. In diesen Prozessen zuschanden gegangen. Man hatte ihn ausgelacht, verhöhnt, und ihm schließlich noch mit Entmündigung gedroht. Nun blieb ihm nichts mehr. Der reiche Signor Korten hätte alles vermutlich aus seiner Hosentasche bezahlen können, die Prozeßkosten mitsamt den schiefzüngigen Advokaten. Statt dessen zahlte Rocco. Und was der Sindaco bei dem ganzen Handel verdient hatte, mochte der Himmel wissen, und der sagt so etwas bestimmt nicht weiter.

Alles verloren. Endgültig. Der Baum würde fallen. Sein Baum.

Sein Lebensbaum.

Es blieb ihm nur noch das Gewehr – dieses Gewehr, das jahrelang im Wandschrank gestanden hatte und das nun sauber gereinigt und einsatzbereit, wie man beim Militär gesagt hätte, vor ihm auf dem Küchentisch mit dem geblümten Wachstuch lag und mit dem er in ein paar Stunden einen Menschen töten würde. Daran hatten sie nicht gedacht, diese Klugscheißer und Advokaten vor Gericht. An sein Gewehr hatten sie nicht gedacht, weil sie es gewohnt waren, daß die kleinen Leute parierten und allenfalls die Faust im Hosensack machten.

Doch bei ihm hatten sie sich verrechnet.

Er wird ganz ruhig sein, morgen früh. Er wird das Lächeln des Sindaco nicht sehen, nicht die verlegenen Gesichter der Gemeindearbeiter, die früher auch Besseres zu tun gehabt hatten, als für Spekulanten und reiche Fremde den Büttel zu machen.

Sie werden die Achseln zucken und dann den im Mundwinkel klebenden Zigarettenstummel ausspucken und die schwere Motorsäge anwerfen. Zuerst wird einer von ihnen, wahrscheinlich der Vorarbeiter, abzuschätzen suchen, wohin der Baum fallen soll, er wird mit seiner Axt den beiden Männern an der Motorsäge die Stelle an dem mächtigen Stamm bezeichnen, wo sie die Fallkerbe anbringen sollen. Drüben im Dorf wird man das Kreischen der Motorsäge hören und sich fragen, was dieser Lärm zu bedeuten hat – wenn nicht die Gemeindearbeiter und der Sindaco im Grotto längst dafür gesorgt haben, daß jeder im Bilde ist: Dem alten Starrkopf oben am Berg wird endlich der Giftzahn gezogen. Außerdem hatten ja die Rivas schon seit langem alles getan, damit an den Canonicas kein guter Faden blieb, und nicht wenige gab es, die ihm, Rocco, unverblümt den Tod Teresas ankreideten, darunter befand sich die Verwandtschaft von Teresa. Niemand würde also großes Mitleid mit ihm haben.

Wenn die Fallkerbe fertig ist, werden sie die Motorsäge am entgegengesetzten Ende des Stammes ansetzen, und plötzlich wird der alte Nußbaum seine Krone talwärts neigen. Einen Augenblick noch wird er wie zögernd auf seinem Strunk stehenbleiben, sich dann halb um sich selber drehen, wanken und mit einmal stürzen.

Rocco wußte: Er wird das Ächzen und Donnern des stürzenden Nußbaums hören, das Flüstern der Luftgeister, die kommen werden, um den Frevel zu rächen. Er wird diese Sekunde nie vergessen, aber er wird alles in seinem Innern verschließen müssen. Er wird die verlegenen Gesichter der Gemeindearbeiter sehen, und er wird ihnen höchstens zurufen, daß sie besser daran getan hätten, oben am Monte Lema im Bannwald nach dem Rechten zu sehen.

Seit drei Tagen floß nämlich das Wasser aus der Quelle der Canonicas trübe und braun, der Schlamm verstopfte die Leitungen und füllte den Brunnentrog.

4

Nicht, daß es etwas nützen wird, dachte Rocco. Die Gemeindearbeiter würden sich ebensowenig um seine Warnung kümmern wie alle andern sich darum gekümmert hatten, seit mehr als zwanzig Jahren. Damals, bevor sie im oberen Terzone das Kraftwerk zu bauen begannen, hatten sie nicht auf ihn gehört, weil seine Ansichten einigen Leuten im Weg standen, genau wie ihnen heute sein Nußbaum im Weg stand.

Seither hatte er in vielem Recht behalten. Den Bauern liefen die Söhne weg. Leute wie Korten, und von ihnen gab es eine ganze Reihe, konnten es sich leisten, ihnen mehr Geld zu zahlen, als sie auf ihren Höfen je verdient hatten.

Bei Korten arbeiteten drei junge Leute. Der eine sprengte den Rasen und füllte das blau gekachelte Schwimmbecken im Garten mit frischem Wasser, und der andere wusch mit Wasserschlauch und Schwamm die Wagen des Herrn Korten.

Wozu braucht Korten überhaupt eine Wiese? So fragte sich Rocco immer wieder, und wieso muß diese Wiese ständig gemäht und frisch bewässert werden? Korten besaß weder Ziegen noch Kühe; er brauchte kein Winterheu. Dennoch wurde die Wiese gemäht und immer wieder bewässert. Mit Wasser, das man weiß Gott für Besseres zu verwenden hätte.

Unsereins, dachte Rocco an seinem Küchentisch, unsereins spart jahrelang, bis er sich aus dem Ertrag von drei Ziegen eine Kuh kaufen kann, wenn er es überhaupt je schafft. Korten aber besitzt drei Wagen, von denen jeder mehr kostet als eine kleine Herde junger, milchstrotzender Kühe mit einem oder, wenn man Glück hatte, sogar mit zwei Kälbern im hoch gewölbten Bauch. Die Kühe hält sich kein Bauer nur zum Spaß. Bange wartet er jedes Jahr auf das Kalb, das ihm die Kuh werfen wird, weil es in seiner Jahresrechnung schon zum voraus einen festen Platz einnimmt, er überlegt, ob alles gutgehen, ob die Milch lange aussetzen wird oder nicht, ob das Kalb gesund zur Welt kommt. Daran denkt ein Bauer, wenn er von Kühen redet. Mit Spaß hat das nichts zu tun. Und auch die Wiesen hält er sich nicht zum Spaß; er braucht sie, um seine Kühe zu füttern. Aber der Korten, der hielt sich seine teuren Wagen und seine Wiese vor dem Haus nur so zum Spaß. Und der Rasensprenger lief manchmal den ganzen Tag.

So wird nun hier mit Wasser umgegangen, dachte Rocco erbittert. Bloß weil man eine neue, moderne Wasserleitung gebaut hat, kann jetzt jeder das Wasser einfach verschwenden.

Wenn die wüßten, was es für einen Bauern im Terzone bedeutet hat, Wasser zu besitzen. So war es auch mit dem Wasser der Canonicas. Dieses Wasser hatte Rocco zusammen mit seinem Vater hoch oben in den fauligen Schieferhängen am Monte Lema gefaßt, lange bevor eine Konzession der Gemeinde an die Kraftwerksgesellschaft das Graben eigener Quellen untersagte. Rocco war damals gerade neunzehn Jahre alt gewesen.

Sie waren beide den Berg hochgestiegen, sein Vater und er, und fanden wirklich Wasser. Ein kleines Rinnsal vorerst nur, bis sie dann auf die richtige, gute und klare Quelle stießen und sich vor Freude darüber aufführten wie zwei Verrückte und sich gegenseitig die Fäuste in die Rippen stießen. Wie lange hatten sie nach einer eigenen Quelle gesucht!

Sie umarmten sich, Vater und Sohn, zum erstenmal in ihrem Leben. Roccos Vater war ein verschlossener Bergler gewesen, der seine Gefühle hinter einem mächtigen Schnauzbart zu verbergen verstand und der sich auch nicht scheute, seinem einzigen Sohn seine Erziehungsgrundsätze notfalls mit dem Waagscheit einzubleuen.

Aber als sie das Wasser gefunden hatten, da holte er aus der Tasche seiner elbfarbenen Ziegenlederjoppe die Grappaflasche und forderte Rocco zum erstenmal zum Mittrinken auf.

Der Schnaps hatte Rocco in der Kehle gebrannt. Er hustete und verschluckte sich, dann kotzte er in die braungrünen Farnwedel am Monte Lema. Der Alte stand dabei und wollte Tränen lachen über seinen Sohn, der sich da würgend über die krautigen Farnbüschel neigte.

Später klopfte er Rocco auf den Rücken und knurrte, auch das Saufen müsse gelernt sein. Grappa sei nicht Wasser, und dann reichte er ihm wieder die Flasche, und als Rocco ablehnen wollte, weil ihm übel war, belehrte der Vater ihn, daß er in kleinen Schlucken trinken solle und daß es ihm noch viel schlechter würde, wenn er jetzt nicht einen Schluck trinken würde.

Und wirklich, der zweite Schluck würgte schon nicht mehr so in der Kehle, und nach dem dritten nahm der Junge Anteil an der verrückten Freude des Alten.

Sie begannen zu singen.

Zunächst nur Hirtenlieder, die jeder im Terzone kannte, auch die Volkslieder aus dem untern Tal. Dann aber wurde der Gesang immer populärer, da war das Lied vom Mädchen, das man in Unterhosen zu sehen das Glück hatte, das unzählige Strophen hatte, bis zur vollständigen Entblätterung des Mädchens und den entsprechenden Konsequenzen, und nach Ansicht des Vaters hätte Rocco solche Lieder noch gar nicht kennen dürfen, aber was tat das schon?

Wasser hatten sie endlich gefunden.

Noch bahnte es sich seinen Weg durch die Wacholder- und Stechginsterbüsche und versickerte ein paar hundert Meter weiter talwärts. Die Schnapsflasche war nur klein und plötzlich leer, der Liedervorrat zu Ende.

Sie spuckten wieder in die Hände und hieben ihre Breitspaten in den schiefrig-breiigen Grund, daß es nur so pfarpfte. Dann begannen sie, mit ihren Faustgerteln Buschwerk und dünne, biegsame Stämmchen zu schneiden. Daraus stellten sie Faschinen her, um die ausgehobene und noch sehr primitive Quellenfassung damit auszukleiden und zu verfestigen. Der Berg war immer in Bewegung und hätte ihnen womöglich sonst über Nacht die Quellenfassung wieder verschüttet. Sie schlugen in kurzen Abständen die Stämmchen senkrecht in den Boden und flochten das Buschwerk hinein. So entstand eine Wand aus Buschwerk, die fast wie ein grob gewebter Teppich aussah; dahinter füllten sie lockeren Schutt, den sie feststampften.

Die Faschinen aus Buschwerk würden Wurzeln schlagen und so den Boden rings um die Quellenfassung auf natürliche Art verfestigen.

Als sie damit fertig waren, wurde der Himmel über ihnen bereits blaß, und die ersten Sterne funkelten über dem Monte Lema.

Sie zündeten die erloschenen Zigarettenstummel an, reckten die müden Rücken, steckten ihre Faustgertel in die Stiefelschäfte, schulterten das übrige Werkzeug und wandten sich heimwärts, ihrem Haus tief unten an der Bergflanke zu.

Den ganzen Winter über würden sie nun Arbeit haben an dieser Quelle.

Wasser!

Großer Gott, was das für Roccos Vater damals bedeutet hatte. Vordem hatten die Canonicas ihr Dasein auf der «falschen» Talseite fristen müssen: auf der Talseite, die dem spärlichen Regenfall noch mehr abgekehrt war als die Talseite, auf der sich das Dorf Terzone befand. Außerdem hatten die Terzonesi bereits vor hundert Jahren die Terza in der oberen Talstufe in der Klamm gefaßt und den Hang entlang einen Bewässerungskanal bis auf ihre Äcker geleitet.

Nun würden die Canonicas endlich auch über gutes, klares Wasser verfügen. Wasser für die Weiden, für einige Ziegen, Wasser für Weinstöcke, für Tabak, Mais und Hanf, wenn alles gutging und die Quelle nicht plötzlich versiegte.

Der Berg war in ständiger Bewegung, das wußte Rocco, und darüber hatte sein Vater auch damals auf dem langen Heimweg gesprochen. Unsere Terrassenmauern stammen erst vom Großvater, Rocco. Aber vorher waren auch schon solche Mauern da, die irgendein Vorfahr errichtet hatte. Und dann kam eines Nachts der Berg und fegte sie mit einem einzigen Ruck ins Tal hinunter, in die Terza. Damals haben sie oben am Berg den Schutzwald angelegt, und alles ist besser geworden. Er macht Arbeit, der Wald, aber er schützt uns vor dem Berg. Vergiß das nie, Junge.

Ja, Vater, hatte Rocco geantwortet und zum Wald hochgeblickt, dessen dunkle Umrisse sich gegen den Nachthimmel abhoben.

Wasser – das könnte Futter für zwei Kühe bedeuten, Rocco, hatte der Vater wieder angefangen. Vielleicht sogar für drei, wer weiß, und für eine Handvoll Schafe und eine oder zwei Ziegen mehr, als wir bereits besitzen, und Zicklein kann man zu Ostern ins Tal tragen, auf den Markt – verdammt noch mal, Junge, sobald wir zu Hause sind, muß uns Mutter nochmals einen Grappa auf den Tisch stellen.

Zu Hause hatte Donna Barbara zuerst geschimpft. Warum gibst du dem Bengel Schnaps zu trinken, du bist ja nicht gescheit. Aber dann hatten sie von der Quelle berichtet, und sie hatte den fettesten Speck geholt, den sie im Hause hatte. Der war so fett, daß er am

Messer klebte, wenn man ihn schnitt, und in den Grappa goß sie, wie sie später lachend gestand, heimlich Wasser aus der alten Zisterne, aus der die Canonicas bisher ihr Wasser geschöpft hatten.

Während die Männer ahnungslos den Fund der Quelle mit Wasser aus der alten Zisterne begossen, hatte Donna Barbara gesagt, nun werde man ja wohl nach dem Erzpriester schicken müssen, um die Quelle gebührend segnen zu lassen – für alle Fälle und weil niemand wissen könne, wann und wo der Leibhaftige etwas ins Auge gefaßt habe, um es zu verderben. Und es sei auch besser, unten in der Pfarrkirche vor dem Hochaltar eine dicke Kerze aufzustellen, damit ...

Aber da war Vater Canonica aufgefahren. Der Schnurrbart begann zu zittern, als er sagte: Jawohl, eine dicke Kerze! Was sonst noch? Wir hätten das Wasser mit einer Kerze lange suchen können, verdammt noch einmal. Und jetzt ist Schluß mit dem dummen Gerede, ein für allemal!

Mutter schlug das Kreuz, und Vater seine Faust auf den Tisch. Die Schnapsgläser klirrten.

Der Speck war gut, aber salzig und fett. Der Grappa wurde immer dünner, die Männer waren müde, und als dem Vater der Kopf auf den Tisch sank, machte die Mutter Rocco ein Zeichen: Sie band sich ein Kopftuch und eine saubere Schürze um, nahm Geld aus dem Schrank, steckte es in die Schürzentasche und machte sich leise aus der Küche davon, hinunter ins Dorf, nach einer dicken Kerze beim alten Sakristan und dann zum Erzpriester. In kirchlichen Dingen hatte Mutter ihren eigenen Kopf, auch wenn sie die beiden Männer mit den weltlichen Dingen recht gut versorgte. Als sie zurückkam, war auch Rocco am Tisch eingeschlafen. Er wachte auf, als die Mutter ihm die Hand auf die Schulter legte, noch einmal den Zeigefinger an die Lippen hielt und dann Vater weckte, der sich brummend und gähnend erhob, die Petroleumlaterne vom Haken nahm und zur Schlafkammer schlurfte, was für die Familie immer das Zeichen war, ebenfalls zu Bett zu gehen.

Rocco fröstelte. Es war kühl geworden in der Küche. Schwerfällig stand er auf, holte aus dem Fuß des Wandschranks einen gefüllten Lader mit sechs Patronen und schob ihn in das Magazin. Hart riegelte er den Verschluß zurück. Das Gewehr war durchgeladen. Vorsichtig versicherte er sich, daß der Sicherungsring waagrecht stand. Mit einer geladenen Waffe hat man behutsam umzugehen, das hatte man ihm beigebracht. Er legte das geladene Gewehr wieder vor sich auf den Küchentisch.

Die Wanduhr mit den großen roten Schlingrosen auf dem Zifferblatt mit den römischen Zahlen tickte laut. Das Pendel schwang träge hin und her, her und hin.

Natürlich war der Erzpriester gekommen, um die neuentdeckte Quelle zu segnen. Da war selbst Vater Canonica machtlos. Was sich Donna Barbara in den Kopf gesetzt hatte, das führte sie auch durch. Sie war eine Crivelli, und die Crivellis besaßen im Terzone den Ruf, mindestens so dickschädlig zu sein wie die Canonicas. Das wollte etwas heißen.

Der Priester kam also den Berg heraufgekeucht, hinter ihm sein Gefolge: der alte Sakristan, ebenfalls keuchend und ächzend und alle paar Schritte stehenbleibend, um sich mit seinem Schnupftuch den Schweiß von Stirn und Nacken zu wischen, und hinter dem Sakristan die Chorknaben mit mageren Beinen und schmalen Gesichtern, aus welchen die Augen unfromm hungrig in die Gegend blickten. Rocco, der den Anmarsch des Klerus aus sicherer Warte hinter dem Scheunentor beobachtete, dachte sofort, der Erzpriester werde wohl Sakristan wie Chorknaben nur unter dem Versprechen eines üppigen Mahls dazu gebracht haben, den weiten Weg vom Dorf bis zur Quelle am Monte Lema unter die Füße zu nehmen, bergauf und bergab, immer im Rhythmus der Litanei die Glöcklein schwingend. Rocco kannte den Erzpriester. Er hatte oft genug ministriert und war dann vom Erzpriester am Ende der Amtshandlung entlassen worden, mit einem freundlichen Segen, während der Erzpriester sich an die Fleischtöpfe begeben hatte.

Mutter Canonica hatte indessen ein Einsehen mit der armen Schar der Geistlichkeit. Sie wußte, daß diese bereits frühmorgens im Dorf hatte aufbrechen müssen, dann fast eine Stunde bergab bis zur Terzabrücke marschiert war und nochmals eine Stunde steil bergan bis zum Gehöft. Und von da bis zur Quelle am Monte Lema waren es nochmals gut drei Stunden.

So stand Donna Barbara bei Ankunft der kleinen Prozession bereits auf dem Hofplatz, machte dem Erzpriester einen ehrerbietigen Knicks und gleichzeitig ein Zeichen, daß sie etwas auf dem Herzen habe. Sie konnte ja nicht einfach dem Priester in die Litanei schwätzen. Der Pfarrer hob die Hand, sein Sermon verstummte, der Sakristan gab das Zeichen weiter an seine Chorknaben, es machte zuerst noch glingglingglinggling, aus lauter Gewohnheit, dann nur noch glinggling, und zuletzt kam noch der letzte Nachzügler keuchend auf den Hofplatz marschiert, machte mit seinem Glöcklein ein einsames gling und verstummte dann auch, mit erwartungsvollen Augen an Roccos Mutter hängend.

Der Weg ist weit, Hochwürden, sagte Mutter Canonica, nachdem die Litanei wie ein langsam auslaufendes Mühlrad zum Stillstand gekommen war. Wir würden es uns zur Ehre anrechnen, Ihnen eine kleine Erfrischung anbieten zu können, wenn Hochwürden diese bescheidene Gabe annehmen wollen.

Der Erzpriester breitete seine Arme aus. Ein zufriedenes Lächeln erschien auf seinem breiten Gesicht. Es ist zwar nicht Brauch, sagte er, die heiligen Handlungen zu unterbrechen, indessen ist der Weg wirklich weit, und auch unser Herr hat auf seinem Weg nach Jerusalem Rast gehalten, um einen Bissen zu sich zu nehmen.

Worauf Roccos Mutter den Arm hob, mit einer einladenden Geste, und das wiederum war für Rocco das Zeichen, in Szene zu treten. Er brachte aus der Scheune die lange Bank und stellte sie unter den Nußbaum, wo bereits ein Korb und etliche Flaschen bereitstanden.

Ächzend der Erzpriester und sein Sakristan, erleichtert die Chorknaben, setzte sich der Zug in Bewegung auf die Fleischtöpfe Ägyptens.

Mutter Canonica hatte einen verdünnten Wein (damit er der Geistlichkeit nicht in die Beine fahren sollte), Brot und Käse, sowie ein paar *luganighe* bereitgestellt.

Der Priester brach das Brot, segnete es, segnete auch Donna Barbara und Rocco, dann fiel er über das Essen her.

Vater Canonica arbeitete unterdessen oben an der Brunnenstube. Wenn ich schon hinaufsteige, hatte er zu Mutter Canonica gesagt, dann nehme ich mein Werkzeug mit. Ich bin nicht zum Spazierengehen zur Welt gekommen, und wenn partout gesegnet werden muß, kann ich mich nützlich betätigen, bis der Gußputzer mit dem Gefolge oben anlangt – wenn er das überhaupt schafft. Warum verleiht man ihm eigentlich nicht jetzt schon Flügel, dem Erzpriester?

Rocco mußte das Vieh besorgen, und Mutter Canonica blieb zu Hause um zu kochen und zu braten, damit man den Erzpriester nach vollbrachter Amtshandlung gebührend bewirten konnte. Dazu war man nun einmal im Terzone schon der alten Bräuche wegen verpflichtet.

Vater Canonica erzählte am Abend, wie die Zeremonie bei der Quelle vor sich gegangen war; natürlich machte er sich dabei ein bißchen lustig über den Erzpriester und über den Nutzen der priesterlichen Quellensegnung.

Die kleine Prozession sei völlig außer Atem oben angekommen, und nach einer Verschnaufpause dreimal um die Quellenfassung herummarschiert. Der Erzpriester habe dazu sein Weihwassergefäß dreimal geschwenkt – im Namen des Vaters, des Sohnes und des Heiligen Geistes, kein einziges Mal zuviel – dann habe er seinen

Schwenker dem Sakristan übergeben und sich die Monstranz reichen lassen, immerzu murmelnd, und als alles vorüber gewesen sei, habe er noch eine kleine Predigt angehängt: über die göttliche Vorsehung, die es den Menschen immer wieder erlaube, die Gnade Gottes leibhaftig zu erfahren. So habe Gott bei der Erschaffung der Erde diese Quelle nur zu dem einzigen Zweck miterschaffen, daß sie anno 1919 von zwei Terzoner Bauern gefunden werde.

Rocco wußte es besser. Der Hausierer Giancarlo war es, der ihnen die Stelle am Berg gewiesen hatte. Bei einem seiner Besuche hatten die Canonicas wieder einmal, wie schon so oft, Sorgen mit dem Wasser. Seit langem hatte es im Terzone nicht mehr geregnet, die Felder wurden vorzeitig gelb und waren am Verdorren, das Gras trocknete auf dem Halm, die Zisterne war nahezu leer. Das bißchen Wasser, das noch darin vorhanden war, mußte zum Tränken der Ziegen und Schafe verwendet werden, zum Wäschewaschen reichte es nicht, geschweige zum Bewässern der Felder.

Zwar hatte Donna Barbara zusammen mit Rocco an einem Bittgang des Erzpriesters rund um das Terzone teilgenommen und auch eine Kerze vor den Hochaltar gestellt – aber der Regen blieb trotzdem aus: Die Sonne stach vom Himmel, und in der Erde zeigten sich tiefe Risse.

Den Mißerfolg des Bittgangs erklärte der Erzpriester am darauffolgenden Sonntag in der Predigt mit der Sündhaftigkeit und Verstocktheit der Terzonesi: Es müsse irgendeine ungebeichtete Todsünde vorliegen, und ehe die nicht gebeichtet war, würde auch das Bitten um Regen nichts nützen.

Der Hausierer süffelte an seinem Weinglas und kniff boshaft die Augen zusammen. Natürlich, sagte er, wenn man zum Pfaffen rennt, kann man lange auf Regen warten. Regen hängt von der Luftfeuchtigkeit ab, erklärte er, daran kann auch der Pfaffe nichts ändern. Wenn kein Regen fällt, weil die Wetterlage ungünstig ist, dann muß man das Wasser eben dort suchen, wo es zu finden ist: in der Erde verborgen. Dort gibt es immer Wasser, und du tätest gut daran, Vater Canonica, dir eine Quelle zu graben, damit du von der Regenwasserzisterne unabhängig wirst.

Vater Canonica meinte trocken, das hätten sie schon oft versucht. Bereits sein Großvater und dann sein Vater hätten nach Wasser gegraben. Aber hier, in der Nähe des Gehöfts und auf dem Gehöft selbst seien sie nach einem Meter auf nackten Fels gestoßen, und mit dem Aussprengen einer Zisterne hätten sie zuwenig Erfahrung, obschon Großvater immer gesagt habe, das hätten die Terzonesi früher gemacht; sie hätten mit Brechstangen Löcher in den Fels gebohrt, diese mit Wasser gefüllt und über Nacht gefrieren lassen. Das

Eis habe den Stein gesprengt, und dann hätten sie wieder Löcher gebohrt und so fort, bis die Zisterne tief genug gewesen und Wasser zum Vorschein gekommen sei.

Giancarlo versprach, am nächsten Tag mit der Wünschelrute wiederzukommen. Natürlich müsse man auch beim Pendeln eine Ahnung haben, wo man überhaupt zu suchen habe. Das hänge von den Gesteinsschichten und ihrer Lage ab. Indessen kenne er oben am Monte Lema, mitten im Allmendland, eine solche Stelle, wo es voraussichtlich in geringer Tiefe Wasser gebe. Und weil es auf Allmendboden sei, werde Canonica auch keine Schwierigkeiten mit der Talgemeinde bekommen. Nach dem alten Status der Talgemeinde Terzone gehöre das Wasser auf dem Allmendgrund jenem, der es dort finde und fasse.

Was nützt mir Wasser am Monte Lema, hatte Vater Canonica gefragt, drei Stunden weit vom Hof? Da kann ich das Vieh genausogut jeden Tag zur Terzabrücke hinuntertreiben, um es zu tränken, und das Wasser eimerweise auf meine Felder schleppen. Wie soll ich das Wasser von da oben zu mir herunterbekommen? Ich habe doch kein Geld für eine Wasserleitung.

Für diese neumodischen Wasserrohre gewiß nicht, hatte der Hausierer erwidert. Aber noch vor vierzig Jahren sah man im ganzen Terzone hölzerne Wasserleitungen, mit denen man das Terzawasser von der Klamm den Hang entlang in die Felder leitete. Warum also sollst du keine solche Leitung bauen? Gewiß, sie sind altmodisch. Sie haben jedoch große Vorteile gegenüber den Rohrleitungen: Das Wasser wird auf seinem Lauf erwärmt, und das ist doch das Wichtigste für die Reben. Holz steht dir ja genügend zu, und ich werde dir dabei helfen, die Leitung zu bauen. Ich weiß noch, wie man das macht.

So kam Giancarlo am anderen Morgen beizeiten, und er zeigte den neugierig starrenden Canonicas seine Wünschelrute. Rocco war enttäuscht: Es war einfach eine dünne Astgabel aus geschältem Haselholz, mit drei ungefähr gleich langen Enden. Und damit wollte Giancarlo Wasser finden?

Sie marschierten los. An einer Stelle am Monte Lema, wo sich eine kleine Bodenmulde im Berghang befand, legte Giancarlo seinen Rucksack ab und ergriff die Wünschelrute.

Zwischen Daumen und Zeigefinger der beiden Hände faßte er das Pendel an zwei Enden. Das dritte Ende wies geradeaus von Giancarlo weg. Unmerklich verstärkte Giancarlo den Druck auf die beiden Enden, die er in der Hand hielt, so daß sich diese zu spannen und zu biegen begannen. Dann marschierte er los, in kleinen Trippelschritten quer über die Bodensenke, und auf einmal begann sich der geradeausragende Teil des Pendels zu Boden zu senken. Giancarlo blieb stehen.

Hier! sagte er befriedigt. Ich wußte es doch. Lauf, Rocco. Schneide ein Stämmchen. Spitz es zu und markiere damit die Stelle. Genau da. Hier wo ich stehe, könnt ihr graben, und ihr werdet Wasser finden in weniger als einem Meter Tiefe.

Und wirklich hatten sie am nächsten Tag dort die Quelle gefunden. Das war alles. Der Erzpriester hatte damit wenig zu tun gehabt.

Aber noch etwas hatte der Wasserfund Giancarlos zur Folge. Es sprach sich natürlich herum, daß Giancarlo mit seiner Wünschelrute mehr Erfolg gehabt hatte als der Erzpriester mit seinem Bittgang. Und seither waren sich Giancarlo, der Hausierer und Rutengänger, und Don Cesare, der Erzpriester, spinnefeind. Im Grotto hatte nämlich, wohl um seine Autorität zu retten, der Erzpriester fettrosig lächelnd behauptet, auch Giancarlos Wünschelrute sei nichts anderes als ein Werkzeug Gottes, nachdem Gott in seiner unendlichen Güte beschlossen habe, den Canonicas Wasser zu schenken.

Giancarlo wäre wortlos vom Tisch aufgestanden, erzählten jene, die dabeigewesen waren, und hätte das Grotto verlassen.

Seither wechselten die beiden kein Wort miteinander. Dafür besegneten und beräucherten sie sich gegenseitig und hinterrücks Weiden und Wälder, Wiesen und Hühner, Häuser und Ställe, Hunde und Schafe und nicht zuletzt noch die kleinen Kinder, die im Terzone zur Welt kamen.

War in einem Haus im Terzone der Erzpriester mitsamt seinen Chorknaben, dem Sakristan, der Monstranz, dem Weihrauchgefäß gegangen, dann lugte, kaum hatte sich der Weihrauchduft verflüchtigt, der alte Giancarlo um die Hausecke. Und alsbald begann er seinerseits mit Wacholderzweigen, mit Eibe und Hanfsamen, mit Alraun und Stechapfel zu hantieren und seine Beschwörungen zu murmeln. Keiner verstand sie, an ihrer Wirksamkeit aber zweifelte niemand.

Dem Erzpriester kam das natürlich zu Ohren, und so gab er sich noch größere Mühe, seinen unliebsamen Konkurrenten auszustechen, ihm zuvorzukommen oder wenigstens nachträglich den verfluchten Höllenzauber wieder von den verblendeten Schäfchen seiner Herde zu nehmen.

Den Terzonesi war es nur recht. Alles auf eins zu stellen, waren sie als Bauern sowieso nicht gewohnt. Es war nicht ihre Art, und doppelt genäht hält bekanntlich besser. Und so ließ es Vater Canonica auch geschehen, daß der Erzpriester die Quelle segnete.

Geld, um die Segnungen der Kirche zu bezahlen, hatten die Canonicas freilich nicht. Aber die Kirche, das heißt, der Erzpriester als ihr örtlicher Vertreter, war ja nicht so. Wenn sie ihre Dienste auch nicht gerade umsonst zur Verfügung stellen konnte, so paßte sie sich doch dieser ärmlichen Gegend an. Der Erzpriester nahm auch Naturalien. Ein Räucherschinken für eine Quellensegnung? Aber gewiß doch, mein Sohn. Warum nicht?

Oder einen besonders fetten Kapaun?

Auch ein Erzpriester muß essen, und Don Cesare aß lieber üppig als kärglich.

So erkletterte also Don Cesare mühsam den Berg, segnete die neue Quelle. Dann stieg er mit seinem Gefolge eilig den Berg wieder herunter. Vor dem Gehöft der Canonicas schickte er das Gefolge mit dem Hinweis voraus, sie sollten nur vorgehen – er habe noch eine Kleinigkeit im Hause der Canonicas zu regeln, in Amtsgeschäften. Er werde in einer Viertelstunde nachkommen.

Mutter Canonica bat den Priester ins Haus, und da kam er nun, mit seiner Leibesfülle den Türrahmen ausfüllend und für einen Augenblick die Küche verfinsternd. Vater Canonica war dem geistlichen Zug auf dem Fuße gefolgt, weniger aus Frömmigkeit als aus hausväterischer Klugheit. Es war besser, wenn der Hausherr im Haus war, wenn die Geistlichkeit sich zu Besuch ansagte.

Im Kessel über dem Feuer brodelte bereits eine kräftige schwarze Polenta, und in einem anderen Kessel beschloß die rote Henne, die am Morgen noch munter auf dem Misthaufen gescharrt hatte, endgültig ihr Erdendasein.

Donna Barbara hatte die handzahme Henne mit einer Handvoll Körner und mit viel «puttputtputt» in ihre Gewalt gebracht, sie trotz ihres empörten Aufkreischens unter viel Gestrampel und Geflatter zum Scheitstock geschleppt – aber so ergeht es meistens der Unschuld in dieser Welt, dachte Rocco in seiner alten Küche.

Trotz aller Gegenwehr war die Henne im Kochtopf gelandet, nachdem Donna Barbara sie ausgenommen, gerupft und dann mit allerlei Kräutern, die sie in ihrer Küche aufbewahrte, ausgestopft hatte. In den Kochtopf schüttete sie einen guten Liter Rotwein, schürte das Feuer klein und überließ dann die Henne für ein paar Stunden ihrem Schicksal.

Der Priester setzte sich, vom Essensduft in beste Laune versetzt und von dem anstrengenden Marsch wahrscheinlich auch hungrig und müde, an den Küchentisch, nahm das Messer in die eine, die Gabel in die andere Hand, stützte die Ellbogen auf den Tisch und harrte der Genüsse, die da kommen sollten. Sein Käppchen hatte er mit einem für seine Leibesfülle erstaunlich beweglich wirkenden, gekonnten Schwung auf den Nagel an der Kirchentür geworfen, an dem bereits Vater Canonicas Mütze hing.

Donna Barbara warf dem Erzpriester einen Blick zu. Der Erzpriester besann sich auf sein Amt, legte Messer und Gabel wieder neben seinen Teller, senkte kurz den Kopf, faltete die Hände und murmelte ein Tischgebet, sekundiert von der Familie der Canonicas.

Das Gebet mit nachfolgendem Segen war kurz. Polenta und rote Henne kamen auf den Tisch, Stille senkte sich über die Küche.

Die beiden Bauern waren hungrig. Mehr als einmal stießen ihre Fäuste über der Schüssel mit dem Huhn mit den Fäusten des Erzpriesters zusammen, der sich eben ein neues Stück aus dem Topf holen wollte. So viel Gier trug den beiden Canonicas mißbilligende Blicke seitens der hohen Geistlichkeit ein. Schließlich mahnte Don Cesare mit salbungsvoller Stimme zur Bescheidenheit, und während die Fäuste der Bauern wehmutsvoll vom Topf zurückzuckten, stieß die Faust des Erzpriesters wie ein Habicht auf den Hühnerhof in den Topf und entführte im Triumph ein weiteres Stück der roten Henne auf seinen Teller.

Endlich zeigte Don Cesare durch ein zufriedenes, diskretes Rülpsen an, daß er sich als einigermaßen gesättigt betrachtete. Dabei mußte er aus der Not eine Tugend gemacht haben: Die Töpfe waren leer und die Knochen sauber abgenagt.

Vater Canonica übersah geflissentlich, daß der Erzpriester zur Kaffeemühle auf dem Kaminsims hinüberschielte, Rocco spürte unter dem Tisch einen Fuß, der sich zu Mutter Canonica hinübertastete, und so entschloß sich Don Cesare seufzend, auf das Geschäftliche zu kommen.

Ein großer Räucherschinken, der eigentlich für den Weihnachtsschmaus der Canonicas gedacht gewesen war, wechselte, von neidvollen Augen wehmütig verabschiedet, seinen Besitzer und verschwand in dem Leinenbeutel, den der Erzpriester auf all seinen Gängen durch seine Gemeinde dabei hatte. Vater und Sohn Canonica blickten sich verstohlen an. Ihre Adamsäpfel wanderten an den mageren Hälsen hinauf und herunter.

Der Erzpriester stand auf, breitete lächelnd seine Arme aus, segnete als Zugabe noch Haus und Hof und alle Bewohner. Dann sagte er: Mahlzeit, griff sich das Käppchen vom Nagel, den Schnappsack mit dem Räucherschinken vom Tisch und befestigte ihn sorgfältig an seinem Gürtel. Er verschwand zwischen den Ginsterbüschen und den Kastanienbäumen an der Wegbiegung unterhalb des Hauses der Canonicas, ohne sich nur einmal umzublicken, und mit ihm verschwand der saftrosa geräucherte Schinken.

Nach alter Terzoner Sitte hatte die Familie dem Erzpriester das Geleit bis vor das Hoftor gegeben. Nun wandten sie sich seufzend wieder ihrem Hause zu. Da konnte man nichts machen: Am Weihnachtsabend würden sie eben trockene Kastanien essen müssen.

Zwar meinte Vater Canonica bissig, man könne ja immer noch zu Weihnachten für die Seele des vom Herrn Erzpriester gefressenen Schweins eine Messe lesen lassen und Don Cesare auffordern, im nächsten Jahr am harten Tagwerk auch einmal so munter teilzunehmen wie am Spaß.

Mutter Canonica schimpfte über die verfressenen, gierigen Blikke, die ihre beiden Männer dem Räucherschinken hinterhergeschickt hatten. Dann aber mußte sie doch lachen, und sie spendierte ihnen, weil sie so tapfer den Verlust des Schinkens hingenommen hatten, aus ihren Vorräten ein Fläschchen Grappa, und zwar diesmal unverdünnten. Kaum aber stand der Grappa auf dem Tisch, und kaum hatte sich Vater Canonica die Tropfen vom ersten Gläschen aus dem Schnurrbart gesogen und sich behaglich geschüttelt, da klopfte es wiederum an die Küchentür. Vater Canonica entfuhr ein ellenlanger Fluch, in dem so etwas vorkam wie: dieser verfluchte Beutelschneider wird doch nicht etwa ... Dann handelte er blitzschnell. Er griff nach der Flasche und stellte sie unter den Tisch, auf ein Zeichen von ihm verschwanden die Gläser in Roccos weiten Joppentaschen. Sie saßen am Tisch, als hielten sie Hausandacht, so unschuldig und fromm. Man konnte ja nicht wissen, ob dem Erzpriester unterwegs nicht eingefallen war, daß er eigentlich noch durstig sei, und dann wäre der gute Grappa auch weg. Diese Vorsicht war allerdings unnötig. Zur Tür herein trat Giancarlo, und er brachte das kleine Wunder mit, das nötig geworden war, damit die Canonicas am Weihnachtsabend nicht bloß trockene Kastanien zu essen hatten.

In der einen Hand hielt der Hausierer ein Bündel Zweige, von denen ein unbestimmter, schwerer Duft ausging. Er vermischte sich mit dem Aroma, das dem Leinensäckchen entströmte, welches der Alte in der anderen Hand hielt: dem Geruch nach Safran und getrockneten Steinpilzen.

Vater Canonica stellte die Grappaflasche wieder auf den Tisch, die Gläser wurden hervorgeholt, und Donna Barbara stellte ein drittes Gläschen für Giancarlo dazu.

Er komme, sagte der Hausierer, um sich die neue Quelle anzusehen, und da er ihnen damit nicht ins Haus fallen wolle wie der Erzpriester, den man nur mit den sieben Plagen des Pharao vergleichen könne, habe er die Steinpilze und den Safran mitgebracht. Auch Stechpalmen, Wacholder und Bilsen habe er dabei, mitsamt den

Beeren. Denn wenn auch der Erzpriester die Quelle gesegnet habe, so sei doch damit noch nichts geholfen.

Ein bißchen Räuchern werde nicht schaden.

Dem Priester sei er übrigens unten auf der Terzabrücke begegnet, sie hätten sich nicht ausweichen können, und der Schnappsack neben dem Rosenkranz habe verdächtig nach einem ansehnlichen Räucherschinken ausgesehen. Er selber werde für das Räuchern nur verlangen, was recht und billig sei: Es werde Winter, und da sei er froh, wenn er wieder bei ihnen im Stall schlafen dürfe. Er sei nun doch zu alt, um sich das Brennholz für seine Hütte selbst zu suchen.

Die große Pendeluhr schlug dreimal. Noch vier Stunden, dann würden sie kommen.

Hier an diesem Küchentisch, auf dem jetzt das geladene Gewehr lag, saßen sie damals zu dritt: der Hausierer, der alte Bauer und der junge. Mutter war geschäftig vom Küchenschrank zum Herd und vom Herd zum Tisch gegangen. Der Schnaps war klar und scharf, mit einem Lächeln hatte Donna Barbara ein Holzbrett mit grobspeckiger Hausmacherwurst vor die Männer gestellt. Hausmacherwurst, die steinhart getrocknet war. Die Würste hingen unter den krummen Giebelbalken aus Kastanienholz, die das schwere Granitdach trugen. Dort waren sie Hitze und Kälte ausgesetzt, dem Luftzug, der ständig durch die Dachritzen wehte, und dem Rauch des Rauchfangs in der Küche, der sich unter dem Dach staute, wenn Feuer im Herd war.

Am Weihnachtsabend in jenem Jahr gab es dann anstelle des entschwundenen Rauchschinkens einen guten gelben Risotto mit viel Safran und getrockneten Steinpilzen. Safran und Steinpilze sammelte der Hausierer nebst Wurzeln, Pflanzen und Kräutern selbst an den Hängen des Monte Lema.

So waren alle vergnügt, tranken zur Feier des Tages roten Wein und versäumten darüber die Mitternachtsmesse in der Dorfkirche, obwohl Donna Barbara mahnte und endlich sogar schalt. Im Koben draußen grunzten bereits wieder zwei kleine, angefütterte Schweinchen, und so würden die Canonicas noch vor der Schneeschmelze wieder Speck, Schinken und Würste haben. Bevor die harte Arbeit an den Terrassen und Weiden begann. Diesmal sollten die guten Sachen dem Erzpriester nicht wieder in die Nase stechen. Wer den ganzen Tag mit dem Tragkorb weggeschwemmte Erde oder auch Mist auf die Terrassen hinaufträgt, braucht sein Fleisch selber und hat keine große Lust, mit dem Erzpriester zu teilen. Jedenfalls hatte sich Vater Canonica geschworen, daß in diesem Hause nichts mehr gesegnet werde, solange er lebe.

Motorenlärm näherte sich auf der schmalen Privatstraße. Die junge Frau kommt wieder einmal spät nach Hause, dachte Rocco, gleich wird in der Villa droben der Lärm losgehen. Türenschlagen, Geschrei, Beschimpfungen. An alledem konnte Rocco nun seit fast vier Jahren unfreiwillig teilhaben, auch wenn er nichts verstand: Der Tonfall enthob ihn jeden Zweifels. Sackgrob sind diese feinen Leute, wenn sie unter sich sind, dachte Rocco. Sackgrob und ordinär, aber bei mir beschweren sie sich über den störenden Geruch des Misthaufens vor dem Stall und über den Lärm, den Ziegen und Schafe mit ihren Glöcklein angeblich machen, so daß niemand einschlafen könne. Aber das störte Rocco heute nicht mehr. Kortens letzter Tag war bereits angebrochen. Irgendwo weit im Osten hatte die Sonne ihren Lauf angetreten und maß dem reichen Herrn Korten die Stunden zu, die ihm noch verblieben.

Am Anfang war es freilich nicht so gewesen zwischen Rocco und dem neuen Nachbarn. Rocco hatte gleich zu Beginn der Bauzeit dem Nachbarn seine Aufwartung gemacht, nach altem Terzoner Brauch mit hausbackenem Brot, hausgemachten *luganighe* und mit selbstgekeltertem Wein. Die erschöpfte Familie Korten hatte seine Gaben dankbar angenommen. Sie seien in einem Zug durchgefahren, hatte Korten gesagt, mit dem Wagen von Köln, wo er seine Fabrik gehabt habe, bis ins Terzone. Nun sei er froh, den ganzen Krempel hinter sich gebracht zu haben. Ein Sohn und ein Schwiegersohn hätten gemeinsam die Fabrik übernommen. Er habe sich schon immer geschworen, gleich damals nach dem Krieg, als er von vorn angefangen habe, mit spätestens fünfundfünfzig Jahren aufzuhören. Hart habe er gearbeitet, jaja, guter Mann, von diesem Kampf haben Sie hier in Ihrem idyllischen Tal natürlich keine Ahnung. Immer heißt es, der Schnellere, der Klügere, der Stärkere und der Rücksichtslosere zu sein, und dann diese Belastung mit so einer Fabrik, mit den Arbeitern, die ständig krankfeiern, und ihren Gewerkschaften, die immer mehr wollen und gar nicht daran denken, daß von nichts eben nichts kommt und daß schließlich nur der Unternehmer das Risiko zu tragen hat, prost, dieser Wein ist tatsächlich sehr interessant, ausgezeichnet möchte ich sagen, naturrein, was? Na ja, was die bei uns so in den Wein panschen und dann die ganze Spritzerei, also davon müssen Sie mir gleich ein paar hundert Flaschen reservieren. Ich will mir einen Weinkeller anlegen, wir werden häufig Gäste haben, ach ja, und das ist Herta, meine zweite Frau, und dies ist mein Sohn aus erster Ehe. Studiert, der Bengel, und hat den Kopf voller linker Ideen, diesen Zahn werden wir ihm auch noch ziehen, haha, wenn der monatliche Scheck ausbleibt, dann werden sie allemal kirre, die linken Brüder.

Alles das hatte Korten in einem schauerlichen Italienisch hervorgesprudelt. Es tönte, als hätte einer eine Karre voller Kieselsteine über ein Wellblechdach ausgeschüttet.

Die junge Frau war, wie Rocco geschätzt hatte, mindestens dreißig Jahre jünger als Korten; der Sohn mochte ungefähr im gleichen Alter sein wie seine Stiefmutter. Die junge Frau war Rocco gegenüber recht herzlich, und der Sohn, ein stiller, junger Mann, kam später, zuerst nur hin und wieder, dann aber öfters und schließlich beinahe jeden Tag zu Rocco hinunter und fragte, ob er ihm nicht bei der Arbeit helfen könne.

Rocco war dies anfangs peinlich gewesen. Er lehnte ab. Aber der junge Korten blieb hartnäckig und sagte, er wolle endlich irgend etwas mit seinen Händen tun. Das Studium hänge ihm zum Hals heraus. Rocco war darüber erstaunt und sagte beiläufig, sein jüngerer Sohn Ernesto, der weggegangen sei, hätte wohl alles dafür gegeben, wenn er hätte studieren können. Und der Signore sei doch kein Bauer – dazu müsse man geboren sein.

Korten sah es nicht sehr gerne, wenn sein Sohn bei Rocco die Reben hackte oder den Stall ausmistete, als hätte er sein Lebtag nichts anderes getan. Zuerst hatte er sich das Ganze eher amüsiert betrachtet und mit seiner Leutseligkeit auf dem Gesicht und der Zigarre zwischen den Zähnen Rocco scherzhaft (oder auch im Ernst – wer weiß das bei solchen Leuten genau?) gefragt, was er denn dem Herrn Studiosus bezahle für seine Arbeit als Bauernknecht. Aus dem, was der Junge Rocco bei der gemeinsamen Arbeit erzählte, und aus dem, was Korten selber berichtete, wenn er bei Rocco in der Küche saß und den Wein trank wie Wasser – er war jetzt im Ruhestand und offensichtlich von seinem Herzleiden befreit –, konnte Rocco bald seine eigenen Schlüsse über seinen neuen Nachbarn ziehen. Rocco fragte sich, wie man durch Betrug und List dermaßen reich werden konnte, denn wenn nur die Hälfte dessen stimmte, was Korten erzählte, der sich dabei noch recht großartig vorkam, dann mußte dieser Mann seine Millionen auf recht hemdsärmelige Weise zusammengebracht haben.

Er erzählte, wie er damals den und jenen Geschäftspartner und diesen Konkurrenten hereingelegt und ausgestochen habe, berichtete, wie er die Lieferpreise gedrückt und die Lieferanten schließlich aufgekauft habe, aber haha, von nichts kommt eben nichts, und wer nicht gefressen werden will, muß eben fressen! Und jetzt wolle er seinen Lebensabend hier in dieser prächtigen Gegend verbringen, das Geld dazu habe er ja Gott sei Dank, und er denke nicht daran, sein schwer erarbeitetes Vermögen dem Steueramt in den Rachen zu werfen.

Wenn Rocco in seinen Weinbergen arbeitete oder die Tomaten hochband, hatte er öfters über Kortens Bemerkungen nachgedacht, und einmal hatte er auch mit Korten darüber gesprochen: Was denn noch am Terzone so schön sein solle, wenn niemand mehr da sei, der das Land bebaue, wenn die Terrassen zerfielen und Brombeergestrüpp den ganzen Berg überwachse. Und er hatte Korten die verwilderten Weinberge der Rusconis gezeigt, die verkommenen Weiden des alten Plinio, der ebenfalls verkauft hatte.

Korten hatte nur gelacht. Aber wir können es uns doch leisten, die Menschen dafür zu bezahlen, daß sie die Besitztümer in Ordnung halten. Er müsse seinen Gärtner schließlich auch dafür bezahlen, daß er ihm den Rasen mähe und das Unkraut aus den Rosenbeeten klaube.

Das werde keiner der Bauern wollen, hatte Rocco zweifelnd gesagt. Wozu eine Wiese mähen, wenn man sich kein Vieh hält? Das Vieh gehört doch zur Wiese wie der Bauer zu seinem Hof.

Den Jungen begriff Rocco noch weniger. Immer wieder redete er davon, wie wichtig es für ihn und seine Freunde sei, auf dem Land zu leben, in enger Verbindung mit der Natur, den Bauern bei ihrer Arbeit zu helfen, wegzukommen vom Leben in den Städten, der verpesteten Luft, dem sinnlosen Kreislauf von Geldverdienen und Konsum. Das fand Rocco noch widersinniger, als sich einfach mit seinem Geld irgendwo niederzulassen.

Wir können euch doch nicht bezahlen, sagte er. Unsere Gemeinde hat früher darauf beruht, daß man sich gegenseitig bei der Arbeit half und daß man größere Arbeiten gemeinsam ausführte. Keiner hätte dafür Lohn verlangt – es hätte ihn auch keiner bezahlen können. Anstatt von so vielen Dingen zu reden, die er nicht verstehen könne, meinte Rocco, wäre es für alle am besten gewesen, wenn jeder dort geblieben wäre, wo er herkam.

Nach solchen Gesprächen während der Arbeit mußte Rocco oft an seine Söhne denken, und immer häufiger beschlich ihn das Gefühl, vielleicht doch falsch gehandelt zu haben. Der junge Korten half ihm fleißig – aber er war und blieb nun einmal ein Städter.

Und dann kam der Tag, an dem er den Jungen wegschicken mußte. Es fiel ihm nicht leicht: Man gewöhnt sich eben schnell daran, jemanden um sich zu haben. Auch die junge Frau Korten hatte ihn ab und zu auf seinem Hof besucht und war sogar auf ein Glas Wein bei ihm in der Küche sitzen geblieben. Es kam sogar vor, daß sie trotz seiner verlegenen Proteste für beide gekocht hatte, wenn Rocco mit dem jungen Korten vom Feld nach Hause kam.

Ein Haus…

... kann man sich kaufen, aber nicht ein Zuhause. Ein Heim läßt sich bauen, eine Heimat nicht.

Dem Wirken von Geld sind also auch Grenzen gesetzt. Aber keine nationalen.

Aber mit dieser Sache wollte er nichts zu tun haben. Das konnte er nicht dulden.

Er war allein in seinem Weinberg gewesen und hatte Unkraut gehackt. Da brach ihm auf einmal der Stiel seiner Hacke entzwei. Ärgerlich dachte Rocco daran, daß er vergessen hatte, morgens die Hacke im Brunnentrog einzulegen, ehe er am Nachmittag damit in die Reben zog, und daß er jetzt viel Zeit damit verlieren würde, einen neuen Hackenstiel anzufertigen.

Er verließ seinen Rebberg und ging zum Schuppen. Vielleicht würde sich dort noch ein alter Hackenstiel finden, den er vorläufig einsetzen konnte. Und da hatte er die beiden erwischt, den jungen Korten und dessen Stiefmutter.

In seinem Schuppen hatten sie es miteinander getrieben, auf einem Heuhaufen; erschreckt waren sie hochgefahren, als Rocco plötzlich in den Schuppen trat.

Rocco hatte wortlos kehrtgemacht. Die Situation ließ keinen Zweifel aufkommen. Er war in seine Küche gegangen, hatte sich ein Glas Wein eingeschenkt und versucht, sich zu beruhigen. Er wartete, und nach einigen Minuten klopfte der junge Korten, bleich und verstört.

Rocco wartete auf eine Erklärung.

Als der Junge nur stehenblieb und schwieg, sah Rocco von seinem Glas auf.

Geht das schon lange so? fragte er. Und was willst du machen, wenn dein Vater dahinterkommt? Sie ist deine Stiefmutter.

Wir lieben uns, sagte der Junge.

Na und? brauste Rocco auf. Deswegen ist sie trotzdem deine Stiefmutter. Heiraten könnt ihr also nicht. Warum zum Teufel macht ihr denn solche ...

Wir sind nicht blutsverwandt, sagte der Junge trotzig. Und wie mein Vater ist, das wissen Sie auch ...

Er ist dein Vater, brüllte ihn Rocco an. Und weil er dein Vater ist, hast du deine Finger von seiner Frau zu lassen. Das wird ja immer besser. Ist es das, was du unter der Veränderung verstehst, von der du mir bei der Arbeit erzählen wolltest? Ist es das? Na, dann kann sich die Welt ja freuen auf diese Veränderung. Die Söhne schlafen mit ihren Müttern. Sie treiben Ehebruch mit ihren eigenen ...

Sie ist nicht blutsverwandt, sagte der Junge leise. Das sagte ich doch schon. Was werden Sie jetzt tun? Werden Sie es ihm sagen?

Ich will damit nichts zu tun haben, sagte Rocco. Wenn du mein Sohn wärst, bekämst du den Ochsenziemer dort in der Ecke zu spüren, und dann würde ich dich zum Teufel jagen.

Verschwindet. Ich will euch nicht mehr sehen. Nicht auf meinem

Hof, merkt euch das – und jetzt verschwindet. Ich denke, die Dame wird ja jetzt wohl wieder angezogen sein. Hast du verstanden? Ich will euch nicht mehr sehen. Sonst garantiere ich für nichts.

Rocco blieb sitzen.

Der Junge zog ab.

Wiederum war Rocco allein.

Damals hatte er Mühe gehabt, daran zu glauben, daß an dieser Welt noch etwas zu retten sei und daß es einen Sinn habe, den Kampf um sein Tal fortzuführen. Aber dann kam die Sache mit dem Prozeß, und er mußte kämpfen, ob er wollte oder nicht. Die beiden hatten seinen Hof nie wieder betreten.

Vielleicht wird mein Schuß auch da einiges in Ordnung bringen, dachte Rocco. Er sah begehrlich zum Küchenschrank hinüber, wo die Grappaflasche stand. Zu gerne hätte er sich jetzt ein Gläschen gegönnt, aber seine Hand durfte nicht zittern, in der Frühe, wenn es endlich soweit war.

Im Sommer 1919 hatten sie die Quelle entdeckt, und im darauffolgenden Winter hatten sie zu dritt in der Küche am knisternden Kaminfeuer gesessen: Roccos Vater, der Hausierer Giancarlo und er selbst.

Giancarlo hatte sein scharfes Haumesser mitgebracht und half den beiden Canonicas, die Holzkännel für die neue Wasserleitung anzufertigen.

Nur ab und zu stand er auf und murmelte, er müsse sich wohl wieder einmal in den kalten Wind hinauswagen, der vom Monte Lema herunterpfeife und in seiner Hütte nach dem Rechten sehen.

Dann legte er sich seinen dicken Schafpelz über die Schultern und ging. Erst spät am Abend kehrte er wieder zurück. Rocco kannte seine Hütte hinten im Tal, am Fuß der großen Felsklamm, durch welche die Terza sich gischtend hindurchzwängte, dort, wo Jahrzehnte später die große Staumauer errichtet werden sollte, an der auch Roccos Söhne mitgebaut hatten.

Der Hausierer wohnte allein in dieser Hütte. Unter dem Dach hingen in langen Reihen Kräutersäcklein und aufgefädelte Pilze zum Trocknen.

Wenn im Frühjahr Pilze und Kräutersäcklein klingeldürr waren, ging der Hausierer auf Wanderschaft durch die Täler und Dörfer. Dann bekamen ihn auch die Canonicas selten zu sehen.

Er behauptete, bis hinunter nach Luino und sogar bis Como und Varese wollte kein Gastwirt, der etwas auf sich halte, seine Kräuter und Pilze missen. Früher sei er damit sogar über den Gotthard gefahren. In Luzern und Zürich, ja sogar in Basel habe er seine feste

Kundschaft gehabt für seine Kräuter und Steinpilze und für seinen selbstgesuchten und selbstgemahlenen, staubfeinen Safran. Auch für seine Heilkräuter sei er berühmt gewesen bei Sennen und Bauern, die ihm mehr vertraut hätten als den richtigen Tierärzten.

Noch früher, erzählte der Alte, bin ich sogar Maronenbrater gewesen, mit einem richtigen, kleinen Maronenbraterhäuschen, das ich in Bern auf dem Bärenplatz neben dem Torbogen des alten Käfigturms aufgestellt habe. Dort habe ich den frierenden Städtern den ganzen Winter über meine im Frühherbst gesammelten braunen Kastanien geröstet und verkauft, tütenweise.

Die Städter haben sie sehr geschätzt, diese mehligen, süßen, heißen Maroni. Oft habe ich es erlebt, daß die frierenden Mädchen bei mir gleich zwei Tüten heiße Maroni gekauft haben: für jede Manteltasche eine. Dann haben sie ihre kalten Hände in die Manteltaschen gesteckt und sie an den Maroni aufgewärmt. Mein Maronenhäuschen am Bärenplatz war der Treffpunkt für ein Stelldichein, und mehr als einem blaugefrorenen jungen Mädchen habe ich erlaubt, in der Nähe des rotglühenden Kanonenofens auf seinen Liebsten zu warten, während ich mit meinen Röstpfannen hantiert und die Kundschaft abgefertigt habe.

Alle Menschen hatten glückliche Gesichter, wenn sie mich im Winter zum erstenmal in meinem Häuschen am Bärenplatz gesehen haben: Dann haben sie gewußt, daß es Winter wird und mit dem Winter Weihnachten. Sie freuten sich auf die Geschenke und auf das neue Jahr, auf den fröhlichen Silvesterabend und auf den Gänsebraten mit Rotkohl und meinen Maroni am Neujahrstag. Sie haben sich gegenseitig alles Gute gewünscht für das neue Jahr, und mancher von meinen Kunden hat mir ein Fläschchen Kräuterschnaps gebracht.

So wurde die Arbeit für alle kurzweilig in jenem Winter 1919/1920, weil der Alte dabei war und Geschichten erzählte. Für die Wasserleitung von der Quelle hoch oben am Monte Lema quer über den Steilhang bis zum Sommerdorf La Paz und dann weideabwärts und durch den Kastanienwald bis hinunter zum Gehöft der Canonicas mußten Holzkännel geschnitten und ausgehöhlt werden. Für die offene Leitung am obern Hang, dort wo sich das Wasser an der Sonne erwärmen sollte, wurden größere Stämme halbiert und ausgehöhlt, für die geschlossene Leitung durch den Wald nur kleine Stämmchen, die ausgehauen und dann wieder aufeinandergepaßt werden mußten. Der Alte war mit seinem Haumesser so geschickt, daß die Kanten seiner Röhren so glatt waren, als hätte er sie mit Winkelmaß und Hobel gemacht. Sie paßten fugenlos aufeinander, ohne daß man sie nachzuglätten brauchte.

Giancarlo kannte jedes Haus im Terzone. Er wußte, wo das Glück Einkehr gehalten hatte oder wo Elend und Not die Bewohner aus dem Tal vertrieben: in die Ungewißheit einer Auswanderung in ein fremdes Land oder zumindest in die großen Städte des Unterlandes. Er wußte um Wuchs und Mißwuchs der letzten vierzig Jahre, wenn nicht länger zurück, um Liebe und Haß – und wären sie noch so verborgen gewesen. Und endlich wußte er Bescheid über Leben und Tod, er kannte das Leben des Terzone bis weit in die Vergangenheit zurück, und viele sagten von ihm hinter der vorgehaltenen Hand, der Alte wüßte auch um die Zukunft des Tales.

Alte Weiber im Terzone behaupteten, Giancarlos Mutter sei eine Hexe gewesen, und der Erzpriester unterstützte sie dabei, indem er vielsagend lächelte, wenn die Rede darauf kam.

Die Zeit verging ihnen allen sehr schnell in jenem Winter.

Rocco seufzte. Auch ihm schienen auf einmal die restlichen Stunden dieser Nacht zu zerrinnen wie das überlaufende Wasser aus dem Brunnen. Jeder Pendelschlag der Wanduhr trieb die Zeit unerbittlich vorwärts, hinaus in einen unendlichen Raum, aus dem sie keiner mehr zurückzuholen vermochte.

Später in jenem Winter hatten sie Pech erhitzt und die Holzrohre damit abgedichtet. Alles stank nach dem Zeug, sogar die Milch. Aber schließlich mußten die Rohre lange halten, denn an Holz herrschte kein Überfluß. Der Bannwart paßte auf, daß nur von ihm Gezeichnetes geschlagen wurde, und die Bauern hätten schon von sich aus nicht gefrevelt. Sie wußten, daß der Waldgürtel hoch oben am Monte Lema, über den von ihren Vorfahren gerodeten Weiden und Terrassenäckern der einzige Schutz vor dem Berg war. Ohne diesen von Generationen in mühseliger Arbeit hochgezogenen Waldschutz hätte der Berg längst alles wieder an sich gerissen, was man ihm abgerungen hatte. Oft genug hörten sie im Winter das Gepolter der Schneelawinen und im Sommer das Donnern und Pfeifen der Steinrüfen in den ölig glänzenden Schieferhängen.

5

Plötzlich fuhr Rocco hoch. Er mußte einen Augenblick eingenickt sein. Deutlich hörte er, wie die Balken über seinem Kopf ächzten und stöhnten. Er kannte dieses Geräusch. Doch diesmal schien es ihm stärker als je zuvor, seit die vermaledeite Staumauer stand.

Der Berg arbeitete. Das verborgene Wasser im Berg gräbt und

spült und höhlt, keiner sieht es oder will es sehen. Nur die schweren Balken des Hauses ächzen und reiben sich aneinander.

Rocco stand auf und trat zum Türpfosten. Leicht berührte er das dunkle Holz. Ein anhaltendes Zittern übertrug sich vom Pfosten auf seine Hand.

Eigentlich müßte er droben am Berg nach dem Rechten sehen, morgen – nein, noch heute früh, sobald er sein Vieh versorgt hatte. Er müßte in den Schuppen gehen, Faustgertel, Spaten und das lange Stück zusammengerollten, festen Eisendrahtes zu einem Bündel verschnüren und sich dann auf den Weg machen, Schritt für Schritt die Wasserleitung absuchen, bis zur Brunnenstube oben am Berg. Irgendwo würde er die Stelle finden, wo der Berg die Wasserleitung beiseite gedrückt hatte, oder er würde gar feststellen, daß die verfestigte Brunnenstube teilweise eingestürzt war.

Aber er hatte heute keine Zeit, nach dem Rechten zu sehen. Heute nicht, und, wenn alles so verlief, wie er es sich vorstellte, morgen nicht und überhaupt nicht mehr. Mochte das Wasser sich einen neuen, unterirdischen Weg suchen – ihn kümmerte es nicht mehr.

Wie hatte Rocco sich gegen die Staumauer gewehrt, vor mehr als fünfundzwanzig Jahren, nachdem er bei einem Kontrollgang zu seiner Quelle zufällig einem Trupp fremder Männer begegnet war, die mit Meßgeräten und rotweißen Stangen am Monte Lema herumkletterten, genau in der Klamm, wo die Terza sich mühsam zu Tale gesägt hatte.

Fast beiläufig hatte sich Rocco nach dem Zweck der Vermessungsarbeiten erkundigt, und der Ingenieur hatte ihm erklärt, daß man auf beiden Seiten der Klamm nach Möglichkeiten suche, ein Mauerfundament zu verankern. Rocco erinnerte sich, daß er damals betroffen gefragt hatte, wozu man hier ein Fundament verankern wolle: Solange der Bergwald gehegt werde, sei nichts zu befürchten, und mit künstlichem Mauerwerk komme man dem Monte Lema ohnehin nicht bei, das werde gesprengt, sobald der Berg in Bewegung gerate. Der Ingenieur hatte nur gelacht, wahrscheinlich über seine Unwissenheit. Ja, und am Tag darauf war Rocco zum Sindaco ins Dorf hinuntergelaufen. Der junge Leponti war damals knapp das vierte Jahr im Amt. Rocco erinnerte sich unbestimmt, daß an der Talgemeindeversammlung, an der man den neuen Sindaco gewählt hatte, auch von einer Wasserkonzession die Rede gewesen war und davon, daß die Gemeinde damit ein schönes Stück Geld verdienen könnte. Ein Beschluß war nicht zustande gekommen, und so hatte er die Geschichte wieder vergessen. Aber nachdem er die Ingenieure und die Geometer am

Monte Lema herumsteigen gesehen hatte, erinnerte er sich, und deshalb hatte er, der erfahrene Bauer, den noch jungen, unerfahrenen Sindaco aufgesucht, um sich zu erkundigen, was es mitten im Bannwald zu vermessen gäbe, der doch seit eh und je Allmendbesitz der Talgemeinde war.

Der Sindaco hatte nur sauer gelächelt und erklärt, dies ginge die Talgemeinde nichts an. Nach der neuen Gemeindeverordnung sei die Gemeindebehörde zuständig. Und nachdem der Unterhalt der Verbauungen und des Gemeindewaldes die Talgemeinde vor fast unlösbare Probleme stelle, habe man sich beim Kanton um Hilfe bemüht. Der Kanton sei bereit zu helfen, aber er verlange, daß sich die Gemeinde auch von sich aus um andere Möglichkeiten bemühe. Zum Gemeindewerk sei fast niemand mehr aufzubieten, die Neusiedler schon gar nicht, und die Gemeindearbeiter seien mit dem Unterhalt der neuen Straßen und mit der Kehrichtabfuhr hinlänglich beschäftigt. Oder ob er, Rocco, einen Vorschlag hätte, wie man die Neusiedler in den Rustici und in den neuen Villen dazu bringen könnte, im Gemeindewerk im Bannwald am Monte Lema zu arbeiten?

Die seien doch ins Terzone gezogen, um sich zu erholen und um die schöne Landschaft zu genießen, nicht aber, um kostenlos für die Gemeinde zu arbeiten. Wenn sich das herumspräche, würde das alle andern, die hoffentlich noch kommen würden, davon abhalten, im Terzone zu bauen.

Der Kantonsingenieur sei schon einige Male dagewesen und habe mit einem Trupp von Geologen und Geometern alles untersucht. Man überlege, es mit Betoninjektionen zu versuchen. Am besten wäre es freilich, man würde das Wasser der Terza oben im Quellgebiet fassen und anderweitig nutzen, für ein Kraftwerk zum Beispiel; man könnte einen Stollen durch den Berg bohren, um auch das Kraftwerk im Nebental mit dem Terzawasser zu beliefern. Dann käme nur noch so viel Wasser die Terzaschlucht herunter, daß keine Gefahr mehr für das Tal bestünde. Und überdies bekäme die Talgemeinde für dieses Wasser viel Geld, so und so viel pro Kubikmeter, und das Stunde um Stunde, Tag und Nacht. Es gebe schon eine Gesellschaft, die sich für eine Konzession interessiere. So könnte man das hintere Terzone besser nutzen als mit einer Bergbauernwirtschaft, die sich je länger, je weniger lohne. Der Gemeinderat habe deshalb nach reiflicher Erwägung aller Umstände beschlossen, diese Konzession umgehend zu erteilen. Man müsse das Wohl in der Gemeinde im Auge haben: Wer jetzt schlafe, verpasse den Anschluß an die gewaltige Entwicklung des Fremdenverkehrs und der Konjunktur.

Rocco hatte den Sindaco nur angestarrt, diesen Jüngling, der daherredete, als könnte er in den Berg hineinsehen.

Anderweitig nutzen, hatte Rocco schließlich gefragt. Das Wasser durch den Berg leiten? Und was geschähe, wenn der Wald brennen würde im Terzone? Wie 1927, beim großen Unglück? Und kein Wasser in der Terza, um zu löschen? So etwas könne doch jederzeit wieder vorkommen – besonders jetzt, bei den vielen fremden Leuten, die so achtlos mit dem Feuer umgingen wie die Kinder? Und was dann aus dem Dorf werden sollte? Aus den neuen Villen, aus den Ferienhäusern?

Der Sindaco hatte ein paar Ausflüchte gebraucht, gemurmelt, so ein Kraftwerk könne dem ganzen Tal nur von Nutzen sein, und durch die Konzession hätte die Gemeinde das Geld, endlich am Berg etwas zu unternehmen. Man könnte der Gesellschaft Auflagen machen, daß sie den Berg verfestigen müsse, und dann könnte man ja vertraglich regeln, daß die Gesellschaft ständig genügend Wasser die Terza herunterlassen müsse. Rocco konnte den Sindaco nur weiterhin entsetzt anstarren. Wie man dies denn nachmessen wolle, zum Teufel, und wer das tun solle? Und seit wann ein Betondamm oder ein Zementfundament Wurzeln schlage? Was soll denn den lockeren Dreck noch zusammenhalten?

Wieder knarrten die Balken, und plötzlich spürte Rocco, wie die mächtigen Granitplatten des Küchenbodens unter seinen Füßen bebten. Im Stall auf der anderen Seite des Hofes fing eine Kuh an zu brüllen. Rocco stand auf und griff sich die Sturmlaterne vom Haken neben der Küchentüre. Er hob den gläsernen Deckel, schraubte den Docht um ein paar Millimeter höher, schüttelte die Lampe ein bißchen und stellte sie auf den Küchentisch. Aus der Tasche seiner Jakke fingerte er eine runde Schachtel mit Streichhölzern, riß einen der grünen Schwefelköpfe am rauhen Gemäuer der Küchenwand an und zündete die Laterne an. Sie blaffte und blakte einen Augenblick, dann, als die Flamme ruhiger brannte, senkte Rocco den Glasdeckel und schraubte den Docht eine Spur höher.

Er stieß die Küchentür auf und ging, die Laterne in der linken Hand hochhaltend, über den Hofplatz zum Stall hinüber. Einen Augenblick blieb er beim Brunnen stehen und lauschte. Das Wasser plätscherte stockend und unregelmäßig aus der Röhre, sonst war außer dem sanften Rauschen der Kastanienblätter im Wald unter dem Gehöft nichts Außergewöhnliches zu hören. Wieder brüllte die Kuh.

Rocco hob die Laterne und querte mit klappernden Holzschuhen den Hof. Im Stall standen die beiden Braunen unruhig an ihrer Krippe und rasselten mit ihren Ketten. Als Rocco hereinkam, wandten sie ihm die Köpfe zu. Der Widerschein seiner Sturmlaterne irrlichterte in ihren großen Augen.

Und da hörte er es: Auch die Balken des Stalles knarrten und ächzten. Rocco hängte die Sturmlaterne an den dafür in die gekalkte Wand eingetriebenen großen Nagel und setzte sich still auf die Stallbank. Noch war es zu früh, mit der Arbeit im Stall zu beginnen. Seine Kühe waren an feste Zeiten gewöhnt, und trotz der Unruhe im Stall dachte er nicht daran, diese Gewohnheit zu durchbrechen. Die Katze strich ihm um die Beine und sprang auf seinen Schoß; gedankenverloren streichelte er ihr Fell. Auch die Kühe beruhigten sich durch seine Anwesenheit. Schnaufend und ächzend sank die große Braune auf ihre Vorderknie, ließ sich auf die rechte Hinterbacke fallen und schnaufte behaglich. Die Sturmlaterne gab ein trübes Licht. Die Balken hatten zu knarren aufgehört.

Die Stallwärme tat Rocco wohl. Nichts deutete mehr auf irgend etwas Ungewöhnliches hin. Rocco begann vor sich hin zu dösen. Er dachte an den Berg.

Früher, da waren sie freilich alle zusammen im Frühjahr hinaufgestiegen auf den Berg, jeder waffenfähige Mann im ganzen Tal, mit seinem eigenen Werkzeug auf dem Rücken. Man räumte den Schutt aus dem Schutzwald und baute damit Steinkeile, die auf der Bergseite in eine schmale Spitze ausliefen. Hinter diese Steinkeile, welche die herunterdonnernden Lawinen und Steinschläge teilten und ihnen damit die Kraft nahmen, pflanzten die Bauern Jungwald, der im Schutze dieser Steinkeile so lange aufwachsen konnte, bis sein Wurzelwerk Fuß gefaßt hatte und nun seinerseits den Berg zusammenhalten konnte. So hatten die Terzonesi den lebendigen Schutzwall für das ganze Tal immer wieder erneuert und verfestigt. Unter diesem sicheren Schirm spielte sich seit alters her das Leben des Tales ab, und über dem Wald grollte machtlos und dumpf der gebändigte Berg.

Das Vieh schlief. Rocco schraubte die Lampe herunter und nahm sie sachte in die Hand. Leise schloß er die Stalltür hinter sich und ging zum Haus. Das Licht aus dem Küchenfenster fiel auf den Nußbaum am Rande des Hofplatzes. Der Strahl aus der Brunnenröhre setzte für Sekunden aus, plätscherte dann stockend in den Trog.

Rocco fröstelte in der kühlen Nachtluft und hielt mit der einen Hand die offene Ziegenlederjacke zusammen. Wahrscheinlich ist die ganze Leitung wieder verschlammt, dachte er. Ich muß zum Rechten sehen, heute früh noch, bei Tagesanbruch.

Kaum eine Erinnerung an das Gewehr, das immer noch geladen auf dem Küchentisch lag, bis es ihm siedend heiß wieder einfiel, alles, was er vorhatte.

Er trat in die Küche, blies die Laterne aus, hängte sie an ihren Platz am Nagel und wollte sich eben wieder an den Tisch setzen, als die Balken mit einem gewaltigen Stoß aufeinanderkrachten und die Schnapsflasche auf dem Küchenschrank schwankte.

Rocco blickte sich erschrocken in der Küche um. Er griff sich die Flasche vom Küchenschrank und stellte sie auf den Tisch. Neben der Flasche lag immer noch das geladene Gewehr. Aber Rocco sah nicht das Gewehr; er starrte auf die Flasche, die noch halb voll war. Der Grappa schwappte leise hin und her. Es gab keinen Zweifel: Die Bergflanke unter Roccos Haus erbebte, und jetzt begann auch im Stall das Vieh wieder zu brüllen.

Rocco holte sich ein Glas. Was kümmert mich der Berg, dachte er erbittert und doch im Innersten entsetzt, was kümmert mich noch der Berg? Hier liegt das Gewehr, und damit werde ich mir mein Recht holen, verdammt noch einmal.

War nicht der Berg derselbe geblieben, trotz Hotels und Pensionen, trotz der Villen der reichen Fremden? Trotz der klotzigen Rustici mit den Eigentumswohnungen?

Rocco blickte unwillkürlich auf die Uhr. Der lange Uhrkasten mit den aufgemalten Rosenranken schien zu zittern, das Pendel schwang nur noch schwach hin und her. Das Rollen des Berges hatte seiner Bewegung eine eigene entgegengesetzt.

Rocco ergriff das Glas, nahm die Grappaflasche und entkorkte sie. Doch selbst in dem Glas, das er sich vollgoß, schwappte der Schnaps leise hin und her. Der Tisch unter seinen aufgestützten Ellenbogen bebte, im Schrank klirrte das Geschirr.

Rocco mußte sich beherrschen. Mit einem Ruck kippte er den Schnaps herunter. Er wollte nichts sehen, nichts hören und nichts spüren. Sollte der Berg doch kommen – er hatte zu tun.

Alles war wohlüberlegt. Er war kein Narr. Er wußte, was Recht war und was Unrecht. Das hatte man ihm lange genug beigebracht, und er hatte daran geglaubt und danach gehandelt. Wenn er Korten mit diesem Gewehr erschoß, dann würde das nicht die Rettung des Tales bedeuten. Den Berg würde er damit nicht aufhalten. Vielleicht würden aber dem einen oder anderen seiner Talgenossen die Augen endlich aufgehen. Man würde ihm den Prozeß machen, und dann mußten sie ihn anhören, drunten in der Hauptstadt vor dem Schwurgericht. Gewiß, man würde ihn einsperren – aber davor hatte er keine Angst. Lange würde es nicht dauern, denn wie lange kann ein Canonica noch leben, wenn man ihn einsperrt, wenn man ihm alles nimmt, seine Arbeit, sein Vieh, seine Reben, den Blick ins Tal und den Berg, den er kannte wie sonst keiner?

Es gab einen gewaltigen Ruck. Von der Küchendecke rieselte

Staub. Aufblickend entdeckte Rocco einen Riß, der sich vor seinen Augen zusehends verbreiterte.

Im Stall drüben brüllten die Kühe, die schweren Ketten klirrten, und plötzlich vernahm Rocco vor der Küchentür das klägliche Mekkern der Ziegen. Sie spürten irgend etwas und suchten nun bei ihm Schutz.

Er ging auf klappernden Zoccoli zu seinem Stall hinüber. Die Laterne brauchte er bereits nicht mehr. Dämmrig und fahl breitete sich der neue Tag über dem Gehöft von Rocco Canonica aus, während unten im Tal das Dorf noch schlief.

Die beiden Kühe wandten ihm ihre Köpfe zu, als er den Stall betrat. Rocco begann mit seiner Arbeit. Und auf einmal fuhr es ihm durch den Kopf: Wer versorgt morgen meine beiden Braunen? Die Ziegen? Die Schafe, die sich in ihrem Pferch unter dem Nußbaum drängen?

Die Gendarmen würden heraufkommen und ihn verhaften. Sie würden ihm vielleicht Handschellen anlegen. Schließlich wäre er dann ein gefährlicher Verbrecher, er, Rocco Canonica, ein siebzigjähriger Bauer. Er würde einen Menschen erschossen haben. Wahrscheinlich würden ihn die Gemeindearbeiter nach seinem Schuß festhalten. Einer würde hinunterlaufen ins Dorf und Bescheid sagen, damit man die Gendarmen rufen konnte. Möglicherweise würden aber die Arbeiter einfach Fersengeld geben, weil sie Angst hatten vor den übrigen fünf Schuß, die noch in seinem Gewehr steckten.

Rocco mußte beinahe lächeln. Er brauchte gewiß nur einen einzigen Schuß. Er würde kein zweites Mal abzudrücken brauchen. Das Ziel würde so nah sein – ein halbwüchsiger Knabe könnte es kaum verfehlen ...

Rocco holte seinen Melkschemel und setzte sich unter die alte Braune. Er begann, mit regelmäßigen, kraftvollen und doch zarten Bewegungen, die Kuh zu melken. Der Berg schien sich beruhigt zu haben. Die alte Braune war trächtig und versprach beim nächsten Kalb noch mehr Milch zu geben. Und meine beiden Söhne? Werden die auch heraufkommen, wenn sie erfahren, was ich ... Rocco spürte, wie ihm der Schweiß ausbrach. Er ließ den Melkeimer stehen und rannte ins Haus.

Zitternd griff er nach der Grappaflasche und goß sich ein Glas voll. Er blickte auf das Gewehr, das geladen auf dem Tisch lag. Blinkend und mattbraun glänzend. Draußen im Stall brüllte die Kuh.

Wie im Fieber öffnete Rocco den Verschluß des Gewehrs. Mein Gott, nein, das nicht. Um Gottes willen, das nicht. Er drückte mit dem Daumen der rechten Hand die Patronen ins Magazin zurück, zog das Magazin aus der Magazinkammer und ließ den Verschluß zuklicken. Das Gewehr legte er wieder auf den Tisch zurück. Nur eine Patrone blieb im Lauf.

Ein Canonica schießt nicht auf seine Söhne, und seien sie noch so mißraten. Das Magazin mit den fünf Patronen schleuderte er im weiten Bogen ins Tal hinunter. Es klirrte, als es auf die Steine unten im Kastanienwald aufprallte.

Dann ging er, etwas ruhiger geworden, in den Stall zurück und molk die Kuh zu Ende. Bald bekommt die Braune ihr Kalb, dachte er. Wenn es ein Kuhkälbchen ist, werde ich es aufziehen, als Ersatz für die verprozessierte Kuh. Drei Kühe konnte der Hof dank Roccos jahrelangem Fleiß jetzt ohne weiteres tragen. Zwischen den Rebstöcken auf seinen Terrassen wuchs reichlich kräftige, violette Luzerne. Die Luzerne sparte ihm teuren Dünger, weil sie mit ihren Pfahlwurzeln den Boden locker hielt und gleichzeitig mit Stickstoff anreicherte, eine Wunderpflanze, die ihm obendrein gutes Winterfutter für die Kühe lieferte. So muß man rechnen, dachte Rocco, so und nicht anders, wenn etwas dabei herauskommen soll. Ein Stierkalb allerdings würde er nicht aufziehen können. Für einen Zuchtbullen hatte die braune Kuh zuwenig gute Papiere, um es genau zu sagen: gar keine. Wer konnte schon die teuren Herdbucheintragungen und Gebühren bezahlen? Rocco Canonica auf seinem Kleinhof gewiß nicht. So würde er das Stierkalb mit der Milch von der alten Braunen mästen müssen, um es später dem Metzger Tommasini zu verkaufen. Freilich fehlt mir dann die Milch der alten Braunen für die Käselaibchen, aber das läßt sich nicht ändern. Ohne Papiere kann man einen Zuchtbullen nicht aufziehen, und zu zwei Kühen einen eigenen Bullen zu halten – nun, da hätten die Terzonesi wirklich Grund, um über ihn, Rocco, zu lachen.

Gewiß, Tommasini würde ihm für das Kalb wieder so wenig zahlen, daß sich kaum die Milch der alten Braunen bezahlt machte – aber was sollte man machen? Die Preise wurden von den Metzgern gemacht und nicht von den Bauern.

Plötzlich hielt er im Melken inne. Warum hatte er nicht gleich daran gedacht? Das Kälbchen würde leben dürfen, sogar, wenn es ein Stierkalb war. Brauchte er nicht schon lange einen kräftigen Zugochsen? Besonders jetzt, wo die Arbeit für ihn immer beschwerlicher wurde? Dann müßte er nie mehr ein Muli im Taglohn mieten. Was für eine großartige Idee. Lächelnd machte er sich daran, auch die andere Kuh zu melken.

Die Stalltür knarrte, und er erschrak. Woran denke ich nur auf einmal? Ich weiß doch, was ich vorhabe. Andere werden darüber bestimmen, was mit dem Hof und dem Vieh geschieht. Mich werden sie unter Vormundschaft stellen, die Söhne werden die Tiere dem Metzger verkaufen, und mit dem Haus und dem Land wird wohl irgendeiner ein Geschäft machen wollen. Aber was kümmert mich das noch? Eines Tages wird sich der Berg alles zurückholen, dachte er grimmig.

Rocco stand auf und klapperte auf seinen Zoccoli den Stallgang entlang, um den mit schäumender Milch gefüllten Eimer zur selbstgefertigten Zentrifuge beim Brunnen zu tragen.

Als er aus der Stalltür ins Freie trat, glitten die ersten Sonnenstrahlen über den Kamm des Monte Lema, tasteten sich die Wälder entlang zu den Terrassen mit den Äckern und Weingärten der Terzoner Bauern und strichen über den weißgetünchten Kamin von Roccos Haus.

Rocco blieb stehen. Seine Schultern wurden mit einmal ganz schmal, dann ging er mit schleppenden Schritten zum Brunnen.

Der Strahl aus der Brunnenröhre war versiegt; im Brunnentrog war nichts als Schlamm und knapp ein halber Eimer bräunliches Wasser. Rocco kannte das. Irgendwo mußte der Berg die Leitung verschüttet haben. Und das Vieh? Womit sollte er nun das Vieh tränken?

Er nahm den Milcheimer, leerte die Milch bis auf einen kleinen Rest in die Zentrifuge und ging ins Haus. Die Katze strich ihm mit forderndem Miauen um die Beine.

Er stellte den Eimer auf den Tisch, nahm einen kleinen Teller aus dem Küchenschrank, stellte ihn der Katze neben den Herd und füllte ihn bis obenhin mit Milch. Die Katze begann gierig die Milch aufzulecken. Rocco lächelte, strich ihr zart über den Kopf. Dabei fiel sein Blick auf das geladene Gewehr. Armes Vieh, sagte er. Du wirst dir in Zukunft einen neuen Herrn suchen müssen.

Wie jeden Tag machte Rocco Feuer im Herd, griff sich den Kaffeetopf vom Haken und langte nach dem Wasserkessel neben dem Herd. Verdammt.

Der Wasserkessel war leer. Sollte er nun ohne seinen Morgenkaffee sein Vorhaben ausführen?

Er griff sich einen Schöpflöffel von der Wand, nahm den Wassereimer und versuchte, von dem Wasser im Brunnentrog ein paar Löffel voll abzuschöpfen, ohne daß allzuviel Schlamm mit hineinkam. Mit dem Wasser ging er zur Küche zurück, setzte den Topf auf den inzwischen warm gewordenen Herd und wollte sich eben einen neuen Schnaps eingießen, bevor er in den Stall zurückkehrte, als ein neuer Stoß das Haus erbeben ließ. Die Ofentür sprang auf, und als Rocco aufblickte, sah er, daß sich der Riß in der Decke schon bis zur Wand zog. Er rannte aus dem Haus und lief zum Stall.

Ich muß die Tiere rauslassen, dachte er im Hinüberrennen, diesmal scheint es der Berg ernst zu meinen. Doch als er im Stall stand, war alles wieder ruhig. Rocco, alter Narr, dachte er, du wirst doch nicht anfangen, Hirngespinste zu haben? Aber er hatte ja den Riß gesehen, und das Vieh war nicht umsonst so unruhig. Die Braune drehte sich nach ihm um. Ich muß sie ja noch tränken, fuhr es ihm durch den Kopf. Aber wie? Das Wasser im Brunnentrog reicht nicht. Sonst hatte er immer das Wasser im Tränkeimer mitgebracht, wenn er hinübergegangen war, um seinen Kaffee aufzusetzen und die Milch der Braunen abzuzentrifugieren.

Und – wenn das Wasser nicht floß, dann lief auch die selbstgebastelte Zentrifuge nicht.

Er warf den Kühen einen Armvoll Luzerne in die Krippe, nahm seinen Melkschemel und ging zum Ziegenpferch hinüber.

Hastig molk er die fünf Ziegen, immer darauf wartend, daß ein neuer Stoß ihn zusammenfahren ließe. Aber alles blieb ruhig, nichts war zu hören als das leise Gebimmel der Glöckchen und das Geräusch, mit dem die Milch in den Eimer zischte.

Die Schwarze war mit seiner Eile gar nicht zufrieden. Einmal hob sie unwillig das Hinterbein, und als diese Warnung nichts nützte, senkte sie angriffslustig den Kopf. Jaja, beschwichtigte Rocco sie. Du hast ja recht, ich bin ein Narr. Ich sollte mich um euch kümmern, gerade jetzt, wo der Berg sich wieder regt und die Wasserleitung verschüttet ist.

Das andere hat Zeit, Rocco, sagte der Bauer in ihm. Das hat Zeit bis später. Du weißt, was du jetzt zu tun hast. Denk an deinen Vater, Rocco. Für einen Bauern geht das Vieh vor. Dein Vater hat in jener Brandnacht den Nachbarn auf der andern Talseite helfen wollen, ihr Vieh aus dem Feuer zu retten. Er ist dabei umgekommen, genau wie deine Mutter in jener Nacht umgekommen ist. Sein Vater war getroffen worden, als das Granitdach des brennenden Stalls explodierte, weil die ungeheure Hitze die schweren Platten zerspringen ließ wie Glas.

Rocco war nicht dabeigewesen, weil er drüben beim Dorf mit anderen von der Feuerwacht versucht hatte, mit einer nassen Patsche den Funkenwurf des Waldbrandes zu löschen.

Und dann hatte der Wind gedreht, der Wald rings um das Gehöft der Canonicas stand plötzlich in Flammen. Donna Barbara war von aller Hilfe abgeschnitten. Sie mußte noch verzweifelt versucht haben, das Vieh zu retten. Als dann das Gewitter kam und Rocco endlich zusammen mit den anderen von der Brandwache zum Hof der Canonicas vordringen konnte, standen nur noch die geschwärzten Mauern des Wohnhauses. Vom Vieh waren ein paar Ziegen übriggeblieben und wie durch ein Wunder in einer Ecke des eingestürzten Stalls ein Kälbchen, das sich in seiner Angst an seinem Strick schier aufgehängt hatte. Die Mutter fanden sie unter den Trümmern.

Damals hatte Rocco sich gebärdet wie ein Irrer. Giancarlo, der alte Hausierer, war ihm beigestanden. Das Dorf war dank des sintflutartigen Gewitterregens noch einmal davongekommen, und der Erzpriester Don Cesare bezeichnete das als Wunder des Himmels. Außer Roccos Eltern war noch ein alter Hirte von den Flammen abgeschnitten worden und mitsamt seinen Tieren im Stall verbrannt. Der Erzpriester ließ ein Tedeum ansetzen, an dem alle Terzonesi teilzunehmen hatten. Das Aufräumen überließ er den Bauern. Nie hätte er sich bei den Canonicas auch nur blicken lassen, um Rocco Mut zuzusprechen oder gar mit anzupacken. Außer dem Wohnhaus, dessen Mauern stehengeblieben waren, war alles verbrannt: der Stall, die Scheune samt den Vorräten an Heu und Maiskolben, der Schuppen mit dem Brennholz, das Rocco zusammen mit seinem Vater den ganzen Winter über gefällt, kleingehackt und aufgeschichtet hatte. Verbrannt waren die beiden Kühe, die Schafe waren kopflos in den Wald gerannt und in den Flammen umgekommen. Alles war dahin, was Vater Canonica mühsam aufgebaut und erworben hatte. Rocco war allein auf der Welt, nur der alte Giancarlo blieb bei ihm, soviel er konnte. Auch Nachbarn hatte es gegeben, die ihm beim Aufräumen halfen, die ihm, obschon selbst geschädigt, mit Futtervorräten aushalfen, die mit anpackten, um den Wald aufzuforsten, die Scheune und den Stall wieder aufzubauen.

Acht Jahre, nachdem sie die Quelle gefunden und in zäher Arbeit ihren bescheidenen Wohlstand aufgebaut hatten, konnte Rocco wieder von vorn beginnen.

Rocco sah in die Krone des Nußbaums. Er hatte das Feuer dieser Nacht überstanden. Zwar hatte er alle Blätter verloren, und während der ersten beiden Jahre nach der Brandnacht hatten nur zwei oder drei Zweige ausgeschlagen. Aber ein Nußbaum ist ein Nußbaum – er erholte sich und war jetzt groß und mächtig, und heute früh sollte er nun fallen, um der Laune eines reichen Mannes Genüge zu tun.

Nicht einmal sein Sterben würde er erleben können, dachte Rocco, und der Zorn trieb ihm das Blut zu Kopf, nicht einmal das, weil er unverzüglich hinaufmußte, hinauf auf den Berg, auf den stundenlangen Kontrollgang entlang der hölzernen Wasserleitung, die sie zu dritt in jenem Winter geschnitzt hatten und die sie dann, Meter für Meter, Röhre um Röhre, auf ihren Schultern den Berg hinaufgetragen hatten, um einen Weg für das neugefundene Wasser zu legen, von der Brunnenstube auf dem Berg bis zum Brunnen der Canonicas.

Auch da war wiederum der Rat des alten Giancarlo unentbehrlich gewesen, als sie den Brunnen aushoben und ausmauerten und die Milchzentrifuge aufstellten. Giancarlo mochte zwar ein Kauz sein, aber er war ein blitzgescheiter Kauz.

Er bestand darauf, daß der Überlauf des Brunnentrogs so groß wurde wie der Feuerweiher unten im Dorf. Ihr könnt nicht wissen, wann die Quelle versiegt, sagte er und gab beim Ausmessen der Brunnengrube nochmals zwei Schritt zu. Ihr könnt nicht wissen, wie lange ihr brauchen werdet, um die Leitung zu reparieren, wenn einmal eine Rüfe darüber hinwegdonnert. Ihr braucht einen Wasservorrat, denkt an das Vieh, das ihr euch anschaffen wollt, Kühe sind keine Geißen, die sich ihr Wasser selber von einem tropfenden Felsen zusammenlecken können. Kühe muß man tränken, sonst nützt das beste Futter nichts. Und denkt daran, daß es einmal brennen könnte – bekreuzige dich nur, Mutter Canonica, aber eine Wassergrube und eine Handpumpe löschen besser als das Weihwasser des Don Cesare, und wie oft hat es in unserm Tal schon lichterloh gebrannt, und ihr seid weit weg vom Dorf.

Und, daß ich es nicht vergesse, Vater Canonica: Hast du dir schon überlegt, was du mit dem überschüssigen Wasser aus dem Überlauf des Brunnens anstellen willst? Die Quelle läuft Tag und Nacht, du kannst sie nicht abstellen, und wenn der Weiher einmal voll ist, dann geht das gute Wasser verloren. Laßt mich einmal nachdenken, und auch Roccos Vater hatte an seinem Schnurrbart gezwirbelt und gen Himmel geblickt. Und dann hatte er, zur Nachhilfe des allgemeinen Denkvermögens, der Mutter aufgetragen, ein Fläschchen Grappa herauszurücken, der Augenblick sei von größter Wichtigkeit, fast so wichtig wie eine Talgemeindeversammlung bei der alten Burgruine über dem Dorf. Sie tranken ihren Schnaps, und Rocco war es damals, angesichts der von Giancarlo ausgesteckten Baugrube, ein bißchen bange gewesen. Du lieber Gott, hatte er damals gedacht. Da würde es manchen Pickelhieb brauchen und manche Schaufel voll Dreck, die es keuchend aus der zuerst schuhtiefen, dann knietiefen, dann metertiefen und endlich mannstiefen Grube herauszuschleudern galt.

Zuerst mußten sie unter Giancarlos Anleitung einen Schleiftrog bauen, um den Bauschutt abzuführen, denn der Weg zum Gehöft der Canonicas war steil, und mit dem Karren hätte das Maultier unmöglich dieses Gewicht bremsen können. Giancarlo holte zwei starke Bohlen, die er an beiden Enden wie Schlittenkufen abschliff.

Die Bohlen wurden mit Brettern verbunden, und als Zugdeichsel des primitiven, aber seit uralten Zeiten bekannten Gefährts wurden zwei armstarke Bohlen an einem Waagscheit befestigt. Mutter Canonica stand bei der Grube und schaufelte den Dreck, den Rocco aus der Grube warf, auf den Bretterrost des Schleiftrogs. Das Maultier scharrte ungeduldig zwischen den beiden Deichselbohlen oder döste mit hängenden Ohren.

Sobald ein großer Schutthaufen auf dem Schleiftrog lag, ergriff die Mutter das Maultier beim Halfter, und holpernd und rutschend ging es den steilen Weg hinunter zur Terzabrücke, wo Vater Canonica den Schutt kurzerhand in die Terza schaufelte, die dann den Abtransport besorgte.

Damals hatte Giancarlo nach dem dritten Schnaps gemeint: Wie wäre es mit einem Wasserrad, da unten, drei, vier Meter unter dem Überlauf? Man sollte unterhalb des Brunnens noch ein paar zusätzliche Terrassen anlegen, um Tabak und Tomaten und allerlei Grünzeug anzupflanzen, das viel Bewässerung braucht.

Der Berg rührte sich nicht, damals, und wollte ihnen wohl, den Canonicas – aber damals stiegen eben auch noch alle Männer des Tals jedes Jahr hinauf, forsteten den Wald auf, pflegten die Alpen und Maiensässe.

Das Wasserrad konstruierten sie mit einer schweren Achse auf einem Widerlager von zwei starken Steineichenstämmen, und statt mit den üblichen Schaufeln aus Schindeln versahen sie es mit Schöpfschaufeln, die das überlaufende Wasser wieder hochschöpften und durch Wasserkännel in den Gemüsegarten hinter dem Haus und dann weiter den Hang entlang leiteten, um die neuen Weinberge und zwei neue Tabakfelder zu bewässern, die sie im Laufe der folgenden Jahre anlegten.

Auch die Zentrifuge war Giancarlos Idee gewesen. Gott weiß, wo er so etwas auf seinen Wanderungen im Unterland gesehen hatte. Ihr werdet aus der Milch Käse herstellen müssen, sagte er, sie zum Verkauf zu Tal zu tragen, ist für euch zu weit und würde sich nicht lohnen. Dafür müßt ihr die Milch zentrifugieren, und er brachte eines Tages auf seinem Rücken ein ganzes Bündel Kupferrohr mit herauf aus dem Tal. Aus dem Kupferrohr formte er eine lange Schlange, die rings um einen Holzbottich lief. Wenn ich hier das Wasser durchleite, so hatte er damals erklärt, dann beginnt sich zuerst langsam und dann immer schneller der Bottich auf seiner starren Achse zu drehen. Die Milch gerät in Bewegung, die schweren Teile, also das Milchfett, werden an den Rand des Bottichs geschleudert und fließen durch diese Löcher hier im Bottich und von dort durch dieses Rohr in einen bereitgestellten Kübel. So einfach ist das.

So viel hatten sie zu tun gehabt, in jenen Jahren, die dem Quellenfund gefolgt waren, und es klappte alles vortrefflich. Nicht, daß es ohne Bartkratzen und Hutrücken abgegangen wäre. Schließlich waren sie zwar alle drei ausgezeichnete Praktiker, von den Gesetzen der Physik hatten sie in ihrer Dorfschule hingegen wenig mitbekommen.

Die Kühe im Stall brüllten, und Rocco fuhr aus seinen Gedanken hoch. Die Tiere waren durstig. Er mußte zusehen, daß die Wasserleitung sobald wie möglich repariert wurde.

Er ging zur Küche, wo das Kaffeewasser bereits brodelte, und braute sich einen starken Kaffee. Umsichtig stellte er seine Marschverpflegung zusammen, während der Kaffee aufbrühte. Wer weiß, wie lange er unterwegs sein würde. Der Bruch in der Leitung lag gewiß näher bei der Brunnenstube als beim Gehöft. Er packte Brot ein, Speck und eine Dauerwurst. Dann nahm er vom Küchenbrett den kleinen Aluminiumtrichter, der dort an seinem Nagel hing. Aus dem Schrank kramte er seine alte Militärfeldflasche hervor und füllte sie mit Hilfe des Trichters aus der Grappaflasche randvoll. Dabei fiel sein Blick auf das geladene Gewehr, das auf dem Küchenboden lag. Wahrscheinlich war es beim letzten heftigen Erdstoß vom Tisch gefallen und lag nun da, Vorwurf und Versuchung zugleich.

Du kannst warten, dachte Rocco. Korten kann warten – wir haben beide viel Zeit. Und er verschloß das Gewehr im Schrank.

Meine Kühe können nicht warten. Sie brauchen Wasser.

Im Schuppen suchte er sein Werkzeug zusammen: den Breitspaten, den langen Draht, fein säuberlich aufgerollt. Den würde er vielleicht brauchen, um eine verstopfte Wasserröhre durchzuputzen. Dann Gertel, Säge, Hammer, Nägel, Teerwolle zum Kalfatern. Einen Stapel Bretter band er ebenfalls auf den nun schon recht schwer gewordenen Rucksack, dazu mehrere Stränge Bast und eine Rolle feste Schnur. Vielleicht muß ich neue Faschinen hauen, dachte er und war jetzt nur noch gespannte Aufmerksamkeit für seine nächstliegende Aufgabe. *Das andere* hatte er vorläufig vergessen. Einfach aus seinem Bewußtsein verdrängt.

Er schulterte den schweren Rucksack und stellte ihn neben die Steintreppe vor der Küchentür. In der Schlafkammer holte er sich die festen Schaftstiefel mit den genagelten Sohlen. Im Nußbaum lärmten bereits die Vögel, die in der Krone des Riesen nisteten und die sich nun einen neuen Unterschlupf würden suchen müssen. Das Wetter war klar und wolkenlos. Rocco war froh, nicht auch noch das schwere Schlechtwetterzeug mitschleppen zu müssen.

Er schloß nach einem Blick auf das Herdfeuer die Kaminklappe und die Herdklappe, blickte sich noch einmal in der Küche um und verriegelte hinter sich die Tür.

Die Mühe, den Brunnen auszuschaufeln, konnte er sich sparen. Wenn erst das Wasser wieder floß, dann würde es von selbst den größten Teil des Schlamms wegspülen und auf seine Felder und Weinberge tragen.

Er schulterte den Rucksack, pfiff den Ziegen und machte sich auf den Weg bergan. Warum sollte er die Ziegen nicht mitnehmen; ein lebendes Wesen um sich zu haben war immer noch besser als die düstere Einsamkeit des Berges.

Das Dorf auf der anderen Talseite lag noch im Schatten. Vom Campanile der Kirche ertönte das Glockenspiel. Irgendwo in einem dieser granitgedeckten Häuser würde jetzt ein Gemeindearbeiter am Tisch sitzen, sein Frühstücksbrot kauen und auf die Frage, was es denn heute zu tun gäbe, mit vollem Munde etwas von ihm, Rocco, dem störrischen Alten und seinem gottverdammten Nußbaum auf seinem gottverdammten Berg droben brummen und daß sie die gottverdammte schwere Motorsäge nun da hinaufzuschleppen hätten, bloß weil dieser alte Narr sich ständig querlegen mußte. So, und jetzt Frau, pack mir mein Essen ein. Dieser alte Narr wird uns kaum etwas anbieten, verständlich ist das ja, aber man kann es auch nicht mit dem Sindaco verderben; man hat selber eben genug zum Kratzen, damit was zum Beißen dabei herauskommt.

Rocco hörte und sah ihn geradezu vor sich, und zugleich achtete er aufmerksam auf die kleinste Veränderung, während er die hölzerne Wasserleitung entlangging.

Noch war der Morgen recht kühl. Die Eidechsen, welche Rocco auf den Steinen der Stützmäuerchen beobachtete, hatten noch nicht die Schnelligkeit ihrer huschenden, fast schattenartigen Bewegungen, sondern krochen mühsam mit klammen Beinchen durch die Mauerritzen hoch, um sich auf einer wärmenden Steinplatte die Sonne einzufangen, die ihr träges Blut in raschere Bewegung bringen sollte. Die winzigen Knopfäuglein funkelten, und hinter dem züngelnden Mäulchen pulste sichtbar der Schlag der kleinen Herzen.

Seine Terrassenfelder waren die einzigen, die auf dieser Talseite noch unterhalten wurden, und auch ein Blick auf die noch im Schatten des Monte Lema liegende andere Talseite zeigte, daß Verfall und Zerstörung der Stützmauern bereits nicht wieder gutzumachen waren.

In seinen Weinbergen blühte blauviolett die Luzerne. Sie stand hoch und kräftig, Tautropfen funkelten im Sonnenlicht. Es wäre eine wahre Freude, jetzt Luzerne zu schneiden, dachte Rocco.

Wenn der Tau auf der Luzerne liegt, braucht man die Sense kaum zu wetzen. Sie schneidet wie Gift. Rocco hatte Mühe, seine Ziegen vor einem gierigen Einfall in die saftige Luzerne abzuhalten. Man müßte einen Hund haben, dachte Rocco, gerade jetzt, wo er alt wurde, wäre ein Hund nicht schlecht. Aber wer züchtete im Terzone noch die Hirtenhunde, für die das Tal früher so berühmt gewesen war?

Auch Roccos Weinreben standen gut. Es war allerdings Zeit, die überschüssigen Schosse auszubrechen, dachte Rocco, immer alles gleichzeitig mit seinem Blick erfassend: seine Äcker und Wiesen, die Wasserleitung und die Ziegenherde. Warum bloß hatte man die Arbeit von Generationen dem Verfall preisgegeben? Rocco erinnerte sich, wieviel Mühe es sie seinerzeit gekostet hatte, die paar zusätzlichen Terrassen anzulegen, zu denen ihnen der alte Giancarlo geraten hatte. Vater Canonica war klug genug gewesen, auf den Ratschlag des Alten zu hören. Wie sonst hätte er seine Träume von Kühen, von Tabak und neuen Weinbergen verwirklichen sollen?

Gleich anderntags war Vater Canonica mit seinem Sohn hinuntergestiegen zum alten Sindaco Leponti, angetan mit dem besten rauhwollenen Anzug, dem steifen schwarzen Hut und einem roten neuen Halstuch. Der Sindaco hatte sie warten geheißen. Er habe noch für einen Augenblick in Geschäften der Talgemeinde zu tun. Vater Canonica und sein Sohn standen in der Stube des Sindaco und drehten ihre Hüte in den Händen.

Und dann war der Sindaco aus seinem «Büro» in die Stube gekommen, hatte den beiden einen Stuhl angeboten und nach seiner alten Magd gerufen, sie solle Gläser auftragen und den Schnaps und dazu ein gutes Stück fetten Speck.

Schweigend hatten die drei gewartet, bis die Anordnungen des Sindaco ausgeführt waren; erst, nachdem sich die Männer zugetrunken hatten, fragte der Sindaco freundlich nach dem Begehren der Canonicas.

Nun, eröffnete der Vater damals das Gespräch, sie hätten eine Quelle gefunden und gefaßt, oben am Monte Lema, auf dem Allmendgrund, man werde wohl diese Quelle ins Urbar eintragen müssen als erstes und zunächst. Der Sindaco hatte genickt, gutes Gelingen und viel Glück gewünscht und versprochen, den Eintrag vorzunehmen, damit ihnen keiner mehr das Recht auf die Quelle und das Wasser werde streitig machen können.

Nachdem sie einen weiteren Schluck genommen hatten, kam der Vater zu seinem nächsten Begehren. Er wolle, so sagte er, natürlich diese Quelle gut nutzen. Er beabsichtige, am Berg oberhalb seines Hauses noch sechs weitere Terrassen anzulegen und unterhalb des Hauses noch einmal so viele.

Recht so, hatte der Sindaco genickt. Man wird es der nächsten Talgemeinde vorlegen, aber er sei sicher, daß die Gemeinde zustimmen werde, er könne ruhig schon mit dem Brechen der Mauersteine beginnen, drunten im gemeindeeigenen Granitbruch. Platz zum Stapeln der Steine sei in der Grube genügend vorhanden, und über den Preis werde die Gemeinde wohl mit sich reden lassen.

Dabei hatte der Sindaco die beiden freundlich angesehen, was den Vater ermuntert hatte, weiterzureden. Er benötige für den Transport der Steine zwei Maultiere und den großrädrigen Karren, sagte der Vater, und er bitte den Sindaco ...

Hier war der Sindaco dem Vater ins Wort gefallen und hatte gelacht, so etwas zu fragen sei fast eine Beleidigung, ob er ihm sonst mit irgend etwas zur Hand sein könne. Er sehe ihm an, daß er noch etwas auf dem Herzen habe. Ob es vielleicht an Geld fehle?

Der Vater hatte aufgeblickt, und zum erstenmal hatte auch er gelächelt. Ja, er müsse doch die Bauleute bezahlen, denn nur zu zweit oder noch mit Hilfe des alten Giancarlo würde es Jahre dauern, bis die Terrassen aufgeführt wären.

Der Sindaco hatte genickt, und da hatte sich Vater ein Herz gefaßt und sein letztes, sein ungeheuerlichstes Anliegen vorgebracht: Er wolle sich nun, dank dem gefundenen Wasser, vom Ziegenbauer zum Kuhbauer emporarbeiten – aber wenn er warte, bis die Kühe aus dem Ertrag der neuen Felder angeschafft werden könnten, dann werde er das vielleicht nicht mehr erleben.

Der Sindaco hatte die Gläser nochmals nachgeschenkt, hatte umständlich seine Brille von der Nase genommen, ein rotgeblümtes Taschentuch aus der Hosentasche geholt und begonnen, die Brillengläser damit zu polieren, sorgfältig immer wieder die Gläser behauchend und daran herumreibend. Dies war ein wohlbekanntes Zeichen dafür, daß der Sindaco angestrengt nachdachte. Die Männer vom Terzone kannten das von der Talversammlung, wenn schwerwiegende Beschlüsse für die Gemeinde gefaßt werden mußten.

Endlich hatte der Sindaco seine Brille wieder aufgesetzt, nach der Flasche gegriffen, nachgeschenkt und sein Glas gehoben, und das wiederum war beim alten Leponti ein sicheres Zeichen dafür, daß etwas seine Billigung gefunden hatte. Vater Canonica hatte hörbar aufgeatmet und ebenfalls sein Gläschen gehoben.

Wir können, hatte der Sindaco endlich gesagt, morgen oder wann immer du willst, die Sache richtig machen. Wir werden es so halten, wie mit den andern Darlehen. Ich werde eine Quittung ausschreiben, du unterschreibst, und die Sache ist in Ordnung. Wieviel Vater Canonica denn brauchen werde?

Und als Vater Canonica nachzurechnen schien, hatte der Sindaco selbst begonnen, ihnen vorzurechnen: Die Bauleute, das würde gut und gern in die tausend Franken gehen; er wolle den beiden Gemeindearbeitern Bescheid sagen. Erstens könnten die einen Zusatzverdienst gebrauchen, zum andern bleibe das Geld im Tal, und zum dritten hätten die beiden große Erfahrung im Terrassieren, nachdem sie jahrein, jahraus an den Verbauungen am Monte Lema zu tun hätten. Außerdem seien die beiden keine Trödler, die den Tag entweder zu heiß oder zu kalt fänden, zu trocken oder zu naß, um ein Werkzeug in die Hand zu nehmen.

Also: zunächst einmal tausend für die Bauleute. Dann die Steine: Die werde die Gemeinde ihm wohl billig überlassen können, vielleicht für hundert Franken, vorausgesetzt, er breche die Steine selber, und darin sei er ja äußerst geschickt, es könne zudem nicht schaden, wenn er dem Jungen das Handwerk auch noch beibringe.

Das wären schon elfhundert, und wie er sich das mit dem Vieh denke? Er würde ihm raten, zunächst ein junges, ersträchtiges Rind zu kaufen, das wäre für vierhundert bis fünfhundert Franken sicherlich zu haben, während eine Milchkuh bereits gut das Doppelte kosten könnte und er bei den vielen Bauarbeiten doch keine Zeit haben werde, die Milch zu verwerten und zu käsen. Ein Rind hingegen müsse zunächst nur gefüttert werden, und wenn das Kälbchen komme, könne er es absaugen lassen. So bräuchte er die Kuh nicht einmal zu melken, und sollte es ein Kuhkalb sein, so hätte dies noch den Vorteil, daß er schon bald zwei Stück Vieh im Stall stehen habe. Wie es denn überhaupt mit dem Stall stehe? Ob er auch daran gedacht habe?

Da konnte ihn Vater Canonica beruhigen. Seine Scheune sei groß genug, und mit wenig Arbeitsaufwand könne man eine Stallwand einziehen und alles, was es so brauche, und eine Jauchegrube könnten sie zur gleichen Zeit ausheben und mauern wie die Grube für den Brunnen.

Da war der Sindaco zufrieden gewesen. Ich gebe dir zweitausend, damit du Spielraum hast für Unvorhergesehenes, hatte er gesagt. Wir werden das so schreiben, und mit der Rückzahlung und den Zinsen werden wir es halten wie mit deiner andern Hypothek auf dem Haus, du sollst dich nicht zu Tode zinsen müssen.

Abgemacht?

Abgemacht, hatte Roccos Vater gesagt und in die dargebotene Hand des alten Sindaco eingeschlagen. Der Sindaco hatte seine Hand auch Rocco entgegengestreckt. Der wird jetzt auch lernen müssen, Lasten zu übernehmen, hatte er gesagt. Ich möchte, daß er ebenfalls in den neuen Vertrag einschlägt.

Rocco war stolz gewesen an jenem Tag und hatte rote Ohren, während er eingeschlagen hatte.

Damit war für Rocco, ohne großes Zeremoniell, die Aufnahme als Mann in die Versammlung der Talgemeinde vollzogen worden.

6

Nun war Rocco bereits seit zwei Stunden unterwegs. Die letzten Terrassenäcker lagen längst hinter ihm, und der Schutzwald verdeckte ihm den Blick auf sein Gehöft und auf das Dorf. Das war gut so, er hätte sonst das Fallen des Nußbaums doch noch mit ansehen müssen. Die Wasserleitung zog sich hier in gedeckten Rohren unter den Bäumen entlang, beschattet von mächtigen Farnwedeln und den Haselnußbüschen des Unterholzes. Bisher hatte er keinen Schaden an der Leitung feststellen können, aber er hatte dies auch nicht erwartet. Er vermutete immer noch, daß oberhalb des Waldgürtels ein Erdrutsch oder gar ein Felssturz stattgefunden haben mußte.

Sein schwerer Rucksack begann zu drücken. Eigentlich wäre es Zeit für eine Pause, dachte er. Immerhin habe ich diese Nacht kein Auge zugemacht, und ich bin jetzt siebzig; ich brauche länger als in jungen Jahren, um zur Quelle emporzusteigen.

Er nahm den Rucksack ab, stellte ihn auf einen Baumstrunk, setzte sich daneben, zog die Feldflasche aus seinem Gürtel und nahm einen kräftigen Schluck. In einer Stunde würde er aus dem Wald heraustreten und auf die erste Alp gelangen. Ein Teil davon gehörte dem jungen Leponti, der andere Teil der ehemaligen Alpgenossenschaft, den Terzoner Bauern. Altes Gemeindeland, das jetzt verkam, weil niemand mehr auf die Alpen zog mit dem Vieh.

Wer weiß, dachte Rocco. Vielleicht setzt er eines Tages durch, daß sie eine Fahrstraße hier herauf bauen. Dann kann er das Land auf den Alpen und den Maiensässen auch noch an die Fremden verkaufen.

Er stocherte mit seinem Bergstock im faulenden Kastanienlaub auf dem Waldboden. Überall dasselbe. Niemand las mehr die braunen Früchte auf, wenn die Fruchtkelche im Herbst aufplatzten und die Edelkastanien auf den Waldboden kullerten. Niemand raffte das Laub zusammen, um es als Viehstreu zu benutzen, so daß die Kastanien gut sichtbar auf dem trockenen Waldboden lagen und nur zusammengerecht werden mußten. Früher hatte man die Kastanien auf dem Trockenboden in der Scheune zum Trocknen ausgebreitet und den ganzen Winter davon gegessen.

Was früher unerhört gewesen wäre, jetzt war es das Alltägliche: Die braunen mehligen Früchte verfaulten Jahr für Jahr auf dem Waldboden, und das Laub vermoderte. Eine rätselhafte Krankheit befiel Bäume und ganze Wälder. Nüsse und Pilze verkamen in diesem fauligen Gemisch von Blättern und Kastanien, und in den Wäldern roch es dumpf säuerlich nach Moder. Rocco erinnerte sich, mit welchem Eifer sie in jenem Herbst vor fünfzig Jahren das Laub in den Wäldern zusammengerecht hatten: die Streu für ihr erstes Rind.

Vater Canonica hatte bis zum Herbstmarkt in der Kantonshauptstadt gewartet, um das trächtige Erstlingsrind zu kaufen.

Den ganzen Sommer über hatten sie unten im alten Steinbruch bei der Terzabrücke Steine gebrochen, er und sein Vater, während der alte Giancarlo Donna Barbara in den Weinbergen und auf dem Feld zur Hand ging.

An einer halbwegs ebenen Stelle am Berghang unterhalb des Hauses begann Giancarlo auch bereits, das Fundament für die erste Stützmauer auszuheben. Mit einer langen Schnur steckte er den Verlauf der Mauer aus, rodete Gestrüpp und Brombeerstauden. Dann hob er mit Breitspaten und Pickel einen gut zwei Fuß tiefen, einen Meter breiten Graben aus.

Rocco lernte unterdessen von seinem Vater, mit Handfäustel, Spitzeisen und Hartholzkeilen umzugehen. In der Grube türmten sich die Steinblöcke.

In der brennenden Sommerhitze war es im Steinbruch doppelt heiß. Der feine, weißgraue Gesteinsstaub legte sich auf ihre Gesichter, drang in Nase, Mund und Augen. Die Zunge wurde taub, die Augen tränten, und der Schweiß lief in beißenden Furchen übers Gesicht. Sie arbeiteten täglich bis zur Erschöpfung, gönnten sich kaum Zeit für einen Imbiß oder einen Schluck mit Wasser verdünnten Weins. Am Steinbruch vorbei führte die Fahrstraße vom Dorf herab talwärts; gelegentlich blieb ein Terzoner Bauer stehen, wenn er mit seinem Muli oder mit seinem Eselskarren vorbeikam, begutachtete die bereits gehauenen Mauersteine oder hielt einen kleinen Schwatz, ohne daß deswegen die beiden Canonicas ihre Arbeit unterbrochen hätten. Am Abend war Rocco jeweils kaum mehr imstande gewesen, sich aufzurichten und den stundenweiten Weg zum Gehöft hinauf unter die Füße zu nehmen. Der Rücken hatte ihn geschmerzt, als hätte ihn ein störrischer Esel ins Kreuz getreten, und die Hände waren blutig gerissen von den harten Gesteinskanten.

Aber mit der Zeit gewöhnte er sich auch an diese Arbeit, und sie brachten es sogar fertig, während des Steinhauens miteinander zu plaudern. Dabei kannte Vater Canonica nur ein Thema: die neuen

Felder, die Terrassen, die neuen Äcker, das Vieh, was er hieraus lösen werde und was dort anpflanzen.

Endlich kam der Tag, an dem der Sindaco den Canonicas die beiden Mulis und den hochrädrigen schweren Karren ausleihen mußte. Sie luden die schweren Mauersteine auf den Karren, und Fuhre um Fuhre schafften sie die grünlich-grauen Quader den engen, steilen Pfad hinauf.

Die beiden Gemeindearbeiter fügten Stein an Stein, akkurat, mit genau der richtigen Neigung bergwärts, um den Bergdruck aufzufangen. Quader auf Quader und ohne einen einzigen Klecks Mörtel errichteten sie die erste, die wichtigste, die unterste Mauer.

Allmählich spielte sich die Arbeit ein. Unten im Steinbruch brach Rocco nun allein die Quader aus der Wand, der Vater lud sie auf den Karren und schaffte sie hoch zu den Maurern, die wiederum fügten Stein auf Stein, und als die erste Mauer fertig war, begannen sie, zusammen mit Mutter Canonica und dem alten Giancarlo, am Berghang die nächste, höhere Terrasse abzutragen und die Erde hinter die erste Mauer einzufüllen.

Als die erste Terrasse etwa fünf Meter breit war, errichteten die Maurer sofort die zweite Mauer, dann wurde wieder abgetragen, etwas schmäler diesmal, des Bergdrucks wegen, bis sechs neue Terrassen den Hang unterhalb des Hauses bedeckten und später noch sechs Terrassen den oberen Hang.

Rocco lächelte. Wie schnell die Erinnerung doch damit fertig wurde, woran sie beinahe drei Jahre gearbeitet hatten, und genauso lange mußten auch die anderen Bauern, die jetzt ihre Terrassen verfallen ließen, daran gearbeitet haben. Drei Jahre Arbeit, um ein paar kümmerliche Felder mehr zu besitzen. Dazu kam jedes Frühjahr die Plackerei, die heruntergespülte gute Erde im Tragkorb oder mit dem Karren den gewundenen Pfad hinauf auf die Äcker zurückzutragen. Auch die Stützmauern mußten alljährlich durchgesehen und notfalls wieder befestigt werden. Man mußte Brombeeren und Farn aus den Mauerritzen entfernen, ehe das Wurzelwerk die Steine sprengte und die Mauer ausbröckeln ließ. Denn wenn das Wasser erst einmal eine Lücke im Mauerwerk fand, riß der erste starke Gewitterregen eine Bresche in die Terrassenmauer, und dann würde es nicht lange dauern, und der Hang wäre wieder so, wie er vor Jahrhunderten gewesen sein mochte: steil und abschüssig, zu nicht mehr zu gebrauchen als zur Weide für ein paar Schafe oder Ziegen – und das war dann endgültig das Ende. Ziegen und Schafe rupften das spärliche Gras bis zur Wurzel aus, knabberten die jungen Bäumchen an, zertraten mit ihren scharfen Hufen die dünne Humusschicht, der nächste Winterwind vom Monte Lema fegte diesen

Staub ins Tal herunter, der nackte Schiefer kam zum Vorschein, der Regen schwemmte auch den letzten Rest der Erde weg, fraß sich in den Schiefer und ließ polternde Steinlawinen in die Tiefe fegen, die von der hochgehenden Terza zusammen mit dem Erdreich in den See gespült wurden. Das Mündungsdelta der Terza vergrößerte sich, und auf der Erde, die einst die Terzonesi ernährt hatte, wuchsen nun Kopfweiden und Erlen jedes Jahr weiter in den See hinaus.

Rocco seufzte. Er stand auf, schulterte den Rucksack und stieg weiter bergan, immer der Wasserleitung nach. Durch die Blätter der Kastanienbäume waberte das Sonnenlicht. Es blendete ihn, als er aus dem Wald hinaustrat auf die offene Weide. Hoch oben am Hang sah Rocco die zerfallenen Gemäuer des ehemaligen Terzoner Sommerdorfes La Paz. Die Weide war verwahrlost, weder gemäht noch abgeweidet. Unter den vom Schnee niedergedrückten überständigen dikken Grasbüscheln von vielen Sommern vermochten sich die feinen Kräuter und die wertvollen Futterpflanzen nicht mehr zu behaupten.

Die Wiesen versauern, dachte Rocco. Bald gibt es hier nur noch Wollgras und Rispen. Eine Schande. Früher konnte die Alp Paz mit den dazugehörigen Maiensässen mit wenigstens dreißig Stück Großvieh und mehr als zweihundert Ziegen und Schafen bestoßen werden, und Winterheu hat sie uns noch zusätzlich geliefert. Jetzt machten sich da und dort schon Stechginster breit, Farn und Wacholderbüsche. Und dazwischen stengelte der giftige gelbe und weiße Germer hoch. Die Sennen fürchteten ihn, denn das Vieh, das davon fraß, verendete qualvoll. Früher waren ihm die Älpler mit dem Wurzelstecheisen zu Leibe gerückt, im Frühjahr, wenn sie die Alpen von Steinen und Ästen säuberten, ehe sie mit dem Vieh auffuhren. Eigenartigerweise schien dieses Teufelskraut den Tieren zu schmecken, und das machte es noch gefährlicher.

Der Blick weitete sich, je höher Rocco kam, schon konnte er auf der andern Talseite die verfallenen Weiler und Gehöfte erkennen und rings um das Dorf den Kranz der Luxusvillen und Bungalows.

Rocco blieb stehen und beobachtete, ob sich seine Ziegen an den Germer heranmachten, aber sie waren zu naschhaft. Sie stießen das Dürrgras beiseite, um an die Kräuter heranzukommen, die darunter noch vereinzelt wuchsen. Mit ihren feinen Nasen konnten die Ziegen noch finden, was sie gerne mochten.

Einen Steinwurf weiter sah Rocco die zerfallene Kapelle, die man errichtet hatte, als auf Alp Paz den Sommer durch noch über hundert Menschen wohnten und der Erzpriester jeden Sonntag eine Messe las oder doch zumindest seinen Kaplan hinaufschickte. Die Glocke hing noch in dem offenen Glockentürmchen aus Natursteinen. Der Glockenschwengel fehlte. Er mochte irgendwo unter dem

Schutt liegen, der sich um die verfallenen Häuser und Ställe häufte. Man hatte alles stehen und liegen lassen. Keiner war auf den Gedanken gekommen, wenigstens die kleine Glocke mit ins Dorf herunterzunehmen. Unter der dicken Grünspanschicht, die sie bedeckte, konnte Rocco nicht einmal mehr die Inschrift und die Jahreszahl ausmachen – aber er wußte sie auswendig:

Sic transit gloria mundi 1622 gloria in Excelsis Deo.

Rocco kannte hier jedes Haus, jede Herdstelle. Dort, am äußersten Ende der kleinen Plattform, auf der das Dörfchen einst errichtet worden war, in jenem Gemäuer, dessen leere Fensterhöhlen ins Tal hinunterblickten, hatte Teresa gewohnt. Seine Teresa, mit ihren Eltern und Geschwistern.

Und hier, auf dem freien Platz zwischen der Kapelle und dem alten Backhaus, wo jeden Sommer die alte Sementina für das ganze Dörfchen Roggenbrot gebacken hatte, traf man sich am Samstagabend: die Alten behaglich an ihren Tabakspfeifen kauend, die Mütter mit einem Strickzeug.

Die Alten formten gewissermaßen den äußeren Ring, in dessen Innerem sich das Jungvolk amüsierte. Zwei, drei Mandolinen fanden sich immer, und bald tanzte die Jugend auf dem holprigen Boden des Platzes, wohlfällig betrachtet von tuschelnden Müttern, die sich Heiratschancen für Söhne und Töchter ausrechneten.

Sogar ein kleines Schulhäuschen hatte gleich neben der Kapelle gestanden, und in den Sommermonaten hatte ein Lehrer die drei Dutzend Kinder hier oben unterrichtet. Jetzt kamen auf das ganze Terzone noch knapp zwei Dutzend Kinder. Im *Corriere* standen kaum noch Geburtsanzeigen, die Schulklassen wurden immer kleiner. Bald werden wir im Terzone keine eigene Schule mehr haben, dachte Rocco bitter. Schon jetzt fuhren die größeren Kinder mit dem Postbus ins Tal zur Schule. Und die *banda comunale*, die früher zum Tanz aufgespielt hatte, gab es auch nicht mehr.

Freilich hatte Rocco gehört, daß sich die Fremden bemüht hätten, auf dem Dorfplatz öffentliche «Tessiner Feste» zu feiern. Was an Dorfmusikanten noch aufzutreiben gewesen war, mußte sich in lächerliche Kostüme verkleiden, die von den Fremden für Terzoner Trachten gehalten wurden. Jeder bekam fünfzig Franken, und nun mußten sie für die Fremden, die um einen Bratspieß mit einem halben Ochsen saßen, Dorffröhlichkeit spielen. Aber fünfzig Franken waren eben fünfzig Franken.

Zu seiner Zeit – da war es noch hoch hergegangen im Terzone, besonders im Sommer auf den Alpen und im Herbst während der Weinernte und ein paar Wochen später, wenn der junge Nostrano wild in den Fässern geschäumt hatte.

In der Mitte des großen Platzes stand das Gemäuer des alten Sodbrunnens. Wie oft hatten sie damals, vom Tanz erhitzt, auf dem Brunnenrand gesessen, um sich auszuruhen, um zu plaudern oder auch nur, um stumm Händchen zu halten, während die Unentwegten immer noch rund um den Brunnen wirbelten bis tief in die Nacht.

Jetzt bot der Sodbrunnen ein trauriges Bild. Die schöngeschwungenen handgeschmiedeten vier Eisenbogen, die früher Kettenrad und Schöpfeimer getragen hatten, waren aus ihrer Verankerung herausgerissen und hingen sinnlos vom Brunnengemäuer herunter. An einem der verrosteten Eisenbogen baumelten noch das Zahnrad und ein Stück der Kette.

Eine Bergdohle kreischte, und Rocco fuhr zusammen. Ich muß zusehen, daß das Wasser wieder fließt, sagte er halblaut. Es hat keinen Sinn, hier zwischen den Trümmern einer Zeit nachzuträumen, die es nicht mehr gibt. Niemals mehr geben wird. Meine Wasserleitung führt dort drüben links am Dörfchen vorbei, was also suche ich alter Narr zwischen den Trümmern der alten Häuser hier auf diesem Dorfplatz?

Und doch – dort stand er, der riesige Nußbaum, unter dem er seine Teresa zum erstenmal schüchtern zu küssen gewagt hatte, nach einem langen Tanz in einer ganz hellen, warmen Sommernacht. Achtundvierzig Jahre war das nun schon her.

Damals war er beinahe jeden Abend die paar Stunden vom Gehöft der Canonicas zum Dörfchen La Paz hinaufgelaufen, nur um sein Mädchen während einiger Minuten zu sehen, denn der Rückweg war genauso weit wie der Aufstieg, und er mußte vor Tagesanbruch wieder unten sein, um das Vieh zu besorgen.

Er blickte zum Nußbaum, und es überlief ihn heiß. Jetzt haben sie meinen Baum gefällt, dachte er. Jetzt sitzen sie auf dem abgesägten Stumpf und verzehren ihre Vesper, bevor sie wieder ins Tal zurückkehren, und Korten wird endlich seine Aussicht genießen auf der Terrasse. Mit einemmal fühlte sich Rocco müde, müde und alt. Er schraubte den Verschluß von der Feldflasche und nahm einen Schluck. Zwischen den Steinen unter den Brombeerranken raschelte es. Eine Viper, dachte er, oder Eidechsen. Jetzt ist das Gewürm auch hier eingezogen.

Eine Viper war das Familienzeichen der Ghiringhellis gewesen, der nach den Lepontis reichsten und vornehmsten Terzoner Familie. Ihr Haus hatte gleich neben Teresas Haus gestanden. Aber nach der Geschichte mit Claudia waren die Ghiringhellis nach Amerika ausgewandert. Ihr Haus war nur noch ein Viereck aus ungleich hohen Mauern mit leeren Fenstern und Türen, aus den Mauerritzen wuchsen Glockenblumen und weißer Steinklee. Diese schreckliche Geschichte mit Claudia hatte das ganze Terzone in zwei feindliche Lager gespalten. Claudia, die fast allen jungen Männern im Terzone Hoffnungen gemacht und doch nur mit ihnen gespielt hatte, bis es dann zur Katastrophe kam und sie einen reichen jungen Mann aus dem Tal geheiratet hatte.

Rocco schauderte, wenn er daran zurückdachte. Haß und Gewalttätigkeit hatten sich breitgemacht, und noch heute standen unten auf dem Kirchhof neben der Dorfkirche die Grabsteine, die an die Tragödie erinnerten.

Als es damals, vor fünfundvierzig Jahren, plötzlich hieß, daß die hübsche Claudia Ghiringhelli nicht, wie das ganze Tal vermutet hatte, den jungen Carlo Lusenti aus dem Dorf heiraten würde, sondern den Fabrikantensohn Comelli, da hatte Lusenti gedroht, er werde die beiden umbringen. Am Polterabend, der sonst für die Jugend Anlaß zu allerlei Schabernack war, wiederholte er die Drohungen, und jedermann war froh, daß die Verlobungszeit vorbei war und endlich geheiratet wurde. Was keiner recht begriff, war, daß Comelli darauf bestanden hatte, in der Kirche von Terzone zu heiraten. Die Alten murrten, damit fordere er die Lusentis unnötig heraus, die schließlich auch nicht irgend jemand seien. Es kam zu den ersten Schlägereien: Die Brüder Ghiringhelli wurden so lange mit anzüglichen Bemerkungen über den erfolgreichen Kuhhandel mit dem Tal gehänselt, bis es ihnen zu dumm wurde und sie die ärgsten Spötter windelweich prügelten. Daß die Jungmannschaft daraufhin Claudia nächtlicherweise einen Strohkranz an die Haustür nagelte, machte die Sache nicht besser.

Und nun bestanden auch die Ghiringhellis darauf, daß in Terzone geheiratet wurde. Vergebens mahnten die Alten zur Besonnenheit. Der Erzpriester, der vermitteln wollte und den Ghiringhellis wie den Comellis nahelegte, sich nach einer Kirche im Tal umzusehen, wurde von Ghiringhelli bös zusammengestaucht. Gleichzeitig versprach er ihm, und davon wußte am nächsten Tag schon das ganze Tal, eine große Summe für die Kirche. Bedingung: Die Trauung hatte in Terzone stattzufinden.

Dann kam die Geschichte mit den Pferden. Im Terzone fuhrwerkte man mit Eseln oder Mulis. Pferde konnte man sich nicht leisten. Und nun wollte Comelli die ganze Hochzeitsgesellschaft mit Pferdekutschen aus dem Tal nach Terzone fahren, wie um den Terzonesi ihre Armut unter die Nase zu reiben.

Das geht nicht gut, warnten die Alten.

Und es ging auch nicht gut.

Der junge Lusenti hatte sich an jenem Polterabend plötzlich ver-

verabschiedet. Die Brüder Ghiringhelli gingen ihm nach, aber Lusenti war verschwunden, und so kehrten sie in den Grotto zurück, um weiterzufeiern. Sie meinten, Lusenti sei wohl die Sache leid geworden und zu Bett gegangen.

Erst später erfuhr man, was in jener Nacht wirklich geschehen war: Der junge Lusenti war ins Tal hinuntergefahren und hatte sich mit einer Säge im Fabrikhof der Comellis an den Kutschen zu schaffen gemacht. Er sägte das Gestänge der Bremsbacken auf der Innenseite an. Kein Mensch konnte etwas bemerken.

Die Katastrophe geschah, wie Lusenti sich das ausgerechnet hatte, als die Hochzeitsgesellschaft nach der Trauung in der Kirche von Terzone ins Tal zurückfuhr. Die erste Kutsche mit dem Brautpaar und den beiden Brautführern verlor auf dem steilsten Stück unterhalb des Dorfes, gleich bei der Terzabrücke, die Bremsen, die Pferde gingen durch, das Hinterrad rammte einen Randstein, und die Kutsche stürzte in die hochgehende Terza. Drei Tage dauerte die Suche, ehe man die Leichen fand. Die nachfolgenden Kutschen konnten rechtzeitig einen Hemmschuh unterlegen.

Lusenti blieb verschwunden; die Ghiringhellis schworen, sämtliche Lusentis umzubringen. Drei Wochen später paßten sie mit ihren Jagdgewehren den alten Lusenti ab und erledigten ihn mit zwei Kopfschüssen. Bei der gegenseitigen Versippung im Terzone hätte die Schlächterei wohl kein Ende mehr genommen. Der alte Sindaco handelte beherzt: Er bot ein paar besonnene Terzoner Männer auf, vereidigte sie in der Bürgermeisterei als vorläufige Ortspolizei und setzte zunächst einmal die am engsten Versippten der beiden Familien hinter Schloß und Riegel, darunter auch den alten Ghiringhelli und die Söhne. Der alte Ghiringhelli schwor damals, nicht mehr in diesem Tal zu bleiben, wo man sein Recht auf Rache mit Füßen trete und sich auf die Seite einer Mörderbande stelle.

Aber dem alten Leponti war es ernst gewesen. Als die Gendarmerie endlich eintraf, brauchte sie die sich befehdenden Familien nur noch abzutransportieren. Für die Beerdigung der Opfer erbat sich der Bürgermeister ein Aufgebot der Gendarmerie, damit nichts mehr passieren sollte.

Der Prozeß war langwierig, und die Fehde drohte mehrmals wiederaufzuflammen, besonders seit man wußte, daß der junge Lusenti bei der französischen Fremdenlegion gelandet war und nicht mehr bestraft werden konnte, weder vom Gericht noch von den Ghiringhellis.

Mit der Zeit wuchs allmählich Gras über die Geschichte, die allerdings, wenn man alten Terzonesi glauben wollte, früher nichts Außergewöhnliches gewesen wäre. Nur hätten sich damals die verfeindeten Familien ruhig verhalten, bis zur Jagdsaison. Dann hätte man sich gegenseitig abgeknallt und von Jagdunfällen gesprochen, damit Polizei und Staatsgewalt aus den Familienfehden herausgehalten wurden.

Die Brüder Ghiringhelli kamen mit ein paar Jahren wegen Totschlags davon. Als sie entlassen wurden, kehrten sie nicht mehr ins Terzone zurück. Ihr Besitz war längst verkauft, die Familie nach Amerika ausgewandert. Die beiden Söhne folgten ihr kurz darauf, und auf dem Friedhof erinnerte nur noch die für die Familie Ghiringhelli reservierte Grabstelle daran, daß die Ghiringhellis einmal Terzonesi gewesen waren.

Nein, dachte Rocco im Aufstehen. Alles war nicht schön und unbeschwert gewesen, früher im Terzone. Es hat Haß gegeben, Neid und Mißgunst. Jeder hat jeden belauert, und wehe dem, der sich nicht an die Sitten hielt. Auch ich, mußte Rocco im stillen zugeben, auch ich habe den Bräuten Strohkränze über die Haustüren genagelt, wenn sie den Gang zum Traualtar schon ein bißchen gar rundlich antraten, und was sich die jungen Burschen leisteten, war noch nicht einmal das Schlimmste. Die alten Weiber in ihren schwarzen Röcken und schwarzen Kopftüchern waren da noch viel grausamer. Sie setzten sich bei einer solchen Hochzeit beidseits des Kirchenganges in die Bänke und machten während des Einzugs der gefallenen Braut ungeniert und in aller Öffentlichkeit die Geste des Rübchenschabens. Einmal war eine dieser alten Hexen sogar keifend auf die Braut zugestürzt und hatte ihr mit einer einzigen schnellen Bewegung Schleier und Kranz vom Kopf gerissen.

Roccos Mutter war es damals gewesen, welche die hemmungslos weinende Braut in ihre Arme genommen und sie gegen die Dummheit und Grausamkeit der alten Weiber beschützt hatte, während der Erzpriester fassungslos dastand, mit seiner Schelle klingelte und kein Wort hervorbrachte.

Rocco sah sich nach seinen Ziegen um. Sie weideten oberhalb des verfallenen Dörfchens am Hang und knabberten an den jungen Haselbüschen.

Er pfiff durch die Finger, und klingelnd kam die kleine Herde herbeigehüpft. Die Wasserleitung folgte jetzt auf eine lange Strecke fast parallel dem Berghang des Monte Lema. Die offenen Holzkännel waren leer, und nun sah Rocco im Tal hinten die mächtige Staumauer, welche die Terza zurückhielt und zu einem vielfach zergliederten See aufgestaut hatte.

Rocco war kein Ingenieur. Von Statik verstand er nichts. Doch sein Instinkt sagte ihm, daß die brüchigen Schieferhänge des Monte Lema auf die Dauer dem Druck der Wassermassen, die sich da hinter der mächtigen Betonmauer stauten, nicht gewachsen sein würden. Und es war nicht Einbildung, daß sich das Knirschen und Ächzen der Balken in seinem Hause verstärkt hatte, seit diese Mauer stand und der See zum erstenmal ganz gefüllt war.

Er folgte dem Hang, sein Blick achtete auf jede Veränderung, und wäre sie noch so gering. Er wußte, sollte der Hang einmal ins Rutschen kommen, so würde es hier an dieser Stelle geschehen. Zu oft schon hatte er seine Wasserleitung genau auf diesen drei- oder vierhundert Metern reparieren müssen, wenn sie durch kleine, aber durchaus nicht harmlose Bergrutsche unterbrochen war. Die Flickstellen konnte er deutlich ausmachen: Das Holz war heller als der Rest der verwitterten, fünfzigjährigen Kännel, die er noch zusammen mit seinem Vater hier heraufgetragen hatte.

Dort zum Beispiel, bei dem großen Stein, war eine solche Flickstelle, und die von der damaligen Rüfe geschlagene Runse war seither nicht mehr vernarbt. Nicht einmal Gras war nachgewachsen, wahrscheinlich weil der Boden ständig weiter abrutschte und das Gras gar nicht mehr zum Keimen kam. Seine Stiefel versanken in einem zähklebrigen Schutt aus winzig kleinen Schieferplättchen, mit gelbem Lehm vermischt.

Ein paar Schritte weiter befand sich die nächste Runse, und so ging es weiter. Dreihundert Meter breit war die ungeschützte Stelle mindestens, und ein paar hundert Meter weiter oben lag seine Brunnenstube. Bis dorthin zählte Rocco mehr als ein Dutzend solcher Runsen.

Die Ziegen blieben plötzlich stehen, mit steifen Beinen, und blickten sich nach ihm um.

Und da sah er die Bescherung. Quer über den ganzen Hang klaffte ein meterbreiter Riß. Es war, als sei der untere Teil des Berges auf einmal auf der harten Unterlage abgerutscht und einen Meter tiefer gesackt. Die Holzkännel seiner Wasserleitung ragten in die Luft, an zwei Stellen waren sie zersplittert, und aus der Brunnenstube floß das Wasser direkt in diesen Spalt.

Rocco erschrak. Den Hang hielt nichts mehr auf, nicht einmal der dünne Gürtel aus Buschwerk und Bäumchen unten am Fuß der großen Staumauer. Und was geschah, wenn der Hang beim nächsten Gewitterregen ins Rutschen kam? Würde die Staumauer überhaupt halten, oder war es bereits so weit, daß der ganze Berg in Bewegung war und dieser Riß nur ein kleines, oberflächliches Warnzeichen?

Trotzdem, er mußte seine Leitung reparieren. Er brauchte das Wasser für sein Vieh, auch dann, wenn er von nun an immer häufiger hinaufsteigen mußte, um die Holzkännel zu flicken.

Vielleicht, so fuhr es ihm durch den Kopf, vielleicht wäre es doch besser, ich ließe den Hof an die Wasserversorgung der Gemeinde anschließen. Die Leitung zu Kortens Villa führte bloß ein paar Meter an seinem Hause vorbei. Eine Zweigleitung würde nicht die Welt kosten. Er hätte dann wenigstens Wasser für das Vieh – die Bewässerungsanlage zu reparieren, das würde nicht so eilen.

Mit Leitungswasser die Felder zu bewässern oder gar die Weinberge – das kam natürlich nicht in Frage. Er hatte einmal im *Corriere* gelesen, was den Walliser Weinbauern passiert war, als sie ihre hölzernen Bisses aufgaben, weil jedes Jahr beim Reparieren dieser kilometerlangen Holzleitungen entlang den schroffen Felsen Menschen abgestürzt waren. Die Walliser hatten die Wasserleitungen in sichere Stollen in die Felsen hinein verlegt. Doch als sie zum erstenmal ihre Weinberge bewässert hatten, waren ihnen ihre Rebstöcke in wenigen Wochen eingegangen.

Das Gletscherwasser war eben zu kalt gewesen. Es hatte sich nicht mehr in den offenen Holzleitungen entlang der besonnten Felshänge auf die richtige Temperatur erwärmen können. Rocco wußte, wie wichtig das war. Auch seine Wasserleitung war im oberen, besonnten Stück eine offene Holzleitung, wo sich das Wasser erwärmte, ehe es bei ihm unten in die Felder floß. Die Stollen hatten zudem zuviel Gefälle, und weil sie nicht mehr zugänglich waren, hatte man Filteranlagen einbauen müssen, die den Schlamm zurückhielten, damit die Rohre nicht verstopften. So kam der fruchtbare Schlamm nicht mehr auf die Felder. Das sollte ihm, Rocco, nicht passieren.

Doch jetzt war anderes wichtig: Er mußte den Schaden an seiner Wasserleitung so schnell wie möglich beheben und dann das Dorf warnen. Hoffentlich würden sie ihm jetzt glauben, diese Narren. Spätestens bei dem nächsten heftigen Gewitterregen würden die Schuttmassen zu Tal donnern, und was dann geschehen würde, wagte er sich nicht einmal vorzustellen.

Eilig packte er sein Werkzeug aus dem Rucksack und flickte die noch brauchbaren Kännel. Aus den mitgebrachten Brettern hämmerte er die fehlenden Verbindungsstücke zusammen, fieberhaft arbeitend, immer wieder einen Seitenblick auf den über ihm hängenden Berg und die lockeren Schuttmassen werfend.

Was ist, dachte er plötzlich, was ist, wenn die Felsmassen in den Stausee abstürzen? Der See war randvoll, man müßte ihn angesichts der drohenden Gefahr entleeren, damit die Schuttmassen ihn nicht zum Überlaufen oder gar den Damm zum Bersten brachten. Aber ob sich die Elektrizitätsgesellschaft darauf einlassen würde? Die Talgemeinde müßte es ihr befehlen, die Talgemeinde hatte schließlich diese Konzession erteilt und gewisse Auflagen gemacht – aber was die Leute vom Kraftwerk davon hielten, das hatte man in der Brandnacht des Sommers 1956 gesehen, als rings um das Dorf die Wälder brannten und der Hang des Monte Lema ein einziges Feuermeer war, das auch auf das Dorf überzugreifen drohte.

Wohl hatte die Talgemeinde als Geschenk der Elektrizitätsgesellschaft drei neue Motorspritzen mit starken Pumpen bekommen. Aber in jenem Jahr konnte man trotzdem den Brand nicht löschen, bis Militär eingesetzt wurde und die Kantonsregierung intervenierte. Die Elektrizitätsgesellschaft hatte nämlich in diesem trockenen Sommer, dem schon ein niederschlagsarmer Winter vorangegangen war, keinen Tropfen Wasser die Terza hinuntergelassen, weil sie gefürchtet hatte, den See bis zum Einbruch des Winters nicht mehr voll zu bekommen. In den stinkenden Tümpeln der Terza waren die Regenbogenforellen zu Hunderten krepiert – es war ein Jammer. Aber schlimmer war, daß sich die Kraftwerkleute sogar bei Brandausbruch geweigert hatten, die Schleusen zu öffnen, um wenigstens genügend Löschwasser die Terza hinunterzulassen. Natürlich war die Gesellschaft ohnehin verpflichtet, ständig ein bestimmtes Minimum an Wasser durch das Terzabett abfließen zu lassen, aber darum hatte sie sich den Teufel geschert. Damals war gerüchteweise bekanntgeworden, die Gesellschaft plane einen zweiten Staudamm unterhalb des alten Dorfes Terzone – weil sich das Tal ohnehin entvölkere. Da konnte es ihr natürlich nur recht sein, wenn weiter oben alles niederbrannte. Sie hätten dann guten Gewissens sagen können, daß sie mit ihrem zweiten Stau ja nur eine Einöde ersäufen.

Die Terzonesi hatten sich damals beim Sindaco beschwert. Aber Leponti hatte nur gemeint, er wolle einmal mit der Elektrizitätsgesellschaft reden, so schlimm sei es ja auch wieder nicht, der paar Fische wegen.

Bis es dann zur Katastrophe gekommen war und die neuen Motorspritzen der Feuerwacht zu nichts nütze unten am Terzaufer standen und die Feuerwehrleute die trockenen Steine und schuhtiefen Tümpel im Bachbett angestarrt hatten, während oben bei der Feuerfront die Wendrohrführer darauf warteten, daß Wasser aus ihren Rohren schoß und nichts hörten als das Knattern und Fauchen von trockener Luft. Erst als die Brände auch auf die Nachbartäler überzugreifen drohten, hatte die Regierung interveniert, das Wasser kam, und Sappeureinheiten der Armee bekamen zusammen mit der Feuerwacht das Feuer endlich unter Kontrolle. Der Wald im Terzone jedoch war wieder einmal auf Jahrzehnte hinaus zerstört.

Alles das ging Rocco wieder durch den Kopf, während er die

Bretter zurichtete, den Bast in der Teermasse tränkte, die Ritzen auskalfaterte und alle paar Schritt unterhalb der Holzröhren einen Pfahl in den Schiefer trieb, damit die Wasserleitung nicht gleich beim nächsten kleinen Erdrutsch wieder unterbrochen würde.

Warum, zum Teufel, dachte Rocco, war damals nichts weiter geschehen? Warum hatten die Terzonesi nicht, durch Schaden klug geworden, endlich verlangt, daß mit der Gesellschaft verhandelt und die Bedingungen durchgesetzt wurden, die längst auf dem Papier standen?

Er schlug an den beiden Verbindungsstücken der Kännelleitung einen langen Holznagel ein, verpichte das Loch, hob unter gewaltiger Anstrengung den oberen Teil der Holzröhre, durch die jetzt das Wasser schoß, auf den unteren, nagelte die Röhren zusammen und dichtete sie ab. Er wurde dabei pudelnaß, das Wasser schäumte und spritzte über die Kännelborde hinaus.

Endlich konnte er sich keuchend aufrichten und zusehen, wie das Wasser eilig talwärts schoß: Die Leitung war geflickt. Bald würde unten in seinem Gehöft das Wasser in den Brunnentrog schießen, das Wasserrad würde sich langsam zu drehen beginnen und das kostbare Wasser und den angesammelten Schlamm in die Terrassenäcker hinüberpumpen. Es war wieder einmal geschafft.

Wie oft kann ich sie wohl noch selber reparieren, fragte sich Rocco, bevor er einen Schluck aus seiner Feldflasche nahm. Wann wird mir der Berg alles zerstören, was ich in mühsamer Arbeit noch mit meinem Vater zusammen errichtet habe? Er beschloß, sich auch die Brunnenstube anzusehen und erst dann einen Bissen zu essen. Die Zeit drängte. Die Sonne stand senkrecht über ihm. Im Einschnitt zwischen Monte Lema und Pizzo Reale flimmerte es diesig, und hinter dem Pizzo Reale tauchten die ersten Schlechtwetterwolken auf.

Wenn der Wind dreht, dachte Rocco, während er zur Brunnenstube hinaufstieg, wenn der Wind dreht, dann gibt es heute noch ein Unwetter, und der Hang rutscht endgültig ab.

An der Brunnenstube war überraschend wenig zu tun. Zwei, drei Faschinen waren eingedrückt, ein paar Lehmbrocken lagen im Wasser – sonst war alles in Ordnung. Rocco schnitt neue Faschinen, verstärkte die schwächsten Stellen mit armdicken Stämmchen, die er mit dem Faustgertel schnitt, mit dem Bast fest verband und dann mit Teer bestrich.

Wieder dachte er an den Brand. Er wußte, warum die Männer der Talgemeinde nichts unternommen hatten, als ihnen Wälder, Weiden und Weinberge verbrannt waren. Schon damals hatten ihnen Nußbäume und Rebstöcke, Weiden, Äcker und Kastanienwälder nicht mehr bedeutet als Geldwert. Land, das man verkaufen konnte für so viel Geld, wie man im Leben nicht daraus hätte erwirtschaften können. Und wenn es nun vom Feuer zerstört war, gratis gerodet – um so besser. Jetzt brauchte man mit der Rodung keine Zeit zu verlieren, und auch die erforderlichen Bewilligungen waren kein Problem mehr: Ödland darf jeder verkaufen. In den meisten Fällen handelte es sich ohnehin nur noch um ungepflegtes Gestrüpp. Die Natur ist schneller als der Mensch, dachte Rocco, und erobert sich in wenigen Jahren zurück, was man ihr in Jahrhunderten abgerungen hat. In den Weinbergen trieben die Rebstöcke meterlange Wildschoße, und über die Mauern der Terrassenäcker wucherten blaßrosa blühende Brombeeren und wilde Heckenrosen.

Daß der Berg den Wald brauchte, um die nagende Kraft des Wassers zurückzuhalten und wie eine gute Brunnenstube zu regulieren – das hatte Rocco immer schon gewußt. Er hatte es nicht lernen müssen. Er wußte es einfach, und die andern wußten es genausogut. Und wenn ihnen die Ingenieure aus der Stadt von Betonmauern, Verbauungen und Regulierungen redeten, so glaubten sie nur daran, weil es bequemer war als die Arbeit im Schutzwald.

Rocco richtete sich auf und warf einen kritischen Blick auf die Brunnenstube. Was soll ich noch darüber nachdenken? Ich bin alt, meine eigenen Söhne sind zu ungeschnittenen Wildschoßen geworden, von denen keine Früchte mehr zu erwarten sind. Sie werden den Hof verkaufen, und irgendeiner wird aus unserem Haus und aus unseren Ställen und Scheunen einen echten Tessiner Rustico machen. Der Brunnen, das Wasserrad, die Wasserleitung, die Terrassen – sie werden verfallen. Weshalb sollte nicht der Berg das Werk vollenden, das die andern so zielstrebig begonnen hatten?

Aber eine andere Stimme war in ihm. Du mußt das Dorf warnen, sagte sie. Es ist dein Terzone, das in Gefahr ist, trotz allem noch immer dein Terzone; es sind Menschen in Gefahr, die nicht alle an diesen Veränderungen schuld sind.

Er packte sein mitgebrachtes Essen aus. Er war Bergler genug, um die Lage kaltblütig einzuschätzen. Er war alt, hatte eine schlaflose Nacht und einen anstrengenden Vormittag hinter sich. Es würde niemandem nützen, wenn er selbst hungrig zu Tal hastete, wenn ihn unterwegs die Kräfte verließen. Bedächtig und immer wieder aufmerksam den Berg und das Wetter beobachtend, aß er seinen Speck, die Wurst, das Brot, spülte mit einem kräftigen Schluck aus der Grappaflasche nach und griff in die rechte Jackentasche, wo er den selbstangebauten Tabak in einer zerknitterten Schweinsblase aufbewahrte. Er holte den Tabak hervor, Zigarettenpapier, Streichhölzer und begann sich in aller Ruhe eine Zigarette zu drehen.

Diese Kunst hatte er von seinem Vater gelernt: ein Blättchen Zigarettenpapier aus dem Etui zu klauben, mit Daumen und Zeigefinger aus der Schweinsblase eine genau bemessene Prise Tabak zu nehmen, auf das Blättchen zu legen, den Tabak geschickt zwischen Daumen und Zeigefinger beider Hände zu einer Zigarette zusammenzurollen, das Papier mit der Zungenspitze zu befeuchten, zusammenzukleben und dann mit dem Daumennagel die an beiden Enden heraushängenden Tabakkrümel abzukneifen und sorgfältig in den Beutel zurückzulegen.

Was Rocco seinem Vater niemals nachzumachen vermocht hatte, war dessen Fertigkeit, sich die Zigaretten mit bloß einer Hand zu drehen. Natürlich waren die Selbstgedrehten nicht so gerade wie die Zigaretten, die man fertig kaufen konnte. Aber dafür brannten sie auch nicht einfach herunter, wenn man nicht daran zog. Es war vorgekommen, daß Vater und Sohn gemeinsam einen ganzen Nachmittag lang gewerkt hatten, zwischen den Lippen den halbfingerlangen erloschenen Stummel von der Mittagszigarette. Und nicht selten hatten sie sich diesen Stummel erst auf dem Heimweg angezündet, am Abend, wenn ihre Seite des Tals bereits im Schatten lag. So konnte man damals sparen, dachte Rocco, und sich an so einfachen Dingen erfreuen, wie es eine selbstgedrehte Zigarette war.

Während er rauchte, packte Rocco sein Werkzeug zusammen, vergewisserte sich mit einem raschen Blick, daß er nichts vergessen hatte. Dann schulterte er seinen Rucksack. Das Wasser schoß durch die Holzkännel, und jenseits der Abbruchstelle des Berghanges warteten seine Ziegen. Sie hatten sich satt getrunken, kaum war das Wasser an ihnen vorbeigeflossen, und nun waren ihre Euter so prall gefüllt, daß sie ihre schmalen Hinterbeine beim Gehen nach auswärts drehen mußten.

Um den Gipfel des Monte Lema flierten Wolkenfetzen. Es war beinahe windstill und zwischen den Schieferhängen drückend heiß. Rocco ging vorsichtig. Ein paarmal fand sein Fuß in dem zähklebrigen Schutt keinen Halt. Er war müde, und er war dankbar, daß sein Rucksack nicht mehr gar so schwer war. Unten ließ er das verfallene Dorf links liegen, ohne sich von seinen Erinnerungen und Gedanken aufhalten zu lassen.

Dennoch mußte er während des Abstiegs daran denken, wie oft er denselben Weg in jungen Jahren gegangen war, wenn er Teresa auf La Paz besucht hatte. Begonnen hatte die Liebschaft auf dem Jahrmarkt in der Kantonshauptstadt, als sie mit dem Geld, das sie sich vom Sindaco Leponti ausgeliehen hatten, das erste trächtige Rind gekauft hatten. In den folgenden Jahren war Rocco im Sommer fast allabendlich nach La Paz hinaufgestiegen. Und wenn an der Wasserleitung etwas zu flicken gewesen war, hatte Vater Canonica beim Frühstückskaffee augenzwinkernd den Jungen damit beauftragt, wohl wissend, daß Rocco die Gelegenheit benutzen würde, auf dem Nachhauseweg im Hause von Teresas Eltern einzukehren. Teresas Eltern hatten gegen diese Besuche nichts einzuwenden gehabt. Die Canonicas waren fleißig und rechtschaffen, das wußte man, und daß die beiden jungen Leute sich gerne sahen, das wußte man auch. Das mußte so sein, damals. Man ging mit seinem Mädchen oder mit seinem Burschen jahrelang, bis man sich genügend erarbeitet hatte, um das Wagnis einer Ehe eingehen zu können, ohne einen allzu schweren Start zu haben.

Aber Teresas Eltern hatten auch Verständnis gehabt, als Rocco nach jener schrecklichen Brandnacht, in der seine Eltern umgekommen waren, eines Abends völlig verstört auf La Paz erschienen war und gestammelt hatte, er halte es nicht mehr aus, allein zwischen den brandgeschwärzten Mauern. Er wolle Teresa heiraten, jetzt, sofort, sie seien sich einig, und jetzt hätte er eine junge Frau, die ihm helfe und beistehe, nötiger denn je. Ein Kälbchen habe er noch, ein Kuhkälbchen, und den Stall hätten sie inzwischen auch wieder aufgebaut ... Teresas Eltern hatten ihn verstanden. Für das Unglück könnte er ja nichts, sie sollten machen, was sie für gut und richtig fänden, und eine Aussteuer könnten sie Teresa auch mitgeben. Sie seien bei dem Brand fast als einzige noch glimpflich davongekommen, es sei daher nur recht und billig, daß sie ihm beizustehen suchten.

Zusammen mit dem alten Sindaco Leponti bemühten sie sich dann selber beim Erzpriester um einen Trauerdispens, und so konnten Rocco und Teresa heiraten.

Rocco dachte daran, wie beharrlich sie beide, Teresa und er, wieder aufgebaut hatten, was in jener Brandnacht vernichtet worden war. Das Kuhkälbchen gedieh, ein paar Ziegen und Schafe kamen hinzu, ein Teil der Reben schlug wieder aus, drei Weinberge legte Rocco neu an, und nach ein paar Jahren hatten sie es zu bescheidenem Wohlstand gebracht. Sie hatten hart gearbeitet, aber Rocco hatte auch eine glückliche Hand mit dem Vieh. Er lächelte, als er daran dachte, daß die beiden Braunen in seinem Stall noch immer von jenem Rind abstammten, das sie in jenem Jahr 1920 auf dem Viehmarkt in der Kantonshauptstadt erworben hatten, an jenem Viehmarkt, wo Rocco erstmals mit Teresa getanzt hatte.

Nach dem Rat des Sindaco hatten sie damals ein junges, trächtiges Erstlingsrind zu erwerben gedacht, und Vater Canonica hatte Rocco mitgenommen. Zunächst, weil ein Markttag für die Bauern so etwas wie ein Festtag war, und zum andern, weil er fand, Rocco könnte auf dem Viehmarkt Dinge lernen, die ihm später nützlich sein würden.

Ein Jungbauer, wie es Rocco Canonica damals war, wurde von seinem Vater in eine harte und lange Lehre genommen. Daß es Rocco später zu einigem Wohlstand brachte, hatte er nicht zuletzt dieser strengen Lehrzeit zu verdanken.

Als Rocco mit seiner kleinen Ziegenherde in den Schatten des Kastanienwaldes unterhalb der Alp eintauchte, fuhren bereits kräftige Windstöße durch die mächtigen Baumwipfel. Rocco ging schneller. Er kannte diesen Wind: Er kam talaufwärts, und binnen Kürze würde sich ein Gewitter zusammenbrauen.

Schon die Vorbereitung auf den Markttag war ein Ereignis gewesen. Am Tage vor dem Marktgang hatten beide, Vater und Sohn, letzte Hand an den neuen Stall in der Scheunenecke gelegt, der alte Giancarlo war gekommen und hatte an allen Dachsparren und über der neuen Stalltüre Stechpalmenzweige angenagelt, und im Stallgang hatte er unter leisem Gemurmel einen Wacholderzweig abgebrannt, dessen beißender, lohgelber Rauch den Männern in den Augen brannte. Das müsse so sein, hatte der Alte gemurmelt, und: Den Erzpriester zu bemühen, sei der Mühe nicht wert. Es handle sich ja gewissermaßen nicht um einen neuen Bau, sondern lediglich um einen Umbau, und sie seien deshalb nicht verpflichtet, den Stall durch den Schwarzrock segnen zu lassen und sich damit in Unkosten zu stürzen. Er erinnere sich da an einen schönen, saftigen Räucherschinken.

Vater Canonica hatte nur beschwichtigend die Hand erhoben und den Alten gebeten, ein bißchen leiser zu sprechen. Er wisse ja, mit Donna Barbara sei nicht zu spaßen; noch hätte sie gar nicht daran gedacht, den Priester kommen zu lassen, und sie wollten doch nicht so dumm sein und sie auf den Gedanken bringen, der Stall müsse unbedingt gesegnet sein.

Später bereiteten sie die erste Streu vor. Wochenlang hatten sie im Kastanienwald oberhalb des Gehöfts trockenes Laub zusammengerecht, auf Heutücher gehäuft und auf dem Rücken hinter die Scheune getragen, auf einen riesigen Streuhaufen. Mindestens knietief schütteten sie dem noch zu kaufenden Rind die Streu auf: Der Alte hatte den Kopf geschüttelt. Wenn sie so weitermachten, würde die Streu keine zwei Monate reichen. Und im übrigen mögen es die Tiere gar nicht, wenn die Einstreu so üppig ist. Vom Weidgang sind sie es gewohnt, auf dem harten Boden zu schlafen, und ich müßte mich täuschen, wenn euer Rind seit seiner Geburt je wieder einen Stall von innen gesehen hat. Man dürfe das Vieh nicht schon im

Herbst verzärteln. Für eine üppigere Einstreu sei es im Winter, wenn es kalt werde, noch früh genug.

Sie hatten das trockene Laub wieder auseinandergerecht und auf den Haufen hinter der Scheune zurückgetragen. Dann bat der Vater den Hausierer, doch am andern Tag mitzugehen auf den Viehmarkt in der Kantonshauptstadt und ihnen beim Rinderkauf mit seinem Rat beizustehen.

Giancarlo hatte abgewehrt. Ein Bauer sei er nicht. Er könnte sich irren, und dann würden sie es ihm am Ende übelnehmen. Das erste Haupt Vieh in einem Hausstand sei zu wichtig, als daß allzu viele mit ihren Ratschlägen dreinreden sollten.

Worauf der Vater nur trocken entgegnet hatte: Sechs Augen sähen mehr als nur zwei, und: morgen früh um fünf Uhr marschieren wir hier ab. Wir erwarten dich unten an der Terzabrücke.

Der Weg in die Kantonshauptstadt war weit. Geld für das Postauto besaßen sie nicht, zumindest hätte es sie gereut, hatten sie die Füße zum Laufen doch gratis bekommen, während man für eine Fahrkarte im Postbüro im Dorf unten etliche Franken hinzählen mußte, die auch nicht auf den Bäumen wuchsen.

Sie rechneten mit drei Stunden Weg. Um acht Uhr in der Frühe wollten sie auf dem Markt sein, wer spät kam, hatte nicht mehr dieselbe Auswahl an guten Tieren wie die Frühaufsteher und mußte womöglich mit einem ausgemergelten Rindchen vorliebnehmen, an dessen Hüftknochen man seinen Hut hätte aufhängen können.

Rocco war vorher nie in der Hauptstadt gewesen. Außer dem Dorf Terzone und den zur Talgemeinde gehörenden Weilern kannte er nichts von der Welt, abgesehen von der Aussicht von den Schornsteinen Mailands hinunter in den Rauch und Dunst der großen Stadt. Doch damals war der Aufseher ständig hinter ihm her gewesen. Arbeiten sollten sie, nicht Löcher in die Luft starren. Am Abend war er jeweils so müde gewesen, daß er gerade noch den schmutzigen Strohsack in der Fabrikhalle fand, und von der Reise nach Mailand war ihm nichts haften geblieben, weil er übergenug mit seinem Kummer und seinem Heimweh zu tun gehabt hatte.

Während sie am Abend vor dem Markttag die Ziegen versorgten, hatte Donna Barbara ihnen die Marschverpflegung gerichtet und in der Schlafkammer die guten Anzüge bereitgelegt: frisch gebürstet und gebügelt. Saubere Hemden mit steif gestärktem Kragen, die roten Halstücher, den schwarzen, steifen Tellerhut und ein Taschentuch von der Größe eines halben Tischtuches.

Endlich, um vier Uhr morgens, saßen sie mit diesen gebürsteten und aufgebügelten Anzügen in der Küche, Donna Barbara holte die Schweinsblase mit dem vielen Geld und einen Zettel, auf dem sie mancherlei Dinge aufgeschrieben hatte, die sie aus der Stadt benötigte, wenn schon einmal jemand aus der Familie dahin ging. Ja, und dann standen sie beide, Vater und Sohn, auf dem Hof und schauten zum Himmel hinauf, wo die Sterne allmählich verblaßten und einen schönen Tag ankündigten. Donna Barbara lehnte im hell erleuchteten Türrahmen der Küchentür und wünschte guten Kauf und gute Heimkehr, und dann marschierten sie los, in der Hand den kräftigen Knotenstock, der Sand des Karrenweges knirschte unter den frisch gesalbten, derben Nagelschuhen.

Und kaum waren sie um die Wegbiegung verschwunden, kam ihnen Donna Barbara außer Atem nachgerannt, in der Hand einen kleinen Strauß violetter Herbstastern aus ihrem Blumengarten. Den Strauß steckte sie ihrem Sohn an den Hut mit der Bemerkung, die jungen Mädchen auf dem Marktplatz dürften ruhig wissen, daß Rocco ledig und noch zu haben sei. Die beiden Männer hatten gelacht über den eifrigen Ernst, mit dem die Mutter das vorgebracht hatte.

Als Rocco bei den obersten Terrassenäckern aus dem Wald trat, bemerkte er sofort die Veränderung. Wie nackt stand die kleine Häusergruppe da, links an den Berghang geduckt der niedrige Stall, im rechten Winkel dazu angebaut die Scheune und der Schuppen mit den gebündelten Tabakblättern und den Maiskolben unter dem Dachvorsprung, und dann, mit der Front dem Tal zugekehrt, das alte Wohnhaus mit seinen Bogenlauben, mit den weißgekalkten Mauern und dem schiefen, ebenfalls weißgetünchten Kamin.

Aber der Nußbaum fehlte.

Die Gemeindearbeiter hatten ihre Arbeit getan, und unten im Wandschrank in der Küche stand immer noch das geladene Gewehr. Hinter seinem Gehöft, noch weiter in den Hang hinein gebaut, sah er die Villa mit dem blauspiegelnden Schwimmbecken inmitten des saftgrünen Rasens. Auf dem Balkon über dem Schwimmbassin stand ein orangefarbener Sonnenschirm wie ein riesiger Giftpilz. Undeutlich vernahm Rocco Stimmen, und unten im Garten sah er den Gärtner damit beschäftigt, die Herbstblumen in den Rabatten zu sprengen.

Sinnlos, dachte Rocco. Spätestens in zwei Stunden wird es regnen.

Rocco nahm den Umweg durch die Weinberge. Er wollte jetzt nicht gesehen werden, von Korten nicht, und von niemandem in der Villa. Unten drängten die Ziegen in die offene Tür des Schuppens, in dem sie während der Nacht untergebracht waren. Sie meckerten nach ihrem Salz und warteten darauf, daß sie gemolken wurden.

Aber das hatte jetzt Zeit.

Zuerst mußte Rocco nach seinem Baum sehen. Von jetzt an würde alles anders sein, das spürte er. Und zum erstenmal in seinem Leben hatte Rocco Angst. Diese heißen Windstöße, die über den Hof fegten, kündeten sie nicht das Unheil an, das ihm und seinem Haus drohte, weil er es nicht verstanden hatte, seinen Baum zu schützen?

Mit hängenden Schultern ging er um das Haus herum, und da sah er den Riesen liegen: mit zertrümmertem Geäst, mit bereits schlaff im Abendlicht hängenden Blättern, durch die mit fast tröstend streichelnden Bewegungen der Sturmwind raschelte.

Rocco blickte fassungslos auf den mächtigen Strunk. Er kniete nieder und fuhr mit seiner Hand über die Ringe, die im Holz sichtbar waren. Und plötzlich wußte er, daß er sich an alles würde erinnern können, solange er diesen Strunk vor sich sehen konnte. Er, der nie daran gedacht hätte, ein Tagebuch zu führen – hier lag sein Tagebuch aufgeschlagen vor ihm. Begonnen am Tag seiner Geburt, auf dem Maisstrohsack in der Schlafkammer.

Sein Nußbaum hatte für ihn Buch geführt. Jahr für Jahr hatte er seinem Umfang einen Doppelring beigefügt, in einer Sprache, die Rocco vertraut war. Aus dem hellen Frühholz, so hatte ihm sein Vater erklärt, konnte ein Bauer ablesen, wie Frühjahr und Sommer sich angelassen hatten, wie die Ackerfrüchte und das Heu gediehen waren. Und aus dem dunkleren Spätholzring, den der Baum erst im Spätherbst machte, ersah er, wie die Weinernte gewesen war in jenem Jahr, und wieviel Wasser der Berg hergegeben hatte.

Da, der äußerste Ring, dachte Rocco, das ist das jetzige Jahr – zwei starke gleichmäßige Ringe, ein heller und ein dunkler. Das Spätholz hatte sich dieses Jahr schon gebildet, ehe der Baum gefallen war. Dabei war es erst September.

Und hier, dieser fast verschmolzene Kern – das war das Jahr seiner Geburt. 1900. Jahrhundertwende. Vater hatte ihm seinerzeit erzählt, daß diese Jahrhundertwende von den einen als Zeichen des nahenden Untergangs gedeutet worden sei – von den andern als Zeichen des Neubeginns, der die Menschen endlich näher bringen sollte dem uralten Ziel: einem tausend Jahre währenden Zeitalter der Menschlichkeit und Brüderlichkeit.

Und da, diese beiden schwarzen Ringe: Rocco zählte, indem er mit dem Zeigefinger die Ringe abtastete. Vierundzwanzig, fünfundzwanzig, sechsundzwanzig, siebenundzwanzig. 1927. Das Jahr des großen Brandes. Als Vater und Mutter starben, in der gleichen Nacht.

Und weiter: vier, fünf kaum sichtbare Ringe. Die Zeit, als der

Baum beinahe abgestorben war, weder Früh- noch Spätholz angesetzt hatte – die Zeit, als er mit Teresa versucht hatte, den Hof wieder hochzubringen, zäh und mühsam.

Warum habe ich meinem ersten Sohn keinen Baum mehr gepflanzt? War es eine Vorahnung? Eine Vorahnung des kommenden Unheils? Oder war es nur, weil Teresa nicht dulden wollte, daß diese heidnischen Bräuche, wie sie sie nannte, auf ihrem Hof weitergeführt würden?

Er hörte das Meckern seiner Ziegen und oben in der Villa lautes Gelächter. Korten hatte offenbar Gäste. Und auf einmal war es Rocco, als vernehme er in der Luft ein haarfeines Grollen. Dumpf nur und sehr leise, aber es übertönte den Wind in den Blättern und die Stimmen auf der Terrasse des Herrn Korten.

Er mußte das Dorf warnen.

7

Rocco erhob sich schwerfällig und ging zum Haus. Über den Bäumen war der Himmel schwarzviolett. Die Ziegen drängten sich um ihn. Er stellte Rucksack und Werkzeug neben die Küchentreppe, holte das Salzfaß aus dem Schuppen, hob den hölzernen Deckel ab und nahm ein paar Handvoll Salz aus dem Faß. Er streute den Ziegen das Salz auf den Boden, und sie fielen gierig darüber her.

Im Stall brüllten die Kühe. Rocco ging hinüber und band sie von ihren Ketten los. Sollten sie heute am Trog saufen. Sie hatten lange genug auf das Wasser warten müssen.

Die junge Kuh sprang beinahe übermütig wie ein Kalb mit hocherhobenem Schwanz über den Hofplatz, während die trächtige alte Braune gemächlich hinterher zum Brunnen trottete, wo ein kräftiger Strahl klaren Wassers aus dem Holzrohr schoß. Behaglich tauchten die beiden Kühe ihre Mäuler in das Wasser. Während Rocco dabeistand und aufpaßte, daß es den Tieren nicht einfiel, nach dem Saufen einen Abstecher in die frischsaftige Luzerne zu machen, betrachtete er den Brunnenweiher. Das Wasser hatte den Schlamm bis auf einen kleinen Rest fortgeschwemmt, das Wasserrad drehte sich und schöpfte Wasser und Schlamm durch die Holzkännel in die Tomatenpflanzung, die Rocco auf den drei untersten Terrassen zwischen den beiden Reihen von Weinstöcken angelegt hatte.

Die Kühe hatten sich sattgetrunken und wandten sich gemächlich dem Stall zu. Rocco musterte sie. Ihren Gang, ihre Euter, die gewölbten Bäuche. Er war schon immer stolz gewesen, daß sein Vieh so gesund aussah. Er band die Tiere im Stall fest, warf ihnen ein paar

Armvoll Luzerne in die Krippen, molk sie und mistete den Stall aus. Später molk er auch die Ziegen und ließ die Schafe hinter dem Haus in ihre Koppel laufen.

Dann konnte er endlich an sich denken. Er ging in die Küche, schlüpfte ächzend aus den Schaftstiefeln und in die neben dem Herd stehenden Zoccoli. Er nahm sich ein Glas aus dem Küchenschrank und schüttelte den Kopf. Der Tonkrug, in dem Teresa immer den Kräutertee aufgegossen hatte, lag in Scherben. Er mußte irgendwann während der Nacht, als die Erdstöße das Haus erschüttert hatten, umgekippt sein. Rocco nahm die Weinflasche und schenkte sich ein. Der Wein schimmerte im Glas, er leerte es in einem langen Zug, und erst jetzt fiel sein Blick auf den Küchentisch. Neben dem Brief, den er hatte liegen lassen, lag ein zweiter Brief, diesmal nicht mit dem Gemeindewappen von Terzone, sondern mit dem Briefkopf des Hotel Federale auf dem Umschlag.

Rocco stellte sein Weinglas auf den Tisch und riß den Briefumschlag mit dem Daumennagel auf.

Während er las, wurde sein Gesicht rot und röter. Er begann an seinen Schnurrbartenden herumzukauen, und auf seiner Stirn schwoll gefährlich blau und dick die Zornesader.

So eine verdammte Frechheit, murmelte er, und dann schrie er es in die leere Küche hinaus: so eine gottverdammte Frechheit. Nicht genug, daß der Mistkerl mir den Nußbaum, *meinen* Nußbaum fällen läßt. Nein, damit nicht genug, Himmelherrgott noch einmal!

Seine Faust schmetterte auf den Tisch, daß die Weinflasche umfiel und mit einem sirrenden Ton auf dem Küchenboden zerschellte.

Rocco ließ sich auf den Stuhl fallen und stierte auf den Brief. Dieser verdammte Mistkerl hatte die Frechheit, ihm, Rocco Canonica, ein Angebot für das Holz des alten Nußbaums zu machen. Seines Nußbaums. Er könnte das Holz gut gebrauchen, schrieb der Sindaco, weil Herr Korten den Wunsch geäußert habe, echte Tessinermöbel aus Nußbaum anfertigen zu lassen, bei einem bekannten Schreiner drunten in der Stadt.

Das war nun der Gipfel.

Nein, er würde sie nicht warnen. Sollte der Berg doch herunterkommen und das ganze Geschmeiß unter sich begraben. Sollten die doch den Rest des Terzone auch noch unter einem Stausee ersäufen – was kümmerte es ihn. Hier oben war er ziemlich sicher vor dem Berg, und vor dem Stausee erst recht, vor dem alten, wenn der Damm brechen sollte, und vor dem neuen, wenn die einen zweiten Damm errichten würden. Sollten sie doch ersaufen wie die Ratten. Ihm konnte das egal sein!

Wenn man jetzt einen Giancarlo hätte, den man fragen könnte, dachte Rocco. Nie zuvor hatte er gespürt, wie allein und einsam und, so gab er sich selbst zu, wohl auch verschroben und menschenscheu er geworden war. Kaum, daß er noch die nötigsten Worte mit den Leuten wechselte, die ihm seine Sachen abkauften, seinen Käse, das Gemüse, seine Rauchschinken und sein Trockenfleisch, und bei denen er einkaufte, was für sein Leben unerläßlich war.

An der Talgemeindeversammlung hatte man ihn auch nicht mehr oft gesehen, seit der Sindaco angeordnet hatte, daß die Versammlung nicht mehr unter freiem Himmel bei den alten Steineichen neben der Burgruine stattfinden sollte, sondern im großen Saal des Hotel Federale. Mit langen Tischreihen zwischen den Stimmbürgern, damit Getränke serviert werden konnten.

Dabei stand seit alters her in der Satzung der Talgemeinde, daß Betrunkene oder Leute, die berauschende Getränke zu sich genommen hatten, von den Verhandlungen ausgeschlossen seien, ebenso wie Streithähne und Taugenichtse.

Wirklich, dachte Rocco. Man müßte den alten Giancarlo um Rat fragen können. Man müßte ihm am Küchentisch gegenübersitzen, eine Flasche Grappa zwischen sich, und dann müßte man mit ihm über alles reden.

Über den Berg.

Über den Nußbaum.

Über das, was sie aus dem Terzone gemacht hatten.

Man müßte von ihm Antwort verlangen können auf alle Fragen, auf die man selber keine Antwort mehr wußte.

Aber der alte Giancarlo war 1944 gestorben, und nach dem Grabstein auf dem kleinen Friedhof von Terzone war er sechsundachtzig Jahre alt geworden. Rocco hatte damals gerade Urlaub gehabt. Er erinnerte sich, daß er die Uniform getragen hatte, als man den alten Hausierer auf dem Kirchhof begraben hatte. Vierzehn Tage lang hatte niemand Giancarlo gesehen. Aber da man nie wußte, in welcher Ecke des Tales sich der alte Hausierer gerade herumtrieb, war das keinem aufgefallen. Ernesto war es gewesen, welcher ihn gefunden hatte, friedlich in dem Bett aus Laubsäcken in seiner alten Hütte, wie eingeschlafen. Aber er war tot, der Alte und konnte Teresa nicht mehr helfen, die Ernesto einer kranken Ziege wegen nach ihm geschickt hatte, mit einem Korb voll Eßwaren, Grappa und Wein. Eigentlich, so überlegte Rocco, hatte der alte Giancarlo Glück gehabt. Er war gestorben, bevor sich das Tal verändert hatte.

Heute hätte man Giancarlo mit seinen Beschwörungen und Kräutertränklein nicht mehr gebraucht. Man hätte ihn verlacht oder gar ins Gemeindehaus gesteckt, wie den Säufer Paolo und dessen Frau Gina. Giancarlo, der es gewohnt war, daß man ihn brauchte, daß man nach ihm schickte bis ins hohe Alter, wenn das Kind die Masern hatte oder der Kuh das Kalben nicht vonstatten ging, hätte das kaum ertragen.

Es war mitten im heißesten Sommer seit Jahren gewesen. Rocco hatte drei Tage Sonderurlaub erhalten, um bei der Heuernte zu helfen. Als alle im Grotto nach der Beerdigung auf das Wohl und auf das Seelenheil und den ewigen Frieden die Gläser erhoben und getrunken hatten, wie sich das im Terzone gehört hatte für einen Mann, der in der ganzen Gemeinde so hochgeachtet war, erzählten die Leichenträger, Giancarlo habe in seinen Laubsäcken gelegen, so ausgedörrt wie ein Stück Trockenfleisch unter den Dachsparren, so groß war die Hitze in jenem Sommer gewesen. Federleicht sei der alte Hausierer gewesen. Einer allein hätte den Leichnam ohne Anstrengung von Giancarlos Hütte hinten im Talgrund bis zur Kirche von Terzone tragen können, ohne auch nur einmal abzusetzen.

Sie hatten Giancarlo alle vermißt. Auch seinem Erzfeind Don Cesare mußte er gefehlt haben, der alte Hexer und Geisterbeschwörer.

Im Terzone munkelten die alten Weiber, Giancarlo habe den Erzpriester eines Nachts zu sich zum Teufel geholt. Jedenfalls: wahr und überprüfbar blieb, daß der Erzpriester kaum zwei Monate nach Giancarlos Tod einem Schlagfluß erlag.

Wie schon so oft in den letzten fünfzehn Jahren dachte Rocco an die langen Gespräche, die er hier in dieser Küche mit Giancarlo geführt hatte. Vielleicht würde sich auch diesmal wieder aus der Erinnerung Giancarlos Antwort auf Roccos Fragen finden lassen. Auch Teresa müßte man fragen können – aber Teresa hatte nie viel gesagt. Teresa nahm die Dinge hin, die das Leben im Terzone brachte. Schicksal, sagte sie, wenn der Wald brannte, die Ernte auf dem Halm verdorrte, wenn die Ziege das langersehnte Zicklein tot zur Welt brachte.

Schicksal, auch wenn sie vorher zur Abwendung eben dieses Schicksals eine Kerze auf den Hochaltar der Pfarrkirche gestellt hatte. Aber schon Roccos Mutter Donna Barbara hatte es so gehalten.

Schicksal!

Rocco lachte erbittert auf. Das konnte ihm keiner weismachen!

Mit Schicksal hatte das nichts zu tun, wenn die Menschen das Terzone mit aller Gewalt zugrunde richteten. Wenn ihnen gleichgültig war, worauf man sich früher hatte verlassen können: Gemeinsinn und Hilfsbereitschaft, persönliche Freiheit und gegenseitiger Respekt.

Wenn sie den Berg vergaßen. Oder noch schlimmer: wenn sie seine unmißverständlichen Warnzeichen nicht beachteten.

Ein Windstoß fuhr durch den Kamin. Rocco sah auf, und sein

Blick fiel auf die Milchkannen neben dem Herd. Seufzend stand er auf und machte Feuer. Er setzte den Käsekessel an seinem langen Schwenkarm über dem Kaminfeuer auf, füllte ihn mit der zentrifugierten Morgenmilch und der eben gemolkenen Abendmilch und suchte auf dem Küchenbrett nach der Flasche mit dem Kälbermagen. Er goß eine genau abgemessene Dosis in den Kessel, nachdem er mehrmals mit seinem nackten Arm die Temperatur der Milch geprüft hatte, griff sich vom Nagel die Käseleier und begann, mit gleichmäßigen Bewegungen die Masse umzurühren, die dicker und dicker wurde. Bereits sammelte sich an den Saiten der Käseleier weißlich-dicke Käsemasse. Rocco war bei seinen Kunden berühmt für seinen Mischkäse aus Ziegen- und Kuhmilch, und in seinem Käsekeller lagen in langen Reihen die Käselaibchen.

Aber diesmal würde ihm der Käse wohl mißraten. Immer wieder ertappte er sich dabei, wie seine Gedanken abschweiften und er darüber vergaß, die Temperatur der Käsemasse zu kontrollieren.

Den Nußbaum hatte Roccos Vater in der Nacht gepflanzt, als Rocco geboren wurde.

Rocco erinnerte sich der Erzählung seines Vaters genau. Und sein Vater hatte ihm auch eingeschärft, daß er diesen Baum hegen und schützen müsse.

Warum bloß sinne ich immerzu über Vergangenes nach, dachte Rocco und erschrak. Hatte ihn sein Vater nicht auch gemahnt, nie den Blick zurückzuwenden, was auch immer man tue? Was hinter dir ist, Rocco, hatte er gesagt, das ist gemäht. Und beim Mähen darf man nicht zurückblicken. Das ist gefährlich, man übersieht sonst den Stein, der vor einem liegt, und der einen am steilen Hang zu Fall bringt, man übersieht die Viper, die zubeißen wird, weil die Sense soeben über das Nest mit ihren Jungen hinweggezischt ist. Beides ist lebensgefährlich, Rocco, der Stein und die Viper.

Sein Vater sprach oft in Beispielen, und genauso geheimnisvoll war die Geschichte des Nußbaums, die Vater ihm erzählte.

Rocco sei in der Schlafkammer des alten Gehöftes der Canonicas zur Welt gekommen, genau zur Jahrhundertwende. Damals hätten die Frauen im Terzone ihre Kinder eben noch in der ehelichen Schlafkammer zur Welt gebracht. Mit Hilfe der alten Coelestina, die zwar von vielen als Hexe verschrien gewesen sei, als Wehmutter aber unentbehrlich für das Tal, weil sie als einzige mit Mutterkorn und Matricaria umzugehen gewußt habe, und auch mit Atropa, um den Frauen die Schmerzen zu erleichtern.

Nicht aus Rückständigkeit sei das so gewesen im Terzone, sondern weil der Weg zum Arzt im Tal zu weit und zu beschwerlich gewesen sei, und weil keiner der Bauern oder armen Taglöhner einen Arzt hätte bezahlen können. So habe man sich eben mit der alten Coelestina und ihren Kräuterdrogen beholfen, und die vielen Kindergräber auf dem Kirchhof hätten davon gezeugt, mit welchen Gefahren es schon von allem Anfang an verknüpft gewesen sei, als Terzonese auf diese Welt zu kommen.

Rocco war also im Schlafzimmer der Canonicas zur Welt gekommen, und während drinnen die alte Coelestina Donna Barbara beistand, hatte Vater Canonica draußen vor dem Kammerfenster unter dem Vordach gewartet. In der einen Hand hielt er einen Nußbaumschößling und in der anderen Hand einen Spaten, um beim ersten Schrei seines Sohnes den Nußbaumschößling zu pflanzen, hinter dem Gehöft der Canonicas. Denn das es ein Sohn sein würde, der da seinen ersten Schrei tun sollte, daran hatte Vater Canonica keinen Augenblick gezweifelt. Die alte Coelestina hatte mit ihrer braunen Krallenhand der Wöchnerin in den Unterleib gefaßt, ein Weilchen darin herumgewühlt, nachher das Blut an ihren Händen säuberlich auf einen Teller abgestrichen und ihre Karten entfaltet – aus dem Karten und aus der Lage der sofort geronnenen Blutpartikel hatte sie geschlossen: Es ist ein Sohn, Canonica. Darum stand der alte Canonica unter dem Fenster der Schlafkammer, unter dem Vordach seines Hauses und wartete. Daß er nicht unter dem Vordach heraustreten dürfe, hatte ihm die alte Hexe eingeschärft, der Luftgeister wegen.

Vater Canonica war ob dieses Bescheides hocherfreut gewesen. Für ein Mädchen hätte kein Vater im Terzone auch nur den Finger gerührt: Sollen die Weiber selbst miteinander zurechtkommen, hätte es allenfalls geheißen, und der künftige Vater wäre in den Grotto abmarschiert, um seinen Ärger über das höchst überflüssige zusätzliche Weibervolk in seinem Haus mit ein paar Gläsern Grappa unter dem Gespött seiner Mitbauern hinunterzuspülen.

Aber Vater Canonica hatte einen Sohn erwartet. Darum hatte er das Pflanzloch für den Nußbaum auch schon ausgehoben gehabt, mit dem trotz aller Geisterbeschwörungen praktischen Sinn eines Bauern gleich neben seinem Misthaufen, damit der Nußbaum später einmal diesen Misthaufen beschatten konnte. In das Pflanzloch des Nußbaums aber gehörte, laut der alten Coelestina, und Vater Canonica glaubte ihr aufs Wort, die Nachgeburt des zu erwartenden Sprößlings, noch bevor der Nußbaum eingepflanzt wurde.

So hatte Vater Canonica damals gewartet, daß die Wehmutter mit einem Gefäß in der Hand aus dem Haus gerannt kam, um dem Vater die Nachgeburt seines ersten Sohnes zu übergeben, noch dampfend, einen ekelhaften Blutgeruch verbreitend.

Canonica hatte die Plazenta in das Pflanzloch gelegt, den Nußbaumschößling eingesetzt und Wurzeln und Plazenta mit weicher, körniger Erde sofort zugedeckt. Derweil hatte drinnen in der Schlafkammer der kleine Rocco geschrien, bis er ganz blau gewesen war im Gesicht, und dann hatte er von der Wehmutter das erste Bad seines Lebens verpaßt bekommen. Dabei blieb es auch, denn das zweite und letzte Bad pflegten im Terzone die Leichenwäscherinnen zu besorgen.

Dieser Erzählung seines Vaters hatte Mutter zuweilen eine weitere angefügt, wenn sie vor dem Kaminfeuer saß, ihren Sohn zwischen den Knien, und in die Flammen starrte. Die Geburt ihres ersten und einzigen Sohnes war so schwer gewesen, daß weitere Kinder für Donna Barbara ein Wunschtraum bleiben mußten – aber auch daran waren die Terzoner Frauen gewohnt.

Der Nußbaum sei am darauffolgenden Tag neben dem Pflanzloch gelegen, mit hängenden Blättern, halb wieder ausgegraben, erzählte die Mutter dann. Und das sei ein böses Vorzeichen. Irgendwer habe Roccos Schutzgeist überlistet, vielleicht ein böser Geist oder gar – der Herr bewahre uns – der Höllenhund, der dem alten Riesen gehöre, den die Terzonesi vor vielen hundert Jahren übertölpelt und im Berg eingeschlossen hätten. Und das bedeute, daß Rocco dem Riesen einst zu Diensten sein müsse, vielleicht sogar, ohne es selber zu merken.

Vater Canonica war nüchterner gewesen. Er sagte, wahrscheinlich hätte ein Raubtier oder ein hungrig durch die Gegend streifender Hund den frischen Blutgeruch gewittert, die Plazenta ausgegraben und gefressen. So etwas sei nur natürlich, und es wäre auch nicht zum erstenmal geschehen. Er erinnere bloß an das Schaf, das eingegangen sei und das er auf dem Misthaufen vergraben habe. Einen Tag später sei davon nicht einmal mehr die Spur übrig gewesen. Du solltest das nicht so tragisch nehmen, Barbara, und dem Jungen jagst du nur Angst ein.

Der Vater hatte den Baum wieder eingesetzt, als sei nichts geschehen, und diesmal ließen ihn Fuchs und Luchs, Wildkatze oder Iltis in Ruhe. Nur die Mutter vergaß diese Geschichte niemals.

Rocco hatte mechanisch den Käsekessel ausgeputzt und die Käselaibchen gesalzen. Er briet sich eine Scheibe Polenta vom Vortag. Und dann saß er wieder am Küchentisch. Er dachte an das Gewehr im Wandschrank. Aber er wagte nicht, es hervorzuholen. Er hatte auch nicht den Mut, nochmals zu seinem Nußbaum hinauszugehen.

Und plötzlich war er aufgestanden und hatte sich in seiner Kammer das Schlechtwetterzeug übergezogen. Über dem Kamm des Monte Lema wetterleuchtete es. Rocco schloß die Tür hinter sich ab, ergriff die Sturmlaterne und machte sich auf den Weg hinunter ins Dorf.

Dunkelheit umfaßte ihn, als er auf dem freien Feld unterhalb seines Hauses in den Kastanienwald eintauchte, aber er brauchte seine Laterne noch nicht. Hier, auf dem holprigen Karrenweg, kannte er jeden Fußtritt. Der Wind schüttelte die Kronen der Kastanienbäume. Zwischen den Stämmen blinkten ab und zu die Lichter des Dorfes Terzone zu ihm herauf.

Auf diesem Wege waren sie damals gegangen, dachte Rocco. Hier, an dieser Wegbiegung, hatte ihm die Mutter den violetten Herbstasternstrauß an den runden schwarzen Tellerhut gesteckt, und unten an der Einmündung ihres Karrenweges in die Fahrstraße hatte der alte Giancarlo auf sie gewartet.

Noch war es kühl, und auf der Böschung bei der Terzabrücke lag bereits ein feiner Schimmer von Rauhreif. Der Atem der drei Männer wolkte sich in der Kälte. Schweigend waren sie talwärts gegangen, immer dem Lauf der schäumenden Terza entlang.

Rocco hatte sich unbändig auf diesen Tag gefreut. Sollte er doch den Markt sehen und würden sie nun endlich zu Bauern, die eine Kuh und bald auch ein Kalb ihr eigen nennen konnten.

Sie begegneten vorerst keiner Menschenseele. Hin und wieder wechselten Vater und der alte Hausierer ein paar Worte, halblaut, als wollten sie die Stille des Herbstmorgens nicht stören. Rocco hörte nur zu. Es wäre ihm nicht angestanden, sich in das Gespräch einzumischen.

Je näher sie indessen dem Talausgang des Terzone kamen, wo die Terza in die große Ebene einmündet, desto mehr Menschen trafen sie, die den gleichen Weg hatten wie sie.

Sie kamen von den Höhen und kleinen Seitentälern, bei jeder Wegmündung trafen neue Gruppen hinzu, und als sie sich drei Stunden später der Hauptstadt näherten und die Sonne schon über den violetten Berghängen stand, wimmelte es auf der Hauptstraße von Bauern, Viehhändlern und Metzgern, die dem Markt zustrebten, einander zu überholen trachteten, um ja nichts zu versäumen und sich kein gutes Geschäft entgehen zu lassen. Auch junge Burschen und Mädchen sah man auf der Straße, die wohl kaum in Geschäften dem Markt zustrebten, sondern sich einen guten Tag zu machen gedachten. Sie riefen einander Scherzworte und Sticheleien zu. Die Mädchen blickten sich verstohlen nach den ledigen Burschen um, die hinter ihnen herpfiffen und ihre Hüte mit den Blumensträußchen darauf schwenkten. Hin und wieder ritt einer auf einem Maultier oder auf einem Esel vorbei, und sogar doppelspännige hochrädrige Karren gab es, auf denen ganze Familien saßen. Dann wiederum überholten sie Bauern, die eine Kuh oder ein Rind an einem Strick hinter sich herzogen. Der Hausierer benutzte die Gelegenheit, um sie auf die Vorzüge oder Nachteile der Tiere aufmerksam zu machen. Der Alte mußte überall bekannt sein. Die meisten Bauern hatten ihn begrüßt wie einen alten Freund, und bei dem einen oder anderen hatte sich Giancarlo erkundigt, zu welchem Preis er die Kuh oder das Rind auf dem Markt zu verkaufen gedenke.

Die meisten wichen aus. Sie wollten es abwarten, murmelten sie und zwinkerten mit den Augen. Man müsse erst wissen, wie der Auftrieb wäre, und es wäre auch gar nicht sicher, ob sie verkaufen würden. Es käme ihnen nicht darauf an, die Kuh oder das Rind wieder nach Hause zu treiben. Immer noch besser, als zu einem Unterpreis zu verkaufen. Aber es sei eben bald Zinstag, und man könnte das Geld gebrauchen. Zu verschenken gedächten sie aber deswegen noch lange nichts.

Ein paar Schritte weiter, außer Hörweite, hatte dann Giancarlo den beiden eingeschärft, sie sollten beim Handel nicht darauf hören, was der eine oder andere ihnen erzählen mochte. Er sei weit herumgekommen dieses Jahr und wisse, wo es diesen Sommer am Futter gemangelt habe und welche Talschaften eher zu verkaufen bereit seien als andere, die genügend Heu eingebracht hätten und deshalb warten könnten.

Dann hatten sie einen alten Bauern überholt, der mit seinem Knotenstock ein mageres Rindlein vor sich hertrieb, dem die Hüftknochen hervorstachen, fast wie die Dornen aus der Dornenkrone des Christusbildes am Hochaltar der Kirche von Terzone.

Giancarlo hatte den Alten angesprochen. Und so hatten die Canonicas erfahren, daß der Bauer aus einem Nachbartal des Terzone stammte, in welchem, wie sie wußten, diesen Sommer ein Waldbrand gewütet und den größten Teil der Ernten vernichtet hatte. Das Heu war verbrannt, und die anschließende Trockenheit hatte die Luzerne und den Mais auf dem Halm verdorren lassen.

Der Bauer hatte dem Tier über die Kruppe gestreichelt, als Giancarlo ihn nach den Umständen des Verkaufs und dann, vorsichtig, auch nach dem Preis des mageren Rindes gefragt hatte. Das Rind war hochbeinig, fast ein bißchen zu grazil auf den Hinterbeinen, mit schlanken Fesseln, und die Haut hatte sich bei jedem Schritt in breite Falten gelegt. Das Kreuz aber war schnurgerade und mündete in einen kräftigen Halsansatz, und zum noch nicht völlig entwickelten, aber regelmäßigen Euter zogen sich breite hervorstehende Adern. Der Bauch war so breit gewölbt, daß man hätte meinen können, das Rind habe sich am Klee überfressen. Das Fell war dicht und braun, nirgends von den Stichen der Dasselfliege geschwollen, unter denen das Vieh in diesen Tälern recht häufig litt. Die Schnauze war weiß, und die Augen blickten sanft und furchtlos. Dieses Tier, so hatte Rocco damals gedacht, hat noch nie in seinem Leben einen Stecken zu spüren bekommen. Ein gutes Zeichen. Die Hörner waren zwar noch recht kurz, aber schön geschwungen und im Ansatz so kräftig, wie es die Canonicas noch kaum gesehen hatten. Das ganze Tier glänzte. Trotz seiner erschreckenden Magerkeit war es sauber, und Rocco war ganz sicher gewesen, daß der alte Bauer die Schwanzquaste am Morgen vor dem Marktgang mit Schmierseifenlauge gewaschen hatte. Giancarlo hatte dem Vater einen verstohlenen Wink gegeben, sie sollten vorausgehen und so tun, als seien sie am Kauf dieses Rindes auch nicht von ferne interessiert. Ich komme später nach, hatte der Alte gemurmelt. Ich will nur mit dem alten Beppo ein paar Worte wechseln, er hat es nicht leicht gehabt in diesem Jahr.

Die beiden gingen also weiter. Doch sobald sie außer Hörweite waren, hatte Rocco nicht mehr an sich gehalten, und er hatte seinen Vater gefragt, ob der alte Hausierer etwa im Ernst an diesem Ziegenbock interessiert sei.

Der Schnurrbart des Vaters hatte leicht gezittert, und Rocco merkte, daß es den Vater ebenso gepackt hatte wie den Hausierer. Fast träumerisch hatte er den Jungen zurechtgewiesen und ihm vorgehalten, wozu ihm Giancarlo auf dem ganzen Weg erklärt habe, worauf es bei dem Vieh ankomme, wenn er nun seine Augen nicht zu gebrauchen wisse.

Die Bauern aus diesem Nachbartal seien berühmt für ihr Vieh und wie sie damit umgingen. Klettern könnten diese Tiere wie die Gemsen. Sie seien freilich nicht so schwer im Fleisch, dafür bräuchten sie auch weniger Futter, und Milch gäben sie genausoviel. Daß dieses Rind so mager sei, liege nur daran, daß im Nachbartal das Futter knapp geworden sei. Es habe keinen Sinn, auf dem Markt Fleisch zu kaufen und mit teurem Geld zu bezahlen, welches man dem Rind zu Hause auch anfüttern könne, und zwar gratis und franko. Ein besseres Tier würden sie auf dem Markt kaum finden, und wenn ihn nicht alles täusche, so trage das Tier nicht nur eines, sondern zwei Kälber im Bauch. Er hoffe, daß Giancarlo einen Vorkauf zustandebringen werde, und er sei auch bereit, einen guten Preis zu zahlen.

Sie waren inzwischen längst auf dem Marktplatz angekommen und bereits ein paarmal den Stangen entlang auf und ab gegangen, an welchen zu Hunderten Rinder und Kühe, vereinzelte Mulis, ein paar Pferde und auch ein Dutzend Esel zum Verkauf angebunden waren.

Das Gebrüll des Viehs und das Geschrei der Leute, welche ihr Vieh anpriesen, vermischten sich zu einem undurchdringlichen Lärm.

Endlich tauchte am entgegengesetzten Ende des Marktplates der schwarze Tellerhut des alten Giancarlo auf. Der Alte zog die beiden beiseite und schlug vor, erst einmal in einem der am Rande des Marktes aufgeschlagenen Weinzelte einen Schluck zu trinken. Dabei könne man besprechen, was man tun wolle.

Giancarlo pries das Rind an, als wäre er es und nicht der alte Beppo, der es verkaufen wollte. Als Vater Canonica nach dem Preis fragte, hob der Alte zunächst einmal sein Glas gegen das Licht und prüfte die Farbe des Weins. Dann setzte er das Glas an den Mund und leerte es, wischte sich umständlich den Bart, ehe er sich entschloß, die Katze aus dem Sack zu lassen. Freilich verlangte der alte Beppo recht viel für das Tier, sagte er vorsichtig und schenkte sich aus der Flasche nach. Aber Beppo sei berühmt für sein Vieh, und es werde an Käufern für das Rind nicht fehlen. Der Alte sei durch den Brand in Not geraten. Es stände den Canonicas nicht wohl an, daraus Nutzen zu ziehen und auf den Preis zu drücken.

Vater Canonica war ihm ins Wort gefallen. Er solle sich die langen Reden sparen und zur Sache kommen: was das Rind koste.

Fast ein wenig gekränkt hatte Giancarlo den Preis genannt. Siebenhundert wolle der alte Beppo haben. Und dann hatte sich der Hausierer über den Festhüttentisch gelehnt und losgelegt. Das Rind sei diesen Preis wert, er wette mit ihnen, daß auf dem Viehmarkt kein zweites Tier sei, das sich mit ihm vergleichen lasse. Er habe beim alten Beppo einen Vorkauf eingehandelt, und sie müßten sich nun entscheiden. Beppo würde nicht verkaufen, bis die Canonicas ja oder nein gesagt hätten. Er wolle indessen nicht hoffen, daß es Nein sein würde. Aber sie seien frei, sich auf dem Markt umzusehen. Billigere Rinder gebe es freilich. Die seien allerdings auch weniger wert. Er glaube, das Rind trage zwei Kälber, damit sei der Aufpreis gerechtfertigt. Und das wisse auch Beppo. Sie sollten doch einmal rechnen: Ein Kalb allein sei heute schon hundert bis hundertfünfzig Franken wert. Also!

Also?

Außer Atem gekommen leerte der Alte sein Glas und starrte die beiden erwartungsvoll an.

Ein Advokat hätte es nicht besser vermocht, hatte Vater Canonica damals gelacht. Er bezahlte den Wein, sie tranken ihn aus, und ungeduldig wie ein Junge, der zum erstenmal zur Kirchweih darf, stapfte ihnen der Alte voran, quer über den Marktplatz zum alten Beppo, um den Kauf abzuschließen.

Als Rocco über das Kopfsteinpflaster der Dorfstraße von Terzone schritt, brach das Gewitter los. Der erste Blitz erhellte das ganze Tal, ein ohrenbetäubendes Krachen und dann prasselte der Regen nieder. Rocco dachte zuerst, es wäre Hagel. Als er mit dem Fuß die Tür zur Gaststube des *Federale* aufstieß, fegte ihm der Wind einen halben Eimer Wasser hinterher, und er mußte sich kräftig gegen die Tür stemmen, um sie wieder zuzubekommen. Im Grotto saßen ein paar Terzonesi, direkt neben der Tür die beiden Gemeindearbeiter. Sie senkten den Blick auf die Tischplatte, als Rocco sie ansah und verstummten. Rocco musterte die anderen Gäste. Alles Arbeiter vom Kraftwerk, bis auf einen, der wie Rocco ganz allein auf der anderen Talseite seinen kleinen Hof bewirtschaftete. Rocco grüßte den alten Bauern, zog seinen triefenden Regenumhang aus und setzte sich an den langen Tisch.

Hinter der Theke wartete ein Mädchen mit auf den glänzenden Zink aufgestützten Ellbogen, bis sich Rocco gesetzt hatte. Rocco bestellte Wein, das Mädchen wippte wortlos zur Theke zurück, griff mit langsamen Bewegungen nach Flasche und Glas und brachte sie Rocco an den Tisch.

Die beiden Gemeindearbeiter musterten ihn verstohlen. Der Sturm rüttelte an den Fensterläden und trieb die Regenschauer fast waagrecht gegen die Fenster mit den gewölbten Rundbogen.

Stumm hob Rocco sein Glas gegen das unruhig flackernde Licht der beiden Glühbirnen, die an Schnüren von der Decke baumelten und im Luftzug leise hin und her schwankten.

Rocco trank mit einer knappen Handbewegung den andern Gästen zu, die bloß verlegen nickten und vor sich hinstarrten, ohne ihr Gespräch wieder aufzunehmen. Rocco spürte: Er war hier fremd geworden. Er brachte die andern in Verlegenheit.

Wahrscheinlich, so dachte Rocco, wahrscheinlich gäben die beiden Gemeindearbeiter viel darum, wenn sich die Tür des Grotto schon wieder hinter mir geschlossen hätte, hinter dem alten Rocco, dessen Nußbaum sie heute gefällt hatten.

Das Mädchen war hinter seine Theke zurückgekehrt und wischte lustlos mit einem nassen Lappen auf dem Zink des Tresens herum. Der alte Bauer am anderen Tisch drüben machte den Mund auf, als wollte er etwas zu Rocco sagen, aber Rocco blickte weg.

Der Wein ist auch gepanscht, dachte er nach dem ersten Schluck. Da hat einer kräftig den Wasserhahn aufgedreht. Widerlich. Da sitzen sie nun und lassen sich vom Sindaco getauften Wein vorsetzen, trinken ihn, ohne mit der Wimper zu zucken und tun noch als würde es ihnen schmecken.

Und der Sindaco lacht sich hinter ihrem Rücken die Hucke voll und hat noch die Frechheit, sich zu erkundigen, ob er ihnen geschmeckt hat. So war das jetzt im Terzone.

Er griff in seine Jackentasche und bemerkte aus dem Augenwinkel, wie die beiden Gemeindearbeiter zusammenzuckten und ihre Hände auf die Tischkante stützten, daß die Knöchel weiß wurden. Es sah aus, als stünden sie sprungbereit da, den Hintern halb von der Sitzbank erhoben, bereit, sich beim ersten Aufblitzen der Klinge aus dem Staube zu machen.

Es belustigte Rocco, aber es erschreckte ihn auch. Er holte seinen Tabak aus der Jackentasche, die Streichhölzer und das Zigarettenpapier und rollte sich gelassen eine Zigarette. Und das seltsame war, er drehte sie sich mit einer Hand, wie einst sein Vater. Er steckte sich die Zigarette an, dabei die übrigen Gäste mit festem Blick ansehend.

Wahrscheinlich wird ihnen jetzt einiges wieder einfallen, dachte Rocco grimmig, immer noch erstaunt darüber, daß ihm heute gelingen konnte, was er bisher niemals fertiggebracht, etwas, worin sein Vater unbestrittener Meister gewesen war.

Er sog genußvoll den Rauch seines pechschwarzen, selbstgebauten Tabaks ein, ergriff sein Weinglas, zögerte angeekelt, und mit einer Miene, die nichts Gutes verhieß, stellte er das Glas wieder vor sich auf den zerkratzten Tisch.

Er habe Wein bestellt, nicht Brunnenwasser, sagte er, und seine Stimme tönte in der Stille der Gaststube laut und scharf. Wasser habe er genug, auf seinem Berg. Sie solle ihm bringen, was er bestellt habe, andernfalls werde man ihn kennenlernen. Das Mädchen sah ratlos von einem Gast zum andern, Rocco rührte sich nicht, er starrte auf die rauh verputzte Mauer. Er konnte sich auch so vorstellen, daß hinter seinem Rücken vermutlich einer mit dem Zeigefinger an die Stirn tippte und die Schultern hob. Das Mädchen stemmte sich vom Tresen hoch und verschwand durch den Seitenausgang hinter der Theke. Rocco hörte ihre grelle Stimme nach dem Sindaco rufen.

Er spürte, wie sich die andern Gäste strafften, so, als fühlten sie sich wie kleine Buben, denen bei einer Keilerei auf dem Schulhof plötzlich der ältere Bruder zu Hilfe kommt. Rocco lächelte verächtlich.

Genau so war es auch damals gewesen als die Geschichte mit Claudia geschah. Die gleiche angespannte Stille, das sich gegenseitige Belauern.

Rocco hatte an derselben Stelle gesessen, an der er jetzt saß und wartete. Damals waren viele andere mit ihm. Es war am Vorabend der Hochzeitsfeier gewesen, am Polterabend, sonst der Anlaß für eine die ganze Nacht andauernde ausgelassene Feier, bei der die angehende Braut sich freikaufen, das heißt, alle freihalten mußte. Da wurden derbe Späße und allerlei Schabernack getrieben bis zum frühen Morgen, wenn die Sonne über dem Monte Lema aufging und die Jungen sich eilig verzogen, um lachend die heißen Köpfe unter die Pumpenschwengel zu halten und sich prustend mit dem kalten Wasser zu ernüchtern, worauf alle in ihre Kammern verschwanden, um sich für den Kirchgang mit dem Brautpaar umzuziehen. Doch an jenem Abend hatten sich zwei Gruppen gegenüber gesessen, jede in ihrer Ecke um ihren Anführer geschart.

Da lag das Unheil in der Luft. Man hätte es greifen können.

Rocco schauderte, und er versuchte, an anderes zu denken.

Natürlich hatten sie das magere Rind gekauft, an jenem Markttag in der Stadt. Rocco erinnerte sich, wie verlegen er das Tier in den Schatten der Platanen getrieben, es an der langen Stange festgebunden und daneben gewartet hatte. Sein Vater war mit dem Rucksack und Mutters Zettel in der Hand in die Stadt gegangen, um die Besorgungen zu erledigen, und Giancarlo war mit dem alten Beppo in der nächsten Weinhalle verschwunden.

Rocco langweilte sich, und beim Gedanken an das, was ihm sein Vater augenzwinkernd gesagt hatte, ehe er im Gedränge verschwand, wurde ihm unbehaglich. Vater Canonica wollte nämlich nach dem Mittagessen das Rind allein nach Hause treiben. Rocco solle sich ruhig einen lustigen Nachmittag machen und nach Hause kommen, wann er wolle. Schließlich sei er jetzt zwanzig, die Mutter habe schon gesagt, jetzt wo so viel neue Arbeit auf sie warte, komme ihr eine junge Hand im Hause recht gelegen. Er selbst habe schließlich Donna Barbara auch bereits gekannt, als er erst siebzehn gewesen sei, und geheiratet hätte er mit zweiundzwanzig. Also, Rocco, es wird Zeit, auch für dich – da hinten im Festzelt stimmen die Musikanten schon ihre Instrumente. Rocco hatte seinen Vater verständnislos angestarrt. Instrumente stimmen? Na und, was hatte das mit ihm zu tun? Außer an ein paar *camerate* in den langen Winternächten war er noch nie außer Haus gegangen, und an diesen Spinnabenden hatte er sich eher gelangweilt. Ermüdet von der harten Arbeit und von der Kälte auf dem langen Weg ins Dorf hinunter, eingeschläfert vom Surren der Spinnräder und der bullernden Hitze des großen Ofens, war er meistens nach kürzester Zeit eingeschlafen, bis er von den kichernden Mädchen oder von einer brummigen Nonna geweckt wurde: Ob er etwa hier die Nacht zu verbringen denke? Die andern Burschen seien längst gegangen, so habe man nicht gewettet, da könnte ja jeder hergelaufene Ziegenbauer kommen und mit Bauerntöchtern die Nacht verbringen oder gar das warme Bett teilen wollen, und jetzt marsch ab, durch die Nacht, zurück zu seinen Ziegen, und einen schönen Gruß an Donna Barbara.

Verlegen war er dann jeweils aus der überhitzten Stube in die Eiseskälte hinausgestolpert, verfolgt vom aufreizenden Gelächter der im Hause zurückbleibenden Weiber, und er hatte erst später, sehr viel später, gemerkt, daß die Mädchen gezwinkert hatten, und daß die andern Burschen nur zum Schein den Heimweg angetreten hatten, und nun irgendwo hinter einer Scheune oder hinter einem Backhäuschen warteten, bis das Kerzenlicht im Schlafzimmer der Nonna erlosch, und dafür in den Mädchenkammern die flackernden Kerzen wieder entzündet wurden. Er hatte auch nie begriffen, womit sich die Burschen nach dem Kirchgang zu brüsten pflegten, warum sie den Mädchen zweideutig hinterherpfiffen und warum die Mädchen dann feuerrot wurden. Freilich, ab und zu hatte er mit den anderen Strohkränze an die Haustür einer Braut genagelt, aber warum, hatte er lange nicht begriffen, so wenig wie er verstanden hatte, warum die alten Weiber den Mädchen Rübchen geschabt hatten in der Kirche.

Und da stand nun sein Vater und sagte etwas von einer jungen Hand und von Instrumenten, die gestimmt würden. Dazu hatte er gezwinkert und seinen Schnurrbart aufgezwirbelt, als hätte er nicht übel Lust, selbst noch einmal das Tanzbein zu schwingen. Rocco drehte dem Rind den Rücken zu und lehnte sich an die Stange. Auf der anderen Seite, an der nächsten Stange waren, so schien es ihm, die schönsten Rinder des ganzen Kantons angebunden, eines fetter als das andere, mit regelmäßigen Hörnern und Eutern, mit Hinterbacken wie kleine Heufuder. Und sein Vater hatte sich von dem alten Hausierer diese erbärmliche Kreatur aufschwatzen lassen, und das noch zweihundert Franken teurer, als Roccos Meinung nach ein Rind hätte kosten dürfen.

Mutter wird vor Schreck umfallen, dachte er, wenn sie dieses arme Vieh, bestehend aus Haut und Knochen, zum erstenmal sieht. Davon war er felsenfest überzeugt.

Er schämte sich und rückte verlegen immer weiter von dem mageren Rind ab. Plötzlich hörte er hinter seinem Rücken ein unbändiges Gelächter.

Rocco tat, als ginge ihn diese Fröhlichkeit überhaupt nichts an und das magere Rind noch weniger – aber die Lacher hinter seinem Rücken ließen nicht locker und riefen seinen Namen: Rocco, was ist los? Bist du an der Stange festgewachsen? Hinten im Zelt spielt schon die Musik. Du kommst doch mit auf den Tanz! Es war ihm nichts anderes übriggeblieben, als sich umzudrehen, verlegen an seinem Gürtel herumzufingern und irgend etwas zu stottern. Vor sich sah er Teresa, die mit ihm zur Schule gegangen war, ein paar Klassen tiefer zwar als er, aber das spielte in der Dorfschule von Terzone ohnehin keine Rolle. Sie stand da in ihrer bunten Tracht, eine rote Seidenschürze über dem gestreiften Wollrock, ein blaues seidenes Kopftuch auf den Locken, und sie lächelte ihn an. Die Augen waren von derselben tiefblauen Farbe wie die des alten Giancarlo. Neben ihr stand die kleine Claudia Ghiringhelli, deren Vater ein reicher Kuhbauer war, noch ein paar Mädchen, die er kaum kannte und auch ein paar von seinen Schulkameraden.

Rocco hatte den Kopf geschüttelt, aber die andern ließen nicht locker. Da fuhr es aus ihm heraus, was er eigentlich nicht hatte sagen wollen, daß sie nämlich jetzt auch Kuhbauern würden, und daß sie heute auf dem Markt ein trächtiges Rind gekauft hätten.

Da sah sich Luciano Ghiringhelli, Claudias älterer Bruder, neugierig um, stieß die andern mit dem Ellbogen in die Seite und dann prusteten sie los. Ihr habt doch nicht etwa diesen Sägebock hier gekauft? Das Vieh sieht ja aus wie der Hutständer im Grotto. Paßt auf, daß es euch nicht umfällt, ehe ihr es an der Krippe festbindet.

Rocco fuhr der Zorn in die Glieder und die Röte ins Gesicht.

Claudia beteiligte sich an diesem Gespött.

Nur Teresa hielt sich zurück, aber auch sie mußte lachen, als die andern nun mit scheinbar ernsten Mienen daran gingen, das vermaledeite Rind nach allen Regeln der Kunst zu taxieren und heruntérzumachen.

Ungeduldig hatte Rocco damals darauf gewartet, daß ihn sein Vater endlich ablöste, weniger, weil er sich auf den Tanz und auf die Gesellschaft der andern gefreut hätte, sondern, um dem Gespött zu entgehen, das nicht enden wollte und immer mehr Leute anzog, die sich die Späße anhörten und aus vollem Halse lachten.

Sein Vater befreite ihn aus dieser ungemütlichen Lage. Er kam dahergetrottet, mit Freude im Gesicht und mit einem schwer bepackten Rucksack auf dem Rücken, und beinahe hätte sich Rocco damals über seinen Vater auch noch geärgert, weil dieser herzlich in das Gelächter mit einstimmte.

Dann aber setzte er den Jungen die Vorzüge dieses Rindes auseinander. Luciano hörte mit seinen Scherzen auf und lauschte mit fachmännischer Miene. Endlich mußte er sogar zugeben, daß er selber genau dieses und kein anderes Rind gekauft hätte, und daß es schon eine Sache sei, wenn einer sich endlich die erste Kuh anschaffen könne, er wünsche Glück im Stall – und jetzt werde Vater Canonica sich wohl nicht lumpen lassen und Rocco wohlversehen mit einer Wegzehrung in klingender Münze aus seiner Pflicht ins Vergnügen entlassen. Die Teresa sei schon ganz zapplig, aber sie hätte ja partout nicht ohne rocco zum Tanz gehen wollen.

Teresa war rot geworden; Vater Canonica hatte sie gemustert, mit freundlichen Augen, und ihr Grüße an Vater und Mutter bestellt. Dann nahm er seinen verlegen dabeistehenden Sohn beiseite, nestelte in der Schweinsblase und brachte endlich eine Zwanzigfrankennote zum Vorschein. Er wolle nicht, daß Rocco geringer dastehen solle als die andern Kuhbauern. Rocco habe bisher bei der Arbeit stets seinen Mann gestellt, immer der erste allen voran, und da solle er jetzt auch seinen Spaß haben. Er solle Teresa zum Tanz führen und ja nicht vergessen, daß es im Terzone Brauch sei, den Mädchen auf dem Markt etwas zu kaufen und auch etwas für die Eltern zu Hause, und selbstverständlich solle er das Mädchen freihalten mit Essen und Trinken. Roccos Proteste, Teresa sei nicht sein Mädchen, nützten nichts.

Er führte Teresa zum Tanz, begleitete sie später heim, und seither war er im Haus von Teresas Eltern gern gesehen.

Die Sache war richtig.

Fluchend stieß Rocco mit dem Fuß einen kindskopfgroßen Stein aus dem Pfad. Der Regen peitschte ihm ins Gesicht, obwohl er sich seine Kapuze übergezogen hatte. Die Sturmlaterne in seiner Hand vermochte die Finsternis und den dichten Regen nicht zu durchdringen. Blind tastete sich Rocco vorwärts, den Berg hinan, seinem Gehöft entgegen. Es war nicht nur der quer einfallende, scharfe und kalte Regen, der ihn blendete, sondern Wut, ohnmächtige, irrwitzige Wut. Dieser verfluchte hochnäsige Kerl. Die demütigende Szene im Grotto stieg wieder in ihm auf. Beinahe hätte er sich verschworen, als er ganz ferne das leise Grollen des Berges vernahm. Beinahe hätte er sich verschworen: komm doch herunter, komm endlich herunter und decke zu, was meine Augen nicht mehr ertragen können. Sorge dafür, daß wenigstens die Toten in diesem Tal ihre Ruhe haben, ehe der Sindaco auch noch den Friedhof verspekuliert. Er blieb stehen und lauschte. Das ferne Grollen drang gedämpft durch den Sturm. Ein krachendheller Blitz erleuchtete den Steinpfad bis zur nächsten Wegbiegung, ein Windstoß fegte die vom Regen und Hagel von den Bäumen geschlagenen Kastanienblätter durch die Luft. Das hat gerade noch gefehlt, dachte plötzlich der Bauer in ihm. Das hat gerade noch gefehlt – daß jetzt Hagel fällt und mir meine Tomaten zusammenschlägt und die Reben, und: Hätte ich doch die Luzerne letzte Woche gemäht, als es warm und trocken war. Warum wollte ich sie immer und immer noch eine Weile wachsen lassen und noch ein bißchen, um ein paar Tücher voll Heu mehr nach Hause tragen zu können.

Plötzlich ließ der Sturm nach. In der fast gespenstischen Stille konnte Rocco tief unten im Tal das Gurgeln und Rauschen der Terza vernehmen. Ha, dachte er, jetzt sind die wohl von selbst auf den Gedanken gekommen, ein paar Schleusen zu öffnen, bevor ihnen die niederprasselnden Schuttmassen den Damm sprengen. Deutlich hörte Rocco das Poltern der Felsbrocken, die vom tosenden Wildwasser talwärts gewälzt wurden. Trotz der plötzlichen Stille war Rocco auf der Hut. Zu oft hatte er es erlebt, daß der Sturm nur neuen Atem holte, bevor er mit verdoppelter Heftigkeit losgebrochen war. Rocco versuchte, durch die Blätter des Waldes und durch die Finsternis den Nachthimmel zu sehen, aber die fliegenden Wolkenfetzen hingen so tief, daß er nicht einmal die Baumwipfel zu erkennen vermochte.

Keuchend stapfte er weiter, stemmte sich gegen die Müdigkeit, die ihn überfallen wollte. Leg dich hin, alter Narr, flüsterten ihm die Bäume zu, leg dich hin und ruh dich aus – es ist ohnehin zu spät. Ruh dich aus – bald ist alles vorbei. Zornig wehrte Rocco dieses einschmeichelnde Geflüster ab. Wieder dachte er an den Auftritt mit dem Sindaco im Grotto Federale. In seinem Mund war ein bitterer Geschmack, wie wenn ihm die Galle buchstäblich hochgekommen wäre. Er stützte sich auf seinen Stock und keuchte. Von einem Haselstrauch am Wegrand riß er ein paar Blätter und leckte gierig das Regenwasser ab. Vor seinen Augen tanzten feurige Ringe, Schatten schienen nach ihm zu greifen.

Die Luftgeister, dachte Rocco. Die Luftgeister.

Was er hier wolle, hatte der Sindaco kalt gefragt, und: Ob er zu vornehm sei, denselben Wein zu trinken wie alle andern auch? Oder ob er gekommen sei, um ihm den Nußbaum zu verkaufen? Rocco hatte seine Wut heruntergeschluckt, bevor sie ihn dazu bringen konnte, den Sindaco am Kragen zu packen und zu schütteln wie einen nassen Sack. Er hatte sich beherrscht und stockend berichtet, von den Erdstößen in der Nacht und vom meterbreiten Spalt im Berghang. Der Sindaco hatte wohl einen Augenblick gestutzt, und auch die anderen Gäste hatten aufgehorcht. Aber dann hatte der Sindaco losgelegt. Er wolle wohl wieder einmal den Unglücksraben spielen. Sie hätten allmählich genug von ihm. Für Leute wie ihn sei im Narrenhaus Platz. Und jetzt solle er sich fortscheren. An der nächsten Sitzung werde der Gemeinderat sich mit ihm befassen ...

Den Rest hatte Rocco gar nicht mehr gehört. Blind vor Zorn war er aus dem Grotto gestolpert und hatte krachend die Tür hinter sich zugeschmettert.

Als er wieder zu sich gekommen war, befand er sich schon jenseits der Terzabrücke, auf seinem holprigen Fußweg und eilte bergan, als säße ihm der Teufel im Nacken. Und nun verließen ihn die Kräfte. Seine Lungen pfiffen.

Und plötzlich setzte auch der Sturm wieder ein. Rocco hörte das Knacken der Äste. Die Laterne verlöschte, Finsternis umgab ihn. Behutsam setzte er Schritt vor Schritt. Ich muß mit meinen Kräften haushalten, dachte er. Ich will nicht auf der Straße sterben. Ich muß in mein Haus, in meine Küche.

Und dann sah er den Waldrand. Es regnete kaum noch, zwischen tieffliegenden Wolken blitzte ab und zu sogar ein Stern. Nur hinten im Tal war alles schwarz, und das unheimliche Grollen des Berges war jetzt deutlich zu vernehmen. Rocco stolperte in der Dunkelheit über den gefällten Nußbaum. Fluchend rappelte er sich hoch und suchte in seiner Joppentasche nach dem Schlüssel zur Küchentür. Das Wasserrad klapperte, und aus dem Stall hörte er das ächzende Schnaufen der schlafenden Kühe. Im Schuppen klingelte ab und zu ganz zart ein Glöcklein, wahrscheinlich, wenn sich eine der Ziegen im Schlaf auf die andere Seite drehte.

Er war wieder zu Hause.

Schon wollte er beruhigt und erleichtert die Küchentür aufschließen, da zuckte er zusammen. Etwas hatte ihn im Gesicht getroffen, wie ein Peitschenhieb, und jetzt am Arm, und auf einmal hörte er das Prasseln von Steinen. Ein faustgroßer Stein knallte gegen den geschlossenen Fensterladen des Küchenfensters und rollte Rocco vor die Füße. Das Grollen in der Luft schwoll an, und unter seinen Füßen erzitterten die schweren steinernen Stufen der Küchentreppe. Er hörte die Balken krachen, das Vieh im Stall begann zu brüllen, und dann vernahm Rocco nichts mehr als das Getöse und Gepolter der Felsmassen, das Splittern der Bäume und das helle Pfeifen der durch die Luft fliegenden Steine … Er stieß endlich die Küchentür auf, hetzte in die Küche und schloß die Tür hinter sich zu.

Zitternd stand Rocco Canonica in seiner Küche und starrte an die Wand über dem Kochherd, wo die Kupferpfannen an ihren Stielen von einer unsichtbaren Kraft bewegt hin und her schaukelten wie große Uhrenpendel. Die Balken knirschten und krachten und übertönten das Grollen der niedergehenden Stein- und Schuttmassen. Der Berg war gekommen. Ganz deutlich hörte Rocco, wie die Steinbrocken das Granitdach seines Hauses durchschlugen.

Er setzte sich an seinen Küchentisch und wartete.

Wer heute das Terzone besuchen will, braucht einen Kahn. Über den Ufern des neuen, mächtigen Stausees stehen die Häuser, die von der Kraftwerkgesellschaft den wenigen verbliebenen Terzonesi erbaut worden sind. Ein Haus wie das andere, in einem Allerweltsbaustil, Einfamilienhäuschen, wie sich das jedermann vorstellt, der in einem Einfamilienhäuschen wohnen möchte. Alles andere liegt auf dem Grund des Sees. Nur in Perioden ausgesprochener Trokkenheit ragt der Glockenstuhl des Campanile aus dem Wasser.

Neue deutsche Literatur

Rainer Kirsch
Auszog das Fürchten zu lernen
Prosa, Gedichte, Komödie

Reiner Kunze
Sensible Wege. Gedichte

Claudio Lange
Rückkehr ins Exil und andere Gedichte

Jochen Lobe
Augenaudienz. Gedichte

Frank-Wolf Matthies
Unbewohnter Raum mit Möbeln. Zwei Erzählungen
– Morgen. Gedichte und Prosa

Friederike Mayröcker
Minimonsters Traumlexikon
Texte in Prosa
– Fantom Fan

Karl Mickel
Vita nova mea. Gedichte

Herman Peter Piwitt
Die Gärten im März. Roman
– Rothschilds. Roman
– Boccherini und andere Bürgerpflichten. Essays

René Regenass
Porträt eines Portiers
Erzählung

Rolf Roggenbuck
Der Nämlichkeitsnachweis
Roman
– Der achtfache Weg

Gerhard Rühm
Fenster. Texte
– Gesammelte Gedichte und visuelle Texte

Peter Rühmkorf
Haltbar bis Ende 1999. Gedichte
– Gesammelte Gedichte
– Was heißt hier Volsinii? Bewegte Szenen aus dem klassischen Wirtschaftsleben
– Die Jahre die Ihr kennt
Anfälle und Erinnerungen
– Walther von der Vogelweide, Klopstock und ich
– Strömungslehre I. Poesie

Hans Joachim Schädlich
Versuchte Nähe. Prosa

Johannes Schenk
Jona
– Der Schiffskopf. Geschichten aus der Seefahrt
– Für die Freunde an den Wasserstellen. Gedichte

Walter Schenker
Professor Gifter. Roman

Günter Seuren
Abschied von einem Mörder
Erzählung
– Der Jagdherr liegt im Sterben
Gedichte
– Die fünfte Jahreszeit. Roman

Niklas Stiller
Der Tod und das Flugzeug
Prosa, Essays

Jürgen Theobaldy
Schwere Erde, Rauch. Gedichte
– Blaue Flecken. Gedichte

Peter Turrini
Erlebnisse in der Mundhöhle
Roman

Horst Ulbricht
Kinderlitzchen. Roman

Otto F. Walter
Die ersten Unruhen. Ein Konzept
– Die Verwilderung. Roman
– Wie wird Beton zu Gras
Fast eine Liebesgeschichte

Oswald Wiener
Die Verbesserung von Mitteleuropa. Roman

Rowohlt

34/27a